灯台からの響き

宮本　輝

集英社文庫

目次

主な登場人物

牧野康平《まきのこうへい》　中華そば屋「まきの」店主。妻を亡くし、店を休業している。

牧野蘭子《らんこ》　康平の妻で、「まきの」を一緒に切り盛りしていた。二年前に急死。

小坂真砂雄《こさかまさお》　一九八七年に蘭子宛てに届いた、謎の葉書の差出人。

山下登志夫《やましたとしお》　康平の親友で、「まきの」と同じ商店街にある惣菜店の店主。

倉木寛治《くらきかんじ》　康平の親友で、同じ商店街のビルのオーナー。愛称・カンちゃん。

多岐川新之助《たきがわしんのすけ》　カンちゃんの息子。カンちゃん自身はその出生を知らなかった。

灯台からの響き

第一章

ソフトカバーなのに厚さ三センチ以上もある『神の歴史　ユダヤ・キリスト・イスラーム教全史』（カレン・アームストロング著）という本を仰向《あおむ》けに寝転んで読んでいた牧野康平《まきのこうへい》は、長い序論を読みだしてすぐに眠りに引きずり込まれそうになった。

重い本が顔にかぶさって、慌てて半身を起こそうとしたとき、なにかがページのあいだから落ちた。葉書だった。

「あ、こんなところにあった。蘭子《らんこ》が挟んだのか？　俺には覚えがないぞ」

そう胸のうちで言って、康平は三人掛けのソファに坐《すわ》り直し、葉書に描かれた地図のようなものと、葉書の上部の素気ない文章を見つめた。

――大学生活最後の夏休みに灯台巡りをしました。見たかった灯台をすべて見て満足しています。旅のあいだじゅう早起きをつづけたので、いまはただ眠りたいです。一九八七年九月四日――

葉書の半分から上にはそう書かれてあり、下半分には細いペンでどこかの岬らしいジグザグの線が描かれている。

宛先は東京都板橋区〇〇町〇丁目……。牧野蘭子。差出人は東京都武蔵野市吉祥寺東町〇丁目……。小坂真砂雄《こさかまさお》。

けれども、妻の蘭子は小坂真砂雄という大学生にはまったく覚えがないと言い、いったい誰なのか、なんのためにこんな葉書を私に送ってきたのかと考え込んで、返事を出したのだ。

このような葉書が届いたが私はあなたをまったく知らない。もしあなたが誰かと間違えたのなら、葉書をお返ししなければならない。あなたはなぜ私の住所氏名をご存じなのか……。

だが、それに対しての返信はなかった。蘭子からの手紙が宛先不明で戻って来なかったのだから、当時おそらく二十一、二歳であったはずの小坂真砂雄か、あるいはその家族には届いたはずなのだ。

半年ほどたったころ、蘭子は、おかしなこともあるもんよねと言って、それを最後に奇妙な葉書のことは口にしなくなった。

康平は、しばらく葉書に描かれた線に見入り、自分もよくこの葉書のことを覚えていたものだなと思った。

蘭子が死んで、そろそろ二年になる。生きていれば還暦を迎えるのだ。学校帰りの中学生や高校生の声がすぐ前の商店街を賑《にぎ》やかにさせていた。自転車のブレーキの音も聞こえるし、向かいの店舗の主人と客の世間話も耳を澄ませば詳しい内容まで知ることができる。

康平の住む家は、商店街の裏側にあるが、父が昭和二十六年に開店した中華そば屋は、江戸時代には板橋宿《しゅく》として賑わった通りに面していて、一階を店舗、二階を自分の部屋として使ってきたのだ。

旧板橋宿はほぼ南北に長く延びているが、北側が上宿《かみしゅく》、中間が仲宿《なかしゅく》、南側が平《ひら》尾宿《おしゅく》と呼ばれている。

父親の死後、康平が継いだ中華そば屋「まきの」は仲宿の真ん中あたりの東側にあるので、日本一賑わっている商店街のど真ん中に位置していることになるのだ。

蘭子は月曜日以外は、朝の四時に起きて、ひとりで朝食をとり、四時五十分に築三十年ほどの二階建ての家を出る。

道どころか路地とも言えない幅八十センチほどの店舗と店舗の隙間のようなところを通って店の裏口の鍵をあけ、まず調理場の清掃から仕事を開始する。

康平は六時前に店に行き、蘭子と交代する。蘭子は家に帰って、三人の子供たちの朝食作りを始める。

すでに肉屋が鶏《とり》ガラと丸鶏二羽と鶏ミンチ肉などを届けに来ているので、康平はスープ作りに取りかかる。その間に、鰯《いわし》の煮干しと鯖節《さばぶし》で出汁《だし》を取り、別の寸胴鍋《ずんどうなべ》で生姜《しょうが》とネギとニンニク、幾種類かの野菜を中火で煮始める。

別の業者から豚骨と豚肩ロース肉が届くと、それらをきれいに洗って、豚骨は野菜の入った寸胴鍋で煮ながらロース肉でチャーシュウを作り、それからワンタンの餡《あん》作りが始まるのだ。

出来あがるのは五時間後。昼の十一時ごろだ。

これはどちらかの体調が悪くて臨時休業せざるを得ない日以外は決して変わることのない手順だった。

二年前の九月末も同じだった。康平はまだ寝ていたが、夢うつつに「行ってきまーす」という妻の声を聞いたような気がした。

チャイムの音で目を醒《さ》まして、時計を見ると五時半だった。なんだかいやな予感がしてパジャマ姿のまま玄関をあけると、顔馴染《なじ》みの肉屋が立っていた。

「お店に誰もいないみたいで。きょうは臨時休業ですかねぇ」

と肉屋は訊《き》いた。

「家内が掃除をやってるはずですけど」

と言って、康平は普段着に着替えて、歩いて一分もかからない店へと急いだ。

裏口の鍵をあけるとお腹のなかの胎児のような恰好《かっこう》で横向きに倒れている妻の姿があった。

どの鍋もまだコンロに載せられていなかった。朝の清掃作業を始めたころに倒れたのだとわかった。

救急車で病院に運んで、蘇生《そせい》処置を長く試みたが、医師は額の汗を拭かないまま死亡を宣告した。くも膜下出血だった。

蘭子との息の合った共同作業がなければ「まきの」の中華そばは作れない。それは奇をてらった中華そばではない。作り方も簡単といえば簡単だ。

結婚してから三十年以上、一緒に店を切り盛りしてきて、幾度も主に蘭子の工夫によって味を改良してきた。

チャーシュウも、ワンタンの餡も、スープも、「かえし」も、これまでと同じものを作ろうと思えば作れる。先代の父が特別に註文《ちゅうもん》した中細麺はもう四十年ものあいだ日高《ひだか》製麺所が作ってくれている。

だが「まきの」の中華そばは蘭子との共同作業でなければ作れない。似たものは作れても、それは「まきの」の中華そばではないのだ。

康平にはそのことがよくわかっていたので、妻が死んで十日目には店を閉めると決めてしまって、きょうに至ったのだ。

商店街の世話役の人たちにも、近所の店主たちにも「まきの」の再開を勧められるのだが、康平は口を濁して明確な返事をしなかった。

長女の朱美《あけみ》はことし二十八歳で、証券会社に勤めている。長男の雄太《ゆうた》は二十四歳。大学を卒業して重機メーカーに就職し、いまは名古屋支店勤務だ。次男の賢策《けんさく》は二十歳で、一浪してこの春京都の大学に進んだ。

娘やふたりの息子に跡を継いでくれなどとは言えない。自分の子供たちを大学に進ませることは康平にとっては大事な夢のひとつだったのだ。

下の店舗を借りてくれる人がいれば、それがいちばんいいのだが、不動産屋に仲介を頼んでも、借りようという人があらわれない。店舗として使える面積が中途半端なのだそうだが、蘭子は七人掛けのカウンター席と子供づれの客用のテーブル席ふたつをうまく回転させていたではないか。

蘭子の急死が、俺という人間の大事な核を消してしまって、大袈裟《おおげさ》に言えば、魂の抜けた腑抜《ふぬ》け男にした。蓄えが尽きるまでは、こうやってなにをするともなく日々をすごしていこう。俺はもう働くのがいやになった。生活費がなくなりそうになったら「まきの」を再開してもいい。

仲宿の店も、その裏手に建つ家も自分のものだから家賃は要らない。働けるときは懸命に働いて、ケチと呼ばれるほどに貯金に精を出し、歳を取ったら店を閉めて、ふたりで旅をして楽しもう。金なんて持って死ねないのだ。ぜーんぶ使って死のう。老人介護に必要な金だけ残しておいたら、子供たちが困ることもない。認知症の症状が始まったら、さっさと介護施設に放り込んでもらおう。

俺も蘭子も能天気に笑いながらそんな話をしていたが、その計画はあえなくついえた。蘭子は働き過ぎたのだ。睡眠不足の体への負担は、蘭子の脳の血管を少しずつ蝕《むしば》んでいたのだ。

そう思いながら、康平は再び三十年前に届いた葉書を見つめた。小坂真砂雄という大学生への手紙は蘭子が書いたが、ポストに投函《とうかん》したのは自分だ。投函して店へと帰りかけたとき雨が降ってきたことまで覚えている。

たいていの地図は上が北だと決まっている。小坂真砂雄が描いた岬やその周りのギザギザは入り江で、ぽつんと打たれた点は灯台に違いない。

ということは、この灯台は日本海に面していると考えるのが妥当であろう。岬は北側へ突き出ているのだから。

康平は、なぜこの葉書を蘭子がこの本に挟んだのかをあらためて考えた。自分に届いた葉書なのだから、自分の机とか簞笥《たんす》とかにしまえばいいではないか。

それなのに、図書室と名づけて、亭主が自分の部屋にしてしまった店の二階の書架に並んだ約八百冊の本のなかから『神の歴史』を選んで挟み込んだのには、なにか理由があるのだろうか。

この本を買ったのは七年前だ。俺は本を買うと、その日付を必ず鉛筆で表紙裏に薄く書き込む。『神の歴史』には二〇一〇年九月二十一日と書いてある。新聞のコラムで読んで、すぐに購入したのだ。ユダヤ教とキリスト教の違いを詳しく知りたいと思っていたし、イスラム教の起源と初期の原理的教義にも興味があったからだ。

けれども、届いた『神の歴史』はあまりにもぶ厚くて難解で、頭に入ってこなかった。そのころ、翻訳の文章に苦手意識があったので、読むのを後回しにして、島崎藤村《しまざきとうそん》の『夜明け前』の五回目の読了に挑戦することにした。

後回しにすること七回で、さっきやっと覚悟を決めて読み始めたら、眠くなり、それと同時にこの葉書が落ちた。

康平は、クーラーの冷気が寒くなって、電源を切りながら、そんなことを漫然と思いだしていた。

「お父さん、いるの?」

という長女の朱美の声が階下から聞こえた。まだ五時で、朱美が帰宅する時間ではなかった。きょうは木曜だったかな金曜だったかなと考えながら、康平は葉書を机の上に置いた。

毎日なにをするともなくすごしているので曜日の感覚が薄れてしまったなと思った。

「きょうは早じまいか？」

二階の部屋に入ってきた朱美に訊くと、ＪＲ板橋駅の北側に住む大金持ちの家に届け物があって来たのだという。

「家は普通の二世帯住宅だけどね、うちの支社の大事なお客様。私のミスで損をさせたらしくて、叱られに来たのよ」

「へえ、どんなミス？」

「お父さんに説明してもわからないから」

「うん、株のことは皆目わからないよ」

朱美は重そうな革カバンとショルダーバッグを置き、ベッド側と右壁の書架に並んでいる本を一冊一冊点検するように見つめながら、

「どこかの大学の研究室か教授の書斎みたいね。二十三区最果ての地・板橋の中華そば屋の主人の部屋とは、誰も思わないね」

と言った。

「二十三区最果ての地か。最果ての地なのに商店街は日本で最も賑わってるそうだぜ」

朱美は机の上の葉書に顔を近づけながら、

「生活密着型の商店街としては、大山《おおやま》の商店街も入れると日本一かもしれないけど、こ

ないだ出張で大阪支店に行ったとき、仕事が終わってから天神橋筋《てんじんばしすじ》商店街で飲み会があったのよ。私は最終の新幹線に乗るから、八時ごろにお先に失礼したんだけど、そのとき大阪天神橋筋商店街が南北二・六キロもあって、その長さにおいては日本一だって教えてもらったの。板橋宿跡の商店街、二・六キロもないでしょう?」

と言って窓をあけた。

網戸越しに向かいの惣菜《そうざい》屋と賃貸住宅専門の不動産屋が見えた。

「ハッピーロード大山も入れたら、天神橋筋商店街よりも長くなるんじゃないか?」

「どうかなぁ。でも天神橋筋商店街にはシャッターを降ろしてるお店がちらほらとあったよ」

それから朱美は葉書を手に取り、

「これなに?」

と訊いた。

「一九八七年の日付よ。三十年も前の葉書じゃない?」

「うん、そうだよ。ちょうど三十年前にお母さんに届いたんだ」

そうか、子供たちはこの葉書のことを知らないのだと思い、康平はかいつまんで説明した。

「お母さんは、この大学生をまったく知らないの?」

「うん、知らないらしい」

「らしいって？」

「知ってて知らないって俺には言ったのかもしれないだろう？　だけど、ほんとに知らないんだと思うな。そうじゃなきゃあ、あなたは誰か、なんて手紙を出すはずはないよ。手紙をそこのポストに入れたのは俺なんだ」

「この人、大学の建築科の学生か、美大でイラストを専攻してたかじゃないかな」

と朱美は康平の昼寝用のベッドに腰を降ろして言った。

「どうしてそう思うんだ？」

「どんなに細字の万年筆でも、ここまで細い線は描けないわよ。建築設計図とかイラストに使う特殊なペンを使ってるのよ。だから、上の字も含めて、葉書全体がなにかの作品みたいでしょう？」

なるほど、言われてみれば確かにそうだな。葉書全体に稚気を含んだユーモラスな味わいがある。

「文字も合わせて葉書一枚の作品て感じだな。いっとき流行《はや》った自筆の絵入り葉書みたいなやぼったさがないしなぁ」

と康平は言い、葉書を『神の歴史』の真ん中あたりに挟んで閉じた。奇妙で腑に落ちない葉書として残しておこうと思ったのだ。

「お父さん、いつになったら『まきの』の暖簾《のれん》を出すの？　このままだらだらと日が過ぎたら、働く気力を完全になくしちゃうよ」

と朱美は弟たちを叱るときの目で康平を見た。

この目で叱られたら、ふたりの弟は姉に従うしかなくなって、言われたとおりにするのだ。幼いころから、ずっと姉に頭が上がらないのは、この目力に気圧《けお》されるからだ。

康平はそう思い、笑みを浮かべた。

「どうして笑うの？」

「いや、笑ってないよ。お前に叱られたら怖いなぁと思って」

朱美は、日本橋茅場町《かやばちょう》にある会社を出て東京駅の百貨店で買い物をしてから山手線で巣鴨《すがも》まで行き、そこから都営三田線に乗り換えて板橋区役所前駅で降りたと言った。

それがどうしたというのだろう。毎日会社への行き帰りに使うルートではないか。

康平は朱美の次の言葉を待った。

「巣鴨からずっと隣りに坐ってたおばさん五人組が仲宿の『まきの』の中華そばの話を始めたの。あそこの中華そばはほんとにおいしかったって」

「へえ、覚えてくれてる人がいるんだなぁ。こういう店ってのは一か月も休業したら忘れられていくからなぁ」

「他人事《ひとごと》みたいに言わないでよ。そのおばさんたちのひとりがこう言ったのよ。奥さんが家出してしまって、あそこのご主人は頭が変になって店を閉めたらしいの。いまは酒浸りの毎日だそうよ。家出の原因はわからないのよ。男が出来たのかもしれないけど、若く見えても六十近かったそうだしね。さすがにそれはないだろうって、うちの亭主が言ってたわって」

「お母さんが聞いたら喜ぶだろうなぁ」

朱美の目力から逃げながら康平は言った。

朱美はすぐに表情をやわらげて、

「でも、それだけじゃないのよ。別のおばさんはね、『まきの』のスープでうちのおじいちゃんは二年生きたのよって。それ、どういうことなのかなって聞き耳を立ててたら、『まきの』は十年ほど前から中華そばのお持ち帰りもできるようになって、空のペットボトルを持って行くと、そこにスープを入れてくれて、かえしの醬油《しょうゆ》と麺と具も包んでくれる。おじいちゃんは固形物を食べると誤嚥《ごえん》するから、そのスープでお粥《かゆ》を作って食べさせた。食欲なんかなくなってたから、なにを口に運んでも食べなかったのに、『まきの』のスープで炊いたお粥だけは食べた。それをあそこのご主人に話したら、じゃあスープだけお売りしますって言ってくれた。麺もチャーシュウもメンマも食べられないなら持って帰っても無駄でしょうからって、スープ代しか取らないの。あの澄んだ優しい味の、滋養たっぷりのスープが懐かしいわ。あそこの奥さんは病気で死んだのよ。男が出来て家出したなんて誰から聞いた噂《うわさ》なのよって」

と言った。

「ああ、その奥さん、覚えてるよ。おじいさんが食べない麺とチャーシュウとメンマはどうしてるんですって訊いたら、市販のラーメンスープの素を使って自分が食べてるって。うちはあのスープあっての『まきの』の中華そばだからね。それでスープだけお分けしたんだ。奥さんが来なくなったとき、きっとおじいさんが亡くなったか、家族では手に負えなくなって老人介護の施設に入ったのかもねってお母さんが言ってたよ。私たちにもそのときが来るわねって」

「そんな話をしたいんじゃないの。お父さんが考えてる以上に、『まきの』の中華そばは評価が高いって言いたいの」

「俺にもそんなときが来たら、なんの遠慮も罪悪感もいらないぞ。老人介護施設に入れろよ。これは現実問題だ。いまから言っとくからな。認知症の年寄りをかかえて疲れ果てて、介護する家族が先に倒れたって例はたくさんあるんだからな」

溜《た》め息混じりに腕時計を見て、朱美は階段を駆け降りながら言った。

「社に戻って報告書を部長に提出してお小言を頂戴しないと。きょうは晩ご飯はいらないからね」

康平は網戸越しに仲宿の商店街を見たが、朱美が南北どっちへ走って行ったのかわからなかった。

板橋区役所前駅から都営三田線に乗るに決まっているのに、康平は娘の走るうしろ姿を見たかったのだ。朱美の走る姿が好きだった。高校時代は百メートル・ハードルの選手だった朱美の脚の上げ方を美しいと感じたことが何度もある。

都の大会は臨時休業して蘭子と応援に行った。準決勝の五位だった。三位までしか決勝に進めないのだ。

中学でも高校でも、準決勝までは進むのに、いつも決まって五位なのだ。それで陸上部ではジュンゴというあだ名をつけられたのだ。

だが、ハードルを跳ぶ瞬間の、脚が顔につきそうになるときの全身の形は、優勝者よりも美しいと康平は思った。

それでいいではないか。スポーツは美しくなければいけない。我が娘は、東京でいちばんハードルを跳ぶときの姿が美しいと康平はいまでも信じている。

康平はさらに買い物客が増えた商店街に出て、煎餅屋の隣りにある四階建てのカンちゃんのビルの前に行った。

親父《おやじ》さんが死ぬと、奥に長い四十六坪の店舗兼住まいを壊して、テナントビルを建てたのだ。一階は焼き鳥屋。二階は鍼灸《しんきゅう》マッサージ院。三階は小学生向けの学習塾。四階はカンちゃん夫婦の住まいだ。

「ひきこもりのおっさんも、たまには出てくるんだなぁ」

声は屋上から聞こえた。屋上には幾つかのプランターが並べてあって、カンちゃんがさまざまな種類の薔薇《ばら》を育てている。

「ひきこもっちゃいないぜ。一日に一時間は歩くし、夕方にはトシオの店まで惣菜を買いに行くしな。お前こそ暇だろ。会社も商売も辞めちゃって貸しビルのオーナー稼業だ」

「俺には八百屋は向いてないよ。子供のときからそう思ってたから、親父が死んだらさっさと家を壊して貸しビルにしようって大学に入ったころから決めてたんだ。おい、上がってこないか？　珍しい薔薇の苗木をやっと手にいれたんだぜ」

康平はカンちゃんに手を振って、惣菜屋へと歩いて行った。

旧宿場町の面影は消えたが、そこにいまも活気のある賑わいを維持しつづける商店街の北東側には、いささか雑然とした住宅街が石神井《しやくじい》川の近くまで拡《ひろ》がっていて、それらは昔から商店街で商売を営んできた人たちの家々である場合が多い。

戦後にどのような変遷があったのか、康平は詳しくは知らないが、それらの住人の先祖は、もっと昔から板橋という宿場町を生活の場としてきたと考えるのが妥当だった。

康平は、商店街を歩くたびに、江戸時代の板橋の宿場を想像してしまう。江戸板橋宿は重要な宿場だった。ここから日本橋までは二里と少しで、中山道《なかせんどう》の最初の宿場町として、交通の要衝でもあった。

いったいどれほどの人々がこの板橋宿で長旅の疲れを癒したであろうか。いったいどれほどの武士たちが江戸中心部の藩邸を目指したであろうか。飛脚屋や荷運び屋、駕籠《かご》屋、牛馬……。それらの掛け声や烈《はげ》しい息遣いが絶え間なく行き来した日本でも有数の宿場町の往時の賑わいを、康平は実際に見たもののように思い描くことができた。

そんな想像力とも妄想力ともいえる能力が、ほとんど病的なほどの読書量で培われたことに康平は気づいていなかった。

だが、自分の読書が学歴コンプレックスによるということは明晰《めいせき》過ぎるほどに自覚していた。

康平は、なぜ高校を二年で中退したのか、いまとなっては理論立てて説明することはできなかった。

なぜか自分を目の敵《かたき》のように嫌った担任の教師から逃げたのだと考えたときもあったし、ある時期から突然同級生たちに馴染めなくなったのが発端だと考えたときもあった。

牧野くんはいつも変な臭いがするという女子生徒たちの陰口に慄然としたことも、学校へ行かなくなった理由のひとつだと思っている。

あとになって、その変な臭いの正体がチャーシュウを煮る醬油と、そこに入れた生姜やネギの臭いだと知った。

そこには前夜から昆布と煮干しと鯖節を浸しておいた寸胴鍋を弱火で煮る臭いが混じっている。早朝から厨房《ちゅうぼう》にいる康平にはわからないが、同級生たちのなかには異臭と感じる者もいるのだ。

そうと気づくと、康平は父の仕事の手伝いを終えて家に帰り、すぐにシャワーを浴びて体を念入りに洗うようになった。作業中に着ていた下着まで替えて学校へ行くのだが、臭くはないかと周りの反応ばかりが気になって、そのうち胸苦しさを感じて心臓の鼓動が大きくなっていく。

それが苦痛になり、学校を休むようになったのだ。

どうせ父の跡を継いで「まきの」の店主となるのだから大学に行かなければならないという理由もないなと考え始めて、高校二年になる前に、学校をやめたいと父に言った。

高校だけは卒業しろ。そしたらまた気が変わって大学に進もうという考えになるぞ。

父はそう言ったが、まだ若かった康平は、自分のなかで決めてしまったことは不動だと頑《かたく》なになっていて、その日から本物の「ひきこもり生活」を始めてしまったのだ。

担任の教師は数回訪ねて来て説得してくれたが、あるとき、

「ラーメン屋なんていつつぶれるかわからんぞ。一杯売って幾らの儲《もう》けなんだ？」

と言った。

「うちはラーメン屋じゃありません。中華そば屋です」

怒りで頰のあたりが真っ赤になっているのを感じながら、そう言い返して、あとは教師からなにを語りかけられても無言を通した。言いたいことは胸に溢《あふ》れるほどにあったのに、それを言葉にすることができなかったのだ。

「後悔するぞ。三十になったら、ああ、高校を中退せずに大学にも行っておけばよかったって後悔するぞ。俺は息子にそんな後悔をさせてまでこの『まきの』を継いでもらいたいとは思っちゃいねえよ」

と父は言ったが、翌日の早朝に康平が店の厨房へ行くと、きのうの夜から寸胴鍋に浸してある昆布を取り除き、布袋に包んだ煮干しと鯖節を弱火で煮るように指示した。

「牧野は臭いって言われたんだって？　お前は気が弱い子だからなぁ。この匂いは、朝早く起きて、中華そばのスープを取ったり、チャーシュウを煮たりするのを手伝うからだって言えば済むことだろう。お前は子供のころ、チック症になったことがあるんだ。しょっちゅうまばたきをするようになってなぁ。なにが原因だったのかわからないままに、そのうち治ったけど、医者が、この子には強迫性障害的な素地があるって言ってたよ。同級生の女の子に臭いって言われて、それが気になって気になって、どうにもならなくなったんだなぁ。ただもういちど言っとくぞ。後悔するぞ」

父はそう言ったあと、弱火にも三段階あると教えてくれた。一晩水に浸した煮干しと鯖節を「まきの」では最も弱い火加減で煮る。そして湯が沸きかけたときに消して、中身を布袋ごと出すのだ。

それから父は、当時物置に使っていた二階から大きな紙を持って来た。

一に清潔、二に清潔、三に清潔、四に清潔、五に滋味深く、と書いてあった。

「きょうからこれを修業しろ。夜、店を閉めたら厨房の隅から隅までをすべてぴかぴかに磨きあげろ。ステンレスの棚も壁も調理台もコンロも寸胴鍋も調理用具も、換気扇の周りも油汚れどころか埃《ほこり》ひとつ付いてないってくらいに洗って磨け。毎晩だぞ。一日とて休むなよ、営業中は皿洗いだぞ。中華鉢、レンゲ、取り皿。なんでもかんでも全部きれいに洗え。骨惜しみするなよ。客が帰ったら、すぐにカウンターもテーブルもきれいな布巾で拭け」

その言い方には、どうせできないに決まっている、できなかったら力ずくでも学校に行かせるという覚悟のようなものが感じ取れた。

だが、母は納得しなかった。高校を中退して「まきの」を継ぐための修業を始めるなんてとんでもないことだ。お父さんはなぜそれを許したのか。私は絶対に許さない。いまの高校がいやなのなら、他の私立高校へ転校すればいい。あしたにでも、そういうことに詳しい人に相談に乗ってもらって私立への転校の手だてを考える。高校を中退することは絶対に許さない。

母はそう言ったあと泣きだしてしまい、近くで成り行きを見守っていた中学三年生の妹までが泣き始めたのだ。

妹の由紀《ゆき》は短大を卒業したあと二十六歳まで地元の信用金庫に勤めて、二十七歳のときに高校の先輩と結婚した。いまは二男一女の母親だが、相変わらず涙もろい。

亭主は大学を卒業してからずっと消防庁に勤めて、去年定年を迎えた。

「母ちゃんに泣かれたのはこたえたよなぁ」

と康平は胸のなかでつぶやいて、仲宿商店街の北側にある山下《やました》惣菜店に入った。店の奥にある調理場で鶏の唐揚げを揚げているトシオの薄くなった頭が見えた。店先ではトシオの奥さんがパックに入れたさまざまな惣菜を並べていた。

「きょうはいつもよりニンニクを利かせたんだ。お勧めだぜ」

康平に気づくと山下登志夫《としお》は大声で言った。本人には大声を出しているつもりはないのだが、バリトン歌手のような声量は高校時代の演劇部の稽古でさらに響きを増した。

「うん、じゃあそれをワンパック」

「ゴーヤとしめじを和《あ》えた卯《う》の花もおすすめよ」

とトシオの奥さんが言った。

「きくらげも入ってるよ。康ちゃん、おから好きでしょう?」

「じゃあそれもワンパック。ああ、ツーパックにしようかな。娘の朝食用だ」

「朱美ちゃんは、ちゃんと朝食を食べてるの?」

とトシオの奥さんが訊いた。

「コーヒーだけのときが多いけどね。もし食べなかったら、俺が昼に食べるよ」

「蘭子さんの炊いた昆布と煮干しの醬油煮はおいしかったわよね。あれを真似《まね》してみたんだけど、蘭子さんのようにはいかないのよ。それに意外に原価が高くつくの」

「昆布も煮干しも高くなったからなぁ。あの昆布は水に一晩浸して、いちばんのうま味だけを出したやつで、煮干しもおんなじなんだ。ただ煮干しは水出ししたあとに火を入れるんだけどね。捨てるの勿体《もったい》ないって蘭子が二次利用を考えてね。どっちもうちの中華そばのスープになくてはならないんだ」

「康平の作る中華そばでなくてはならないのは『もみじ』なんだぜ。『まきの』の中華そばのスープがあんなにうまかったのは、もみじの出汁の取り方さ」

トシオの言葉に奥さんが「もみじ」とはなにかと訊いた。

「ニワトリの足だよ。足といっても腿《もも》から下じゃないぜ。爪の付いてる足先。灰色と茶色が混じったような色のしわしわの足」

トシオはそう言って自分の指を曲げて突きだした。

「ええ！　あんなのが入ってるの？」

「うん、あれが煮干しや鯖節や鶏ガラや豚骨の臭みを消すんだけど、不思議なうま味も出すんだ。形がもみじの葉に似てるから『もみじ』さ。コラーゲンたっぷりだしね」

康平が言うと、トシオは鶏の唐揚げの最後の一個を底の深いフライ鍋から出して、冷蔵庫の横に置いてある木の丸椅子に坐って煙草《たばこ》に火をつけた。

「ポテサラ三十パックも作ったし、鮭《さけ》のフリットも二十パック揚げたし、出汁巻き玉子も十五本焼いたし、鶏の唐揚げも百個揚げたし、俺の仕事は終了」

「それがこれから全部売れちゃうってのが凄《すご》いよな」

「この商店街のお陰だね。この近辺に住んでる人たちはどこへ行くにしても商店街を通らなきゃいけないようになってるんだ。勤め先から帰って来て、家へと急いでると、この惣菜屋の前でポテサラやハムカツや鶏の唐揚げに呼び止められる。つい買っちゃう。家に帰ったらご飯を炊くだけでいい。板橋で暮らしてるうちに、山下惣菜店の惣菜のほうが安くつくってことに気づくんだ」

一パックだけ残っていた出汁巻き玉子も買って、康平は何気なくトシオが凭《もた》れている壁の上部に目をやった。おとどしのカレンダーが掛かったままだった。左半分は業務用の大きな冷蔵庫に隠れているので、これまで気づかなかったのだ。灯台の写真を使ったカレンダーだった。

「あのカレンダー、ちょっと見せてくれよ」

と言いながら、康平は調理場へ入って行った。十二枚のカレンダーはすべて灯台の写真が使われていて、写真の下には千葉県犬吠埼《いぬぼうさき》灯台とか北海道納沙布岬《のさっぷみさき》灯台などと書かれている。

康平がカレンダーを壁から外して一枚ずつめくっているうちにも、鶏の唐揚げは七パック売れ、ポテサラは五パック売れた。

「おとしのカレンダーをなんで掛けてあるんだ？」

と康平は訊いた。

「生卵を壁にぶつけたやつがいてね。拭いても拭いても汚れが取れなくて、それを隠すためにおとしから掛けたままさ」

トシオはそう言って、客と世間話をしながら鮭のフリットと卯の花を袋に入れている奥さんに目をやった。

「生卵をぶつけられたのか？」

「三個ね。二つは俺の顔に命中。ひとつはかわした。かわしたのが、これ」

トシオは壁のしみを指差した。

カレンダーの下の白い余白の部分には、水道工事会社の社名が刷られていた。

「ふたりとも還暦を過ぎたってのに、相変わらず派手な夫婦ゲンカをやってるんだなあ」

トシオの奥さんに聞こえないように小声で言い、康平はこのカレンダーを貰《もら》えないかと頼んだ。

「いいよ。持って行きなよ。だけど、あとで替わりのを掛けといてくれよ」

康平はカレンダーを巻いて、買った惣菜を自分でビニール袋に入れると、二軒隣りの雑貨店に入った。

写真や絵を飾る安物の額がたくさん並べてある。グリーティングカードもある。果物の形のローソクもある。家庭用の大工道具セットもある。エプロンも並べてある。

しかし主力商品は額とグリーティングカードらしいなと康平は思い、自分が子供だったころ、ここは何を売る店だったろうと考えたが思いだせなかった。

葉書を入れるのにちょうどいいサイズの木枠の額を買うと、康平は「まきの」の東側にある家に帰った。

住宅が密集する地域だが、まっすぐな道だと思って歩いて行くと行き止まりだったり、急に道幅が変わったり、どんな人が持ち主なのかと首をかしげてしまいそうになる廃屋同然の家の隣りに改築したばかりの立派な二世帯住宅が建っていたり、短い坂道に立ち止まって東のほうを眺めると、遠くに巨大な高層ビルが一棟寂しげにそびえていたり……。

迷路というのは大袈裟だが、Aさんの家の地図を描いても、それですんなりとAさんの家に辿《たど》り着けるわけではない程度に歪《ゆが》みの多い住宅街なのだ。

康平の家の玄関までは急な階段を三段上らなければならない。前の道が坂道になっているので、家を水平に建てるためにはそんな余計な階段が必要になったのだ。

モルタルの壁は汚れて黒ずんでいるし、二階のベランダの鉄柵は錆《さ》びている。門扉は小さいくせに開け閉めのたびに気味の悪い音をたてる。蝶番《ちょうつがい》にあたる部分に油をさしても、その音は消えない。

康平は狭い玄関を入ったところで靴を脱ぐと、作りつけの履物入れにしまって、洗面所で手を洗った。風呂を洗うのは晩飯のあとにしようと考えて、台所の流しの下から焼酎の一升瓶を出してお湯割りを作った。

食事をするための六人掛けのテーブルは、もう二十五年も使っているが、どこもびくともしていない。蘭子が奮発して買ったスウェーデン製なのだ。

焼酎のお湯割りをひとくち飲んで、康平はわざわざ額を買ったのだから、店の二階に戻ってあの葉書を取ってこようと思った。

ついでに商店街の本屋に寄って、灯台に関する本を探してみようか。いや、いまはよほど大きな書店でも新刊書以外の目当ての本はみつからない。ネット書店で検索すればすぐにみつかって、あしたには家に届けてくれるのだ。

康平はそう考えながら、店の二階に置いてある葉書を家に持ち帰ると額に入れた。

それをテーブルに立てて、トシオに貰ったカレンダーを一枚一枚めくっていった。

月ごとに北海道、東北、関東、中部と分けてあって、一月は納沙布岬灯台だった。

関東の灯台は三月で、千葉県の犬吠埼灯台だけだった。

この二枚の写真はトシオの店で見たので、康平は二月の東北篇《へん》を開いた。大間埼《おおまさき》灯台の白と黒の横じまの姿があらわれた。灯台の周りに夥《おびただ》しい海鳥が飛んでいる写真は美しかった。

青森県下北郡大間か。へえ、行ってみたいなぁ。俺も日本の灯台巡りをしようかなぁ。電車やバスを乗り継いで、ときにはレンタカーを運転して灯台を目指す旅だ。

だが、冷めてしまった焼酎のお湯割りを飲んでいるうちに、自分も灯台巡りをしてみたいという衝動は消えていき、その代わりに灯台そのものの美しさと一種の孤影のようなたたずまいに惹《ひ》かれ始めた。

俺の回転灯の示すとおりに船の針路を取れ。俺は雨の日も風の日も濃霧の日も岬で胸を張って立ちつづけて、お前たち船を守ってやる。

無事に航路を進みながら、俺を見つめろ。そうすれば、入り江の岩礁に船底を削られることもなく、防波堤にぶつかることもない。

俺には話し相手もなく、ただ岬や半島の突端で黙して立ちつづけるだけだ。

康平はそんなことを考えているうちに、中原中也《なかはらちゅうや》の詩の一節を思い出した。

――僕は雨上りの曇つた空の下の鉄橋のやうに生きてゐる。――

この中也の詩を借りて、灯台の逞《たくま》しさや頼り甲斐《がい》のある威風堂々とした姿を表せないものかと言葉を頭のなかで組み立てたが、気にいった一節を創り出すことはできなかった。

「文才がないからな。たった一節の詩も創れないよ。文才もない、詩心もない、根気もない。俺の心には力がないんだ。どうするんだよ。これからずっとただ生きてるだけの人間として一生を終えていく気か?」

胸のうちで自分に言って、康平は山下惣菜店で買った惣菜を皿や小鉢に移しラップを被《かぶ》せた。

テレビの上に掛けてあるデジタル時計を見ると六時半だった。蘭子が死んでから、夕食は七時と決めていたので、康平はスマホでネット書店にアクセスして灯台に関する本を探した。

驚くほどたくさんの書名が出てきたが、康平は最初に目に入った写真集の購入ボタンを指先でタップした。

岡克己《おかかつみ》という写真家の『ニッポン灯台紀行』という本だった。写真だけでなく灯台についての詳しい説明文も書かれてあるらしい。

註文を受け付けたというメールを確認して、店の二階にまた戻って大きな日本全土の地図を探し、それを持って家に帰りかけると、首都高速五号線のほうから仲宿商店街のほうへとつづく道へ入って来たらしい救急車の音が近づいてきた。

商店街で急病人か怪我人《けがにん》か?

あと三日で蘭子が死んだ日だ。康平はなんとなくいやな予感がしたので救急車がどこに停《と》まるのか見たくなかったが、お前はそうやっていつも逃げるんだなぁと胸のなかで言い、狭い路地を商店街へと引き返した。

救急車はカンちゃんのビルの前に停まっていたが、隣りの煎餅屋かもしれないと康平は思った。煎餅屋には八十三歳の年寄りがいる。

救急隊員は車輪の付いた搬送用の担架を折り畳んだまま、カンちゃんのビルの階段を駆け上って行った。

二階の鍼灸マッサージ院だろうか、三階の学習塾か?

康平は担架で運ばれるのがカンちゃん夫婦のどちらでもなければいいがと思いながら、救急車の赤い点滅灯を見ていた。

トシオが走って来て、

「カンちゃんが倒れたんだ」

と康平に言った。

「なんで知ってるんだよ」

「サキちゃんが電話してきたんだ。亭主が屋上で倒れてて意識がない、どうしたらいいだろう、って。どうするもなにもすぐに救急車を呼ばなきゃって言って、慌ててここに走って来たんだ。俺はちょっと用事があってマンションに帰ってたから時間がかかったんだ」

「俺、二時間ほど前に屋上のカンちゃんと話をしたよ」

と康平は言った。

学習塾の小学生たちが階段に群がっているので、講師が教室に入るようにと怒鳴っていた。狭い階段なので救急隊員が病人を乗せた担架を降ろす邪魔になっているらしかった。

先に階段を降りてきたカンちゃんの女房は青ざめた顔で、

「あとでうちの部屋の鍵をかけといてね」

と言い、トシオに鍵を渡した。

担架に乗せられたカンちゃんの顔はたくさんのやじ馬の体に遮られて見えなかった。

サキちゃんが付き添って乗ったのに、救急車はいつまでも走りださなかった。対応してくれる病院を無線で探しているのかもしれない。蘭子のときもそうだったな。

康平がそう思ったとき、サイレンを鳴らして救急車は走りだした。

病院に着いて容態がわかったら、サキちゃんからまた電話があるだろう。俺は店に帰ってる。

鍵をかけて降りてきたトシオはそう言って、汗まみれの額や首筋を手の甲でぬぐいながら商店街を店のほうへと小走りで戻って行った。

「どうしたんだろうね」

と「まきの」の北隣りの洋品店の女主人が話しかけてきた。

「屋上で倒れてたんだそうですよ」

そう答えて、康平は家に戻り、しばらくソファに坐って気を鎮めてから、焼酎のお湯割りを作り直した。

もうじき十月だというのにこの蒸し暑さは異常だ。日は短くなったし、朝晩も涼しくなったが、昼間はクーラーなしではいられない。きょうは日差しが強かったから、屋上で薔薇の手入れをして水をやっていたカンちゃんはきっと熱中症にかかったに違いない。

そう考えて、

「たったの四階でもビルの屋上は暑いからなぁ」

と康平はつぶやいた。

カンちゃんは八月初旬に人間ドックで検査をして、どこも異常なしだったから成田空港の近くのゴルフ場の会員権を買うことに決めたと言っていたのだ。

バブルのときは三千万円だったのが、いまは百五十万円に下がってるからお買い得だ、と。

「俺は薔薇とゴルフの日々だよ」

そう言ったときのカンちゃんの顔が浮かんで、康平はスマホが鳴るのを待ちつづけた。

いつもよりも一杯多い三杯目のお湯割りを作ったとき、トシオから電話があった。

「駄目だったよ」

とトシオは言った。

「駄目……なにが？」

「なにがって、駄目だったんだよ」

「だからなにが駄目だったんだよ」

「カンちゃん、死んじゃった」

「えっ！」

「心筋梗塞だって。ふたりの息子に連絡が取れないんだ。ひとりはアメリカに赴任中だし、ひとりは新潟に出張中なんだ」

トシオはそう言って、しばらく黙りこんだ。

トシオの沈黙が長かったので、康平は電話が切れたのかと思ったが、

「サキちゃんは取り乱しちゃって、ひとりにさせとけなくて、いま俺の女房が病院に行ったよ。俺たちと同じ六十二だぜ。早すぎるよなぁ。呆気《あっけ》ないよなぁ。蘭子さんもそうだったよなぁ」

という言葉が聞こえた。

ふたりの息子にはいずれ連絡がつくだろうが、通夜や葬儀の手配は手伝ってやらねばならないだろうと康平はトシオに言った。

商店街にはそういうことに慣れている年寄りがたくさんいるので、俺や康平の出番はないかもしれない。冠婚葬祭係と言ってもいい老人に相談してみる。

トシオはそう言って電話を切った。

康平は日本全土の地図をテーブルの上でひろげた。大きなテーブルでもその地図は収まり切らず、海の部分の多くははみ出てしまったが、それでも日本という島国の全部がリアス式海岸かと思うほどに海岸線は複雑なギザギザの線だらけだった。

「ここからこれをどうやって探すんだよ」

額に入れた葉書を見ながら、康平はそうつぶやき、日本海の海岸線と葉書の絵を照らし合わせていったが、どれも似ているといえば似ているし、該当しそうな線はどこにもないといえばいえた。

カレンダーの六月の写真は石川県金沢市の大野《おおの》灯台だった。全国でも珍しい四角形の灯台と書かれてあり、高さ二十六メートルと記されていた。

写真の半分は夕暮れに撮影されている。その理由を康平はすぐに理解した。灯台が働き始めるのは日が落ちてからで、写真を撮る者は回転灯の光も捉えたい。しかし、その光が鮮やかになるのは夜になってからで、そうなると灯台そのものの姿かたちを写すことができなくなる。

灯台の光とその形を同時にカメラに収めるには、点灯して間なしの夕刻しかないのだ。

「どんなに威風堂々たる姿でも、海を照らしてない灯台なんて意味ないもんな」

と康平は言って、地図を畳み、テーブルに山下惣菜店で買った惣菜を並べると夕食を食べ始めた。ご飯は一週間にいちどたくさん炊いて冷凍しておき、電子レンジで温めるのだ。

康平は、温めたご飯を電子レンジから出したが、いつもより一杯多く飲んだのに、まだ飲み足らなくて、焼酎の瓶をテーブルに置いた。

飲み足らないのではなく、カンちゃんの不意の死が強い衝撃のようなものをもたらしていて、それが食欲を抑えていると気づくまで、かなり時間がかかった。

これ以上飲んだら朱美に怒られる。あいつはいつもそれとなく焼酎の瓶に目をやって、入っている焼酎の減り具合を観察している。

妻に先立たれた中年男はアルコール依存症になりやすいという記事を新聞の文化面で読んで以来、お湯割り二杯だけと制限するようになった。三杯飲むと、目ざとくそれと気づいて、

「二杯までにしないと駄目よ」

と睨《にら》みつけてくる。今夜もあの目力で睨まれることだろう。

康平はそう思いながらも、濃い目のお湯割りを作った。そして、朱美に電話をかけた。部長の叱責を神妙に聞いて、もう社を出たかもしれないが、カンちゃんが死んだことは知らせておこうと考えたのだ。焼酎を四杯も飲んだことの理由づけを先に作っておこうという魂胆もあった。

「カンちゃんが死んだんだ」

その父親の言葉を聞くなり、朱美はお店から出るから少し待ってくれと言った。同じ会社の女子社員だろうか、

「こら、逃げるな」

と言って笑う声が聞こえた。

どこかで飲み会をやってるんだなと察して、康平は焼酎を飲んだ。

「冗談でしょう？　寛治《かんじ》おじさん、ぴんぴんしてたよ。私が社に戻るとき、屋上で薔薇に水遣《みずや》りしながら、まだ仕事かい？　って話しかけてきたんだよ」

と朱美は周りの騒音から遠いところで言った。

「そのあとに俺とも話をして、それから屋上で倒れたんだ。心筋梗塞だってさ。俺はいま家だ。カンちゃんの遺体をいったん家に運ぶのか、そのまま葬儀場の遺体安置室に運ぶのか、まだわからないんだ」

朱美は、できるだけ早く帰ると言って電話を切った。

夕方になると楽しみにしている焼酎のお湯割りが、きょうは飲めば飲むほどまずくなると思い、コップに残っているのを台所の流しに捨てて、康平はなにを考えるでもなく、大窓越しに狭い裏庭を見ていたが、不意に、

「俺に読書を勧めたのはカンちゃんだ」

とつぶやいた。

俺が猛然と読書に励み始めたのは、カンちゃんのお陰だ。カンちゃんがきつく戒めてくれなかったら、「まきの」の二階が図書室のように変貌していくことはなかったのだ。

康平は、なぜこんな大事なことを忘れていたのだろうと思い、冷蔵庫からレタスを出して洗い、それできのうの残りのポテサラを包んで食べ始めた。

カンちゃんは小学生のときから成績が良くて、中学、高校は文京区にある私立に進み、大学は第一志望の国立を落ちて、全国で最も難易度が高い私立大学の経済学部に入った。

康平とは物心ついたころからの友だちで、幼いときは取っ組み合いをして遊んだ仲だったが、カンちゃんは受験塾へかようようになると、近くに住んでいるのに疎遠になった。

だが、大学を卒業して大手の製薬会社に就職したころ、カンちゃんのほうから康平に親しく接してくるようになったのだ。

勤め先から帰って来ると、「まきの」に寄ってチャーシュウを肴《さかな》にビールを飲み、なにやかやと康平に話しかけてくる。そのうち、「まきの」の定休日である月曜日の夜に

は、二十四時間営業のゴルフ練習場にふたりで行くようになった。

康平はスポーツはすべて苦手だったが、当時の製薬会社の営業マンには必須だというゴルフの練習につきあって、週に一度、自分の知らない世界で働いているカンちゃんからさまざまな話を聞くのが楽しかった。

高校中退以来、友人も失《な》くした康平は、早朝から夜の十時まで「まきの」で仕事をするだけの日々だったのだ。

ゴルフはまったく上手にならなかったが、カンちゃんという旧友との復縁が嬉《うれ》しくて、
週に一度の練習場通いのために中古車を買ったほどだった。

カンちゃんは二百球打ったあとに、練習場のレストランでビールを飲みたがったからだ。

カンちゃんの本名は倉木《くらき》寛治という。

康平は二十四歳の夏の月曜日、いつものようにカンちゃんを車の助手席に乗せて、高《たか》島平《しまだいら》にあるゴルフ練習場へ行った。

その日、カンちゃんは出張帰りで疲れていたのか、あまり気乗りしないようだったが、いつものように二百球打つと、レストランでビールを飲んだ。どんな話をしていたのか康平は忘れたが、突然、カンちゃんは言ったのだ。

「お前と話してるとおもしろくなくて、腹がたってくるんだ。康平、お前の話がなぜおもしろくないか教えてやろうか。お前が知ってるのはラーメンのことだけなんだ。じゃ

あ、職人と呼ばれる職業の人間はみんなおもしろくないのか。そうじゃないよ。牧野康平という人間がおもしろくないんだ。それはなぁ、お前に『雑学』ってものが身についてないからさ。大学ってところはなぁ、専門の学問を学ぶよりも、もっと重要なことが身につくところなんだ。諧謔《かいぎゃく》、ユーモア、議論用語、アルゴリズム……。それらを簡単に言うと『雑学』だ。女の話から、なぜか進化論へと話は移って、ゲノムの話になり、昆虫の生態へと移り、いつのまにかカルタゴの滅亡とローマ帝国の政治っていう歴史学に変わってる。どれも愚にもつかない幼稚な話だよ。でも、それによって各人が読んだり聞いたりして得た『雑学』の程度の差が露呈するんだ。康平、お前にはその雑学がまったくないんだ」

康平は屈辱で顔が真っ赤になり、

「俺は高校中退だからな」

としか言い返せなかった。

「高校を中退したのはお前の勝手だろう。家が貧乏で仕方なく働くしかなかったってわけじゃないだろう」

この野郎、歩いて帰りやがれ。そう思って車のキーを持って立ち上がると、カンちゃんは言った。

「康平、とにかく本を読むんだ。小説、評論、詩、名論文、歴史書、数学、科学、建築学、生物学、地政学に関する書物。なんでもいいんだ。雑学を詰め込むんだ。活字だらけの書物を読め。優れた書物を読みつづける以外に人間が成長する方法はないぞ」

もしかしたら、カンちゃんは自分に言い聞かせているのではないだろうかと康平は思った。

えらそうに言うな。俺が高校も卒業しなかったから小馬鹿にしてやがる。俺には俺の考えがあって「まきの」の跡を継ごうと思ったんだ。

そう言い返したかったが、康平はひとことも言葉を口にしないまま、その夜はカンちゃんを車の助手席に乗せて家まで送った。

俺には俺の考えがあってだと？

どんな考えなんだ。ただ学校に行きたくなかっただけではないか。

カンちゃんへの腹立ちは、そのうち強い恨みに変わっていきかけたが、日を置かずにカンちゃんが大阪に転勤になると知ったとき、あの日にはもうそれが内定していたのだなと悟って、康平はこんどは自分に腹がたってきた。

カンちゃんが大阪に行ってしまって一か月ほどたって、五年くらい前から「まきの」を週に二、三回訪れる老人がかつては高校の数学の教師であったことを知った。

その老人は、たいてい火曜日と土曜日の夕方にやって来て、焼酎のお湯割りを二杯飲み、それからチャーシュウ麺を食べていく。

「まきの」ではアルコール類はビールと清酒と焼酎を出すが、それには店による決め事があった。

ビールは大瓶一本だけ。清酒と焼酎はコップに二杯だけ。それ以上はお出ししません。もっと飲みたければ他所《よそ》で飲んで下さい。

そうわざと無愛想に書いた紙が、目につく場所に貼ってあるのだ。

ここは居酒屋ではなく中華そば屋だと客に認識してもらうためだった。そういう決め事を作っておかないと、チャーシュウを肴に酒を飲みつづける客がいるのだ。

「酒も焼酎も、二杯だけしか出してもらえないってのは、いいね。『まきの』に行ってくるって言うと、女房が安心するんだ」

とその老人は言って、康平の仕事ぶりを褒めてくれた。

「きみは骨惜しみしないな。若いのに立派だな」

人に褒められたことのない康平は嬉しくて、チャーシュウを切りながら珍しく言葉を交わしているうちに、老人の来歴を知ったのだ。

清瀬五郎《きよせごろう》という名の老人はそのとき、六十五歳だった。

清瀬が次にやって来たとき、康平は、本を読みたいのだが、なにを読めばいいのかわからないと言った。でも、ちゃんとした本を読みたい、と。

清瀬は焼酎のお湯割りを口に含み、それからポケットのメモ用紙を出して、「モンテ・クリスト伯　アレクサンドル・デュマ」と書いた。

「ただ難しいだけじゃしょうがない。書物はおもしろくないとね。まずこれから文学の世界に入ろう。これを読了したら次に読む本を教えるよ」

と清瀬は言った。

商店街の本屋になかったので、休みの日に都心に出て、康平は『モンテ・クリスト伯』の文庫本を買った。読み終わるのに十日かかった。

清瀬が次に読めと勧めたのはユゴーの『レ・ミゼラブル』で、その次は森鷗外《もりおうがい》の『渋《しぶ》江抽斎《えちゅうさい》』だった。

「これは史伝だけど、ぼくは鷗外の最高傑作だと思ってるんだ。これを読了できたら、康平くんの心のなかに数千人の人間の歴史が生まれてるよ」

康平は必ず読み切りますと約束して、また都心の大型書店に行き、『渋江抽斎』を手に入れた。

そのときすでに康平のなかには読書という下地ができていて、古典や名作の凄さが多少はわかるようになっていたが、自分では気づかなかった。

『渋江抽斎』にはてこずった。実在した渋江抽斎という江戸時代の学者の周りにいた人々の履歴や、どうでもよさそうなエピソードや、その係累のそれぞれの個性や特技などが事細かく描かれていて、退屈で、おもしろくもなんともなくて、何回その文庫本を放り出そうとしたかしれない。

　だが、最後の数ページにさしかかったとき、康平は、ひとりの人間が生まれてから死ぬまでには、これほど多くの他者の無償の愛情や労苦や運命までもが関わっているのかと、粛然と身を正すようになっていた。

「そうか、それを感じたか。よし、あとは自分が本屋に行って、読みたいと思った本を読んだらいいよ」

　と清瀬は言い、次はなにを読めとは言わなかった。

『渋江抽斎』の影響で、康平は歴史に興味を持ち始めていた。

作者が想像力で創り上げた架空の人物よりも、実際にこの世を生きた実在の人物のほうがはるかに魅力があるという気がしたのだ。

　康平はまず、歴史そのものを知らなくてはならないと考えた。

だが、歴史といっても雲を摑《つか》むほどに多岐にわたるし、英単語を覚えるためのマメタンのようにAからZまでを暗記すればいいというわけではない。

　康平は、次にトルストイの『戦争と平和』を読み、ゴーゴリの『外套』も読み、ロシアの歴史に関する本を数冊買ってロシア革命について学んだ。読んでいるうちに数冊では足りなくなり、十数冊の歴史書が並んだ。

　その次はフランス革命について学んだあと、再び『渋江抽斎』を読み、江戸期から明治・大正に及ぶ期間の歴史書に耽溺《たんでき》した。島崎藤村の『夜明け前』はそのころに読んだのだ。

父は、康平の突然の読書熱に気づいていたし、その最初の指南役が清瀬五郎という常連客であることも知っていたくせに、長いあいだ、知らぬふりをつづけた。

それ以後、康平の読書量はさらに増えつづけて、手当たり次第の乱読の時期を迎えたが、つねに『渋江抽斎』と『夜明け前』からは離れなかった。読書に疲れると、いつもこの二作に戻っていった。

康平が二十七歳のとき、本の置き場に困るようになり、「まきの」の二階を自分用に使わせてくれと父に頼んだ。

「本てのは重いからなぁ、床が抜けないか?」

と言ったが、物置として使っていた二階が息子の読書用の部屋に変わることは、父にとっては嬉しいことだったようで、すぐに許してくれた。

すでに百冊以上になっていた康平の蔵書は「まきの」の二階に移されて、康平が大工仕事をして壁に取り付けた書架に整然と並んだとき、父は、腕組みをしながらそれを眺め、

「俺のよりもうまい中華そばが、ここから生まれるぜ」

と言った。

「うちの中華そばは父ちゃんので完成してるよ」

お世辞でなく、康平はそう思っていたのだ。

「冗談じゃない。どんな料理にも、完成された味なんてないさ。『まきの』の中華そばのスープには、なにか一味足りないんだ。ひょっとしたら一味多いのかもしれないけど、俺はそれがなんなのか、どうしてもわからねえ。思いつくものを足したり引いたりしてきたが、その一味が出せないんだよ」

五十四歳の父は、書架に並んだ本のなかから、いちばん背表紙が汚れている文庫本を出して、

「これか？　お前がもう何回も読んだってのは」

と言って『渋江抽斎』をひらいた。

「息子がそこまで入れ揚げた本を俺も読んでみるか」

「難しくて退屈になったら飛ばして読んだらいいよ」

と康平は言った。

「生意気なこと言いやがって。ちゃんと完読してやるさ」

しかし四日後の早朝、厨房を掃除し、裸足《はだし》になって換気扇の羽根をタオルで磨いている康平の顔の前に『渋江抽斎』を突き出し、

「俺には読めねえ。ギブアップだ」

と父は言って苦笑いを向けた。

「確かに日本語なんだけどな、俺にはその日本語の意味がわからねえ。これは口語体じゃあないよなぁ」

「いや、口語体だよ。だけど鷗外の文体での口語体だから、いまはほとんど使わない語句とか用語だらけの部分もあるんだ」

「お前、よく読めたなぁ」

「そのために漢和辞典と国語辞典を買ったよ。フリガナのついてない漢字がたくさんあったし、読めても意味のわからない言葉も多かったしね」

康平はそのころ月に五万円の給料を貰っていたが、ほとんどは本代に消えたのだ。康平が頼んだわけではないのに、父は翌月から七万円に上げてくれた。

「いつのまにか八百数十冊だ」

と康平は父の苦笑いを思い浮かべながらつぶやいた。

元はといえば、カンちゃんだ。そして、俺の恩師は常連客だった清瀬さんだ、と康平は思った。

第二章

カンちゃんの葬式が済んで四日たってから、康平はすでに届いていた『ニッポン灯台紀行』という写真集をひらいた。

真っ先に目に入ったのは千葉県銚子《ちょうし》市の犬吠埼灯台だったので、房総半島には灯台が多いだろうと思いページを繰っていった。

千葉県は東京都の隣りなので、地図を見なくても、康平にはだいたいの位置がわかる。

館山《たてやま》市に洲埼《すのさき》灯台があり、南房総市には野島埼《のじまさき》灯台があった。

康平はそのだいたいの位置を中心として頭のなかでドライブマップを描き、これなら一泊二日のドライブ旅行で三つの灯台を見られるなと思った。

ただそう思っただけで、行こうと決めたわけではなかった。

あしたは十月六日の金曜日。

アメリカ赴任中のカンちゃんの長男にはなんとか連絡がついたが、ニューヨークから成田への直行便のチケットが取れず、ロサンゼルスからの飛行機も満席で、サンフランシスコ経由にするしかなかったので、板橋の実家に帰って来たのは九月三十日だった。

着いた日がお通夜で、翌日に葬式で、カンちゃんの長男はほとんど寝ていない状態ですぐにニューヨークに戻って行った。

慌ただしい帰省だったが、康平は葬儀場で五分ほどカンちゃんの長男と話をした。これがぼくのフィアンセですと言って見せてくれた一枚の写真が、煉瓦《れんが》造りの風格のある灯台を背景に撮られていたので、ここはどこかと訊いてみた。

イタリアのカプリ島灯台だということだった。ことしの夏にフィアンセと南イタリアを旅行したらしい。フィアンセはニューヨークで知り合った日系人だった。

結婚式はニューヨークで挙げることになっていて、父はその日を楽しみにしていたのに残念です、とカンちゃんの長男は言った。

どんなお悔やみの言葉を口にすべきかわからず、

「あなたのお父さんは、ぼくの恩人です」

とだけ言ったが、長男はその理由を訊かなかった。親戚たちに挨拶をしなければならず、神経がそっちのほうに行っていたからだろう。

康平はカンちゃんの長男の名を思い出せなくて、あなたと呼ぶしかなかった。

「立派に育ったなぁ。クニちゃんが結婚する相手は国籍はアメリカなんだってさ。ニューヨーク生まれのニューヨーク育ちだよ」

トシオがそう言ったので、康平はカンちゃんの長男の名が邦芳《くによし》だったと思いだしたのだ。

カンちゃんの妻である咲恵《さきえ》の嘆き方はいささか異常なほどで、最後の別れのときには泣き崩れて立ちあがれなくなってしまい、息子たちにかかえられて霊柩車《れいきゆうしゃ》に乗らなければならなかった。

あれほど葬儀で身も世もあらぬほどに泣きつづけた人を見たことがないなと思い、康平はそのときのサキちゃんの泣き腫らした顔を胸に描きながら、『ニッポン灯台紀行』を閉じた。

そして、新しく買った『渋江抽斎』の文庫本をひらき、好きな一節を読んだ。最近まで手元に置いていた文庫本は二冊目で、買ってから二十年もたつので、色褪《あ》せて手垢にまみれてしまったからだ。

抽斎と五百《いお》の夫婦のあいだに生まれた陸《くが》が、江戸から東京と名を変えたころ、さまざまな事情によって本所緑町《ほんじよみどりちょう》に砂糖店を開いた。士族の娘で健気にも商売を始めたというので評判になり繁盛するのだ。

——或日また五百と保とが寄席《よせ》に往った。心打《しんうち》は円朝《えんちょう》であったが、話の本題に入《い》る前に、こういう事を言った。「この頃緑町では、御大家《ごたいけ》のお嬢様がお砂糖屋をお始《はじめ》になって、殊《こと》の外《ほか》御繁昌だと申すことでございます。時節柄結構なお思い立《たち》で、誰《たれ》もそうありたい事と存じます」といった。話の中《うち》にいわゆる心学《しんがく》を説いた円朝の面目《めんぼく》が窺《うかが》われる。

五百は聴《き》いて感慨に堪えなかったそうである。——

康平は、この陸の母、抽斎の四人目の妻として生涯を終えた五百が好きだった。若いころ、このような女を愛したいと思った。愛されたいとも思った。

江戸の商家の娘として生まれた五百は、当時の封建社会にあっては珍しい才気と気概を持つ娘で、親は一般の商家の娘には不釣り合いな武家奉公に出した。だが、すぐに中臈頭《ちゆうろうがしら》として取り立てられた。経学、書道、絵画、和歌ばかりではなく武芸すら身につけてしまう娘だった。みずから望んで抽斎に嫁《か》し、幕末動乱期も明治の時代も渋江家を守って生きた。

蘭子は五百とはまったく異なる女だったな、と康平は思った。口のなかに溢れるほどの餌《えさ》を入れて、頬を一杯に膨らませてちょこまかと走り廻《まわ》っているリスみたいだった。三日先のことはまったく気にしないが、十年先のことは案じ過ぎるほど案じて、その用意を怠らない。

亭主は三日後のことが心配で、その日その日の店の売り上げが頭から去らないので、十年先のことなんか考えていられない。

武家奉公で躾《しつ》けられた五百は、人間の風雅を解していたが、どこか愛嬌《あいきよう》に欠けたことは否めない。しかし、蘭子には愛嬌があった。天稟《てんぴん》といってもいい愛嬌で、

「『まきの』の奥さんの顔を見るだけで気が晴れる」

という客は多かった。だが、経済の才はそれほどとは思えなかった。保険会社のテレビCMを見ると、すぐに加入してしまうのだ。

毎月の保険料は少額だ。二千円とか千五百円とか、多くても三千円とかの医療保険が多かった。ガンの診断が下れば二百万円支給。一日三万円の治療費と入院代が支払われて、死亡時には百五十万円とか、その程度の保険なのだが、蘭子が急死したあと朱美が調べると、そのような保険に八つも加入していたのだ。

治療費も入院代も支払われなかったが、死亡時には全部合わせて一千万円近い小口の保険金が入ることになった。

大口もひとつあった。それも一千万円ほどだった。

その金には一円も手をつけていない。康平が子供たちへの遺産として残そうと決めたからだ。

今夜は、朱美は残業さえなければ寄り道せずに帰ると言っていたので、ひさしぶりにすき焼きでもしようかと考えて、康平は台所とリビングを兼ねた部屋の掛け時計を見た。五時半だった。

ネギはある。肉と焼き豆腐と椎茸《しいたけ》と糸こんにゃくを買いに行こう。

そう思いながらも、康平は再び『渋江抽斎』の文庫本の最後のほうをひらいて数ページ読んだ。読んでいるうちに、

「よし、行こう」

と声に出して言った。

「灯台を見る旅を始めるぞ」

灯台を見たいと思ったのではなかった。

蘭子が死んでからの二年間で、康平は自分が次第に出不精になってしまい、近くへの買い物さえも億劫《おっくう》に感じて、これでは高校に行きたくなくてひきこもりになったころに逆戻りだなと危惧していたのだ。

六十二歳のひきこもりのおっさんになってしまうと、若くないだけに立ち直るのは難しいという恐れも感じるようになっていた。

だから、なんでもいい、理由を作って外に出よう。しかし、無目的に出かけても、それはひとつ間違えば徘徊《はいかい》の始まりということになりかねない。各地の灯台を訪ねるという正当な理由が必要だ。

康平はそう考えたのだが、灯台を巡ることがいまの自分に適切な行動かどうかは念頭から外した。

とにかく力ずくでも自分を外に引きずりださねばならない。だから、灯台を見に行く。

それでいいではないか。

康平は自分にそう言い聞かせて、スマホのグーグルマップで房総半島全体を見た。

犬吠埼灯台から九十九里浜《くじゆうくりはま》を南下して進めば、半島南端の野島埼灯台へ着く。そこから南西端の洲埼灯台までは遠くない。

外房から内房を一周して帰って来ればいいだけだ。

さて、板橋区から外房へと行くには、どの道がいちばん混まずに便利なのだろう。

そう思いながら、康平は地図を大きくした。東京湾アクアラインという道があった。羽田空港の近くから木更津《きさらづ》の西あたりを結んでいる。

「へえ、いつのまにこんなの出来たんだい？　東京湾の底にトンネルを掘ったのか？　知らなかったなぁ」

とつぶやき、康平は房総半島一周の経路を逆にしようと決めて、どこで泊まろうかと考えた。洲崎の手前の漁港近くに古い旅館があるのを見つけて、スマホで調べると、主に釣り客が泊まる宿らしく、値段も高くなかった。事前に要予約となっている。

「寝るだけだからな。でもうまい魚を食わせてくれそうだな。ここからなら夜の洲埼灯台も見えるかもしれないよ」

康平は旅館に電話をかけてみた。土日は満室だった。康平は月曜日の夜を予約した。

すき焼きの食材を買いに出たついでに、康平は先に商店街まで行ってスポーツ用品店でフード付きのウィンドブレーカーを購入し、迷った末にウォーキングシューズも買った。

たった三つの灯台を巡るだけなのに新しいウォーキングシューズなんか必要ないと思ったのだが、長年履いているやつはもう二年間靴箱に入ったままなので、捨ててしまうことにしたのだ。

月曜日の朝、康平は朱美が中学生時代に使っていたバックパックを背負い、歩いてレンタカー会社へ行き、小型のワゴン車を借りた。

スタッフに東京湾アクアラインへの道を教えてもらったが、最新のカーナビは親切でわかりやすくて、指示どおりに都内を進んでいるうちにアクアラインに入ってしまった。

「どう見ても、これは女物だな」

助手席の足元に置いたバックパックを見て、康平は苦笑した。全体はオレンジ色で、幾つか付いているポケットは緑色なのだ。

一泊のつもりだったが、念のために二日分の着替えを入れ、タオルを三枚、ウィンドブレーカー、洗面用具、ペットボトルに入れた焼酎二合、それを飲むための陶器のぐい呑《の》み、地図、方位磁石、デジタルカメラ、『渋江抽斎』の新しい文庫本と『ニッポン灯台紀行』、ノートとボールペン、スマホと充電器、老眼鏡とサングラス。

それが中身のすべてだったが、朱美のバックパックは小さいので、はちきれそうに膨れていた。

アクアラインを抜けて館山自動車道に入りまっすぐ進むうちに灌木《かんぼく》の茂った低い山があり、そこを過ぎると右手に海が見えてきた。

いい天気で、クーラーを切って車の窓をあけると、風が白髪の増えた脂っけのない頭髪を乱した。

康平はもともと車の運転が好きではなかった。店で必要になることもあるだろうと考えて十九のときに運転免許を取ったが、ほとんど乗る機会はなかった。

カンちゃんを乗せてゴルフの練習場に行くためだけに中古車を買ったようなものだったのだ。その中古車は、カンちゃんが転勤してすぐに売ってしまった。

信号待ちのためにブレーキを踏むと自動的にアイドリングが停止するという車に乗ったのは初めてだったので、板橋を出てから何回もエンストかと慌てたが、アクアラインに入るころには慣れてしまった。

館山への道を示す標識のあるところで、康平は窓を閉めて再びクーラーをつけた。ガラス窓から照りつける日差しは強くて、十月なのに真夏のような暑さが車中にこもってきたのだ。

「ここは南国か？　お天道《てんと》様は南国の光だぜ」

館山へと車を走らせながら、康平はひとりごとを言った。房総半島一周の旅でいったい何回ひとりごとを言うことだろうと思うと、おかしかった。

たぶん右側は浦賀《うらが》水道で、その向こうには三浦半島があるはずだった。けれども丘のような低い山に遮られて海は見えなかった。

「まだ十一時だなぁ」

と康平は言った。

アクアラインの途中に「海ほたる」と名づけられた人工島があって、それは食堂が何軒も並ぶ大きなサービスエリアだったが、康平はまったく空腹を感じなかったので、そのまま走りつづけたのだ。

バックミラーで自分の頭髪を見て、そうだ、どこかの町の理髪店で髪を切ろうと康平は思った。

この三十年間、髪型を変えていない。四、五センチの長さの髪を七三に分けているだけだ。整髪料は使ったことがない。仕事中は白い手拭いをバンダナ代わりに巻いているので、整髪料は必要なかったのだ。

「よし、館山で昼飯を食ってから、散髪をしよう。二センチくらいに短く切ってもらおう」

と康平はひとりごとを言ったが、すぐに、きょうは月曜日だと気づいた。

「日本中の理髪店がお休みの日じゃねえか」

途中、道路工事で片側通行がつづき、館山の町に入ったのは二時前だった。

道沿いに大衆食堂とラーメン屋があって、その間が駐車場になっていたので、康平は車を停めて、さてどっちにしようかと考えた。

他人が作ったまずいラーメンを金を払って食べると、ひどく損をしたような気分になると思い、康平は暖簾にも、大きすぎる看板にも大衆食堂と書いてあるほうに入り、きっと今夜は洲埼灯台近くの旅館で魚料理を食べることになるのだからと考えて、トンカツ定食を註文した。

「うまいなぁ。これはたいしたもんだよ。しじみの味噌汁《みそしる》も体に沁《し》みるよ。日本橋のあのえらそうな親父の店よりもはるかに上物だ。それなのに値段ははるかに安い」

以前、テレビで紹介されて、蘭子がいちど食べてみたいと言うので、わざわざ日本橋まで行って食べた有名店のローストンカツを思い浮かべて、

「おいしいですねぇ」

と七十代半ばと思える女性店主に言った。

康平は、自分が、修学旅行中の小学生みたいな気分になっているのに気づき、喋《しゃべ》るのはひとりごとだけにしておこうと思った。

おいしいですね。ありがとうございます。で済めばいいが、延々と蘊蓄《うんちく》をかたむける店主は多いのだ。

親切にも註文していない干物やワサビ漬けなんかを出してくれたりしたら、残すに残

せなくて困ってしまう。

　康平は、これまでなんどかそういう目に遭っていた。

　半袖の濃紺のポロシャツを着てジーンズを穿《は》き、前掛けをした店主は、

「きょうは暑いから冷たいお茶にしましょうか」

　と言って冷蔵庫をあけた。

　コップに入れた麦茶を運んでくれて、ご旅行ですかと訊いてきた。

　康平は、はいとだけ答えて、麦茶を飲んだ。

「すぐ近くに野島埼灯台っていうのがあるんですよ。八角形の大きな灯台です。幕末に外国とのあいだで江戸条約っていうのが結ばれたんですけどね、その条約のなかに八基の灯台を造れというのがあって、当時の幕府はそれを約束させられたんです。昔、江戸時代には船の安全のために灯明台《とうみょうだい》があったんですけど、西洋の灯台というのをどうやって造ったらいいのかもわからなかったんです」

　やっぱり始まったぞと思ったが、康平は店主の話に聞き入ってしまった。

「馬関《ばかん》戦争というのをご存じですか？」

　と女性店主は訊いた。

「ええ、文久三年に長州が予告もなしに下関《しものせき》海峡を封鎖して、外国の商船や軍艦を砲撃したのがきっかけですよね。報復を受けたのが、その翌年ですね」

「そうそう、お詳しいですね。江戸時代は下関を馬関と呼んだんですね」

江戸条約については『ニッポン灯台紀行』の著者も書いていたなと康平は思った。

「結局、長州は四か国に攻められて降参したんですが、莫大な賠償金を要求されますでしょう？　長州は開き直って、その金は幕府から貰ってくれと返答しましたよね。たしか三百万ドルだったと思います」

「へぇ。当時の三百万ドルって、いまなら幾らでしょうね」

「天文学的な金額でしょう。徳川《とくがわ》幕府に払えるはずがありません。イギリスは、賠償金を三分の一にするから、この条約を結べと迫ってきたんです」

「それが江戸条約ですか」

「そうそう。そのなかに『日本政府は外國交易の爲《た》め開きたる各港最寄船々の出入安全のため燈明臺浮木瀬印木《とうみようだいうきぎせじるしぎ》等を備ふべし』とありまして、八基の灯台建設を約束させるんです。浦賀水道を通って江戸湾へ出入りする航路は、外国船でなくても危険だったんですよ。日本の船にとっても三浦半島と房総半島に挟まれた浦賀水道は難所だったんです。それで最初に三浦半島の観音埼《かんのんさき》灯台と房総半島の野島埼灯台が出来たんです。観音埼灯台が明治二年、野島埼灯台が明治三年ですよ」

「詳しいですねぇ。やっぱり灯台がお好きなんですか？」

と康平は感心しながら訊いた。

「私は灯台女子じゃありませんよ」

康平には「東大女子」と聞こえたが、店主は笑みを浮かべて、東京大学の女子学生ではないと言った。

「鉄道好きの人たちを鉄ちゃんと呼ぶでしょう？　それと同じ意味での灯台女子。鉄ちゃんほど目立たないけど、多いそうですよ」

「へえ、灯台女子ですかぁ」

そろそろ腰をあげようと思い、長州の無謀な砲撃が、怪我の功名であったにしても、日本に近代的な灯台をもたらしたんですねと言って財布を出した。

店主は帳場におつりを取りに行き、戻ってくると、今夜はどこに泊まるのかと訊いた。

洲埼灯台を見たいので、その手前の栄《さかえ》の浦《うら》漁港近くにある旅館に泊まることにしたと康平は言い、なんとなく上から目線のようなものを感じさせる店主に、自分も多少は物を知っているのだぞと知らせたくなり、

「馬関戦争の講和談判では高杉晋作《たかすぎしんさく》が宍戸刑馬《ししどぎょうま》という偽名を使って外国公使とやりあったんですよね」

と言った。

「高杉晋作なんて、いなかのぼんぼんのヤンキーですよ」

店主は微笑みながら言った。

「英雄に仕立て上げたのは誰なんでしょうねぇ。きっと明治新政府の長州閥でしょうね」

康平は小馬鹿にされている気がして、

「なんでも一家言がおありなんですねぇ。なんか学校の先生と話してるような気がします」

と言った。

店主は声をあげて笑い、そのとおりなのだと答えた。二十四のときから定年まで館山の高校で歴史を教えていたのだ、と。

「えっ！ そりゃあ詳しいはずですね」

「いいえ、灯台のことは兄に教えてもらったんです。兄はもう十年ほど前に死にましたが、長いあいだ海上保安庁に勤めていましてね。灯台は、戦後に海上保安庁が所管して、いまも海上保安本部の海上保安部が管理してるんです」

「はぁ……」

「灯台も、あと三、四年で役目を終えるんじゃないかって言われてます。ＧＰＳが発達して位置や方位を船のコンピューターが受信して、もっと正確な航路がわかるようになると、灯台は要らなくなるそうなんです」

康平は、このへんが切り上げ時だと思い、店を出た。

「まだ遠いですから、お気をつけて」

駐車場まで送って来た店主がそう言ったとき、四十代前半くらいの女性が店の前で自転車から降りた。店主と顔立ちがそっくりだった。年恰好から、康平は親子であろうと思った。

県道二五七号線は海に沿って延びていた。

三時過ぎだった。日差しはさらに強くなり、康平は道幅の広くなっているところで車を停め、サングラスを出した。

「高校の教師を定年で辞めて、あそこで食堂を始めたのかな」

なんだか訳ありな老婦人だったなと思い、

「高杉晋作は、いなかのぼんぼんのヤンキーか……。確かにそうかもしれないよ」

と康平は言って、サングラスをかけると再び車を走らせた。

いまを生きる人間にとっては過去の歴史は手に負えない。史実など根拠がないのだ。過去にそれを記した人の意のままだ。自分に都合のいい改竄《かいざん》や捏造《ねつぞう》はやりたい放題だったかもしれない。

俺が『渋江抽斎』に惹かれるのは、ほとんどすべてが真実だと感じるからだ。鷗外は、渋江抽斎その人や、その家族や、友人知己の経歴や功績や不始末について、虚偽を記す必要はまったくなかったのだ。

自分が知り得たものをありのままに書いたればこそ、優れた史伝文学となった。ここから先はわからないというところは、わからないと書いた。

さっきの老婦人を『渋江抽斎』のように調べに調べて書いたら、登場人物は数千人にもなるだろう。とりわけ重要な人物に絞っても数百人。彼女の夫、息子、娘、親戚、友人。それらの人々の主だった係累……。

曾祖父、曾祖母、そのまた父、母、兄妹たち、友人たち……。

そのひとりひとりがいかなる生き方をして、いかなる功罪を作ったか。それらの人々がいて、いまの老婦人が「ある」のだ。

それは俺という凡庸な人間にも等しくあてはまる。俺がいま牧野康平として「ある」のは、過去の膨大な人々と、それらの人々が生きた歴史に依《よ》っている。

海辺の岩礁に立って釣りをしている人々を眺めながら、康平はそんな考えに耽《ふけ》った。

日差しは強いが、海風も烈《はげ》しくて、大きな波が岩礁に打ちつけていた。

釣り人たちが車を停めている駐車スペースがあったので、康平はそこに入ってミネラルウォーターを飲んだ。

ふと、俺は蘭子のことをよく知らないなと思った。履歴は知っている。両親や兄妹も知っている。だが、それだけのことなのだ。

「牧野蘭子」という題で、俺の『渋江抽斎』を書いてみようか。平凡な、どこにでもいる庶民の女にも、思いがけない物語があることに驚くかもしれない。

自分のことは書けないな。自分を調べるというのが、最も難しいはずだ。自分を取り巻く真実には、他人に知られたくない事柄がいくつかあるものだ。俺はそれを隠したくて、改竄し、捏造するだろう。それでは鷗外の『渋江抽斎』とは違うものになってしまう。

康平はそう考えながらも、いまは身元調査というものが簡単にはできない時代なのだと思った。

個人情報保護というやつだ。人に知られたくないことを、誰もがたやすく調査できないように法律で縛るのは大切だ。

鷗外が『渋江抽斎』を書くために、多くの人の協力を得られたのは、彼がドイツに留学した医師であり、軍医総監という要職にあって、つまりコネクションがたくさんあったからだ。

康平はそう思い、

「蘭子は一介の中華そば屋の女房で、俺には蘭子が生まれる何代も前の係累について調べる能力なんてないもんな」

と声に出して言った。

しばらく釣り人たちの竿《さお》の動きに眺め入ってから、康平は車を発進させた。

カーナビどおりに運転をつづけて、栄の浦漁港の近くに着いたのは四時少し前だった。

空はまだ明るくて、灯台の明かりが点灯される時間ではなかったので、漁港に車を停めて、サングラスを外すと『ニッポン灯台紀行』のページをめくった。

「灯質」について説明してある箇所を読んだ。

——灯台の形が色々あるように灯台の光り方も色々です。一目見てその光がどの灯台のものなのか判断できるようにいろんな工夫がされてます。この光の違いを「灯質」といいます。

灯質には光り方と光の色があって、一定の光を持続して変化しない不動光、光は不動だけれど一定周期で全暗になる単明暗光、単閃光、群閃光など、いくつかの種類があります。光の色は、白色（W）、赤色（R）、緑色（G）、黄色（Y）の4種類です。

この光り方と光の色の組み合わせで、夜の海を航行していてもどこの灯台なのか分かる仕組みになっています。——

そういうことが書いてあって、康平は、GPSによる航路案内で船が航行するようになると、世界中の灯台が消えていくのだろうかと思った。

漁港から旅館は見えなかった。

どうせ近くだろうから、旅館に入るのは洲埼灯台に行ってからにしようと思い、灯台への道へと戻った。

「ああ、あれかな」

漁港から離れた山の上に白くて長い建物が見えたので、坂道に車を停めた。

康平の目は近くのものが見にくくなって、老眼鏡は絶対に必要なのだが、そこに遠視も加わって中間距離も焦点が合わなくなってきていた。五メートル以内のものが見えにくいのだ。

だが遠くはよく見える。そのために去年遠視用の眼鏡と老眼鏡を作った。サングラスも同様に作ったのだが、その遠視用も老眼用も度が合わなくなってきていた。

「遠くを見るときは裸眼のほうがいいし、五メートル以内のときは遠視用だし、近くは老眼鏡。俺には目玉が六つ要るんだな」

とつぶやき、周辺の明度を感知して自動的に点灯される瞬間を見てみたかったので、洲埼灯台へと再び車を走らせた。

車の少ない、カーブの多い道を行くと灯台は次第に近づいてきた。

低い山のなかの舗装道路の、どこをどう曲がったのかわからないまま、灯台の真下あたりに着くと、康平は駐車場に車を停めた。

手製の郵便受けのような木箱があって、駐車料二百円はここに入れてくれと書いてあった。

康平は駐車料を木箱に入れて、灯台への階段をのぼった。ツーリング用のバイクが五台やって来て駐車場に停まった。

段差の不揃《ふぞろ》いなセメント造りの階段はのぼりにくくて、康平は何度か足をくじきそうになった。

「日頃、歩くことが少ないからなぁ。足首とか足の裏の筋肉が衰えてるんだなぁ」

と思っていると、あとから来たツーリングの若者たちが追い越していった。

五人のうちのひとりは若い女性で、灯台のそばにある展望台のところでどこかに電話をかけた。電話の相手は海上保安庁の係員らしかった。

「洲埼灯台に来てるんですけど、明かりは何時につくんですか？」

と女性ライダーは訊いた。

俺には到底あんなあつかましい電話はかけられないな、と康平は思いながらも、若い女性と海上保安庁の担当者との会話を盗み聞きした。足は自然に灯台の真横の展望台へと動いた。

「ああ、そうですか。はい、わかりました」

「はい、大丈夫です。気をつけます」

「はい、もうじきですもんね。ありがとうございました」

相手の言葉は聞こえないのだが、親切に応対してくれていることはわかった。

若い女性はヘルメットを小脇に抱え、

「いまの時期だと、あと五、六分で点灯するだろうって。でも、何時何分何秒に光り始めるかは灯台に訊いて下さいって笑ってたよ」

と展望台にいた仲間に言った。

親切だなぁ。これが俺だとそうはいかないだろうな。こっちは忙しいんだ、明かりがつくまで待ってろ、なんて叱られるかもしれないよ。若い女性だから、つきあってる人はいるの？　電話番号教えてくれない？　なんて訊いてたりして。

康平は、若者たちから少し離れた場所で内房の海岸線と沈みかけている夕日を眺めて、我知らず笑みを浮かべながら思った。

ここは海からはかなり高い場所にあるぞ。天気が良くて昼間なら三浦半島どころか富士山も見えるかもしれないが、風が強くて冬は五分も立っていられないだろう。そう考えて灯台を見あげたとき、灯火がともった。明かりは弱かった。

「明かりがついたよ」

と康平はツーリングの若者たちに言った。

「あ、ついた、ついた。だんだん光が強くなっていくんだぜ」

とひとりが言った。

康平は無言で灯火を見つめてから、持って来た本と老眼鏡を出して洲埼灯台の説明文を読んだ。浦賀水道から東京湾に出入りする船舶の重要な航路標識であり、地上から頂部まで十五メートル、水面から灯火まで四十五メートルと書いてあった。

眼下の海面から、この灯台の明かりまで四十五メートルか。漁村からかなり上ってきたことになる。

昔はほとんどの灯台に「灯台守」と呼ばれる人が住んでいたのだ。『喜びも悲しみも幾歳月』という灯台守夫婦を描いた映画があったな。俺が幼児のころに公開された。

テレビで昔の名画を放映していて、それを母が観《み》ていたので、一緒に観ているうちに惹き込まれて最後まで観つづけたな。

康平は胸の内でそう言って、灯台のうしろ側に行ってみた。

明かりは遮蔽板で遮られていたので、なるほど灯台というものは陸地を照らすためにあるのではないのだとあらためて思った。

当たり前のことなのに、なんだか大発見をしたような気分になり、再び展望台に戻ると柵に凭れて栄の浦漁港を探した。

回転する光がよく見えるところに行こうと思い、もと来た階段のほうへ歩きだすと、若いライダーたちが、さよならと言った。

「さよなら」

康平も振り返ってそう言ったとき、いつもの自分とは異なった心持ちになっているのに気づいた。

見知らぬ人に自分から声をかけるというようなことは、ひょっとしたら生まれて初めてだったかもしれないと思ったのだ。

俺はさっき確かに、この若者たちに、

「明かりがついたよ」

と言った。

駅で見知らぬ人がなにか持ち物を落としても、落としましたよと教えることすらためらってしまったことが何度かある。

人見知りするわけではなくて、臆してしまうのだ。

いったん知り合ってしまえば、こちらから話しかけることなどなんでもないのに、初めての人に対してはつねに一歩引いてしまう。

いつごろからそんな性格になったのだろうと考えながら、段差の不揃いな階段を降りていると、ライダーたちに追い越されてしまった。

「これからどこへ行くの？」

と康平は訊いた。

度胸だめしに話しかけてみたのだ。

「館山市の中心まで行っちゃいます」

とひとりが答え、女性ライダーがヘルメットをかぶりながら、漁港の堤防の先端から見るこの洲埼灯台がいちばんきれいですよと教えてくれた。

ライダーたちがツーリング用のバイクで細い道の向こうに去っていくと、康平は車のなかでスマホを出し、「灯台守」で検索して二〇〇五年九月二十二日付けの読売新聞のオンラインニュースを見つけた。

――青森県・津軽半島の最北端竜飛崎にある龍飛埼《たつぴさき》灯台（外ヶ浜町）が、来年4月から無人化される。長崎県・男女群島の女島《めしま》灯台（五島市）も来年度に無人化される見通しとなり、全国3345基の灯台から「灯台守」が消える。――

「へえ、灯台守が灯台からいなくなって、まだたった十一、二年ほどなんだ」

とつぶやき、康平は小型のワゴン車を発進させた。

灯台の周りを巡るような道の造り方なので、森とも雑木林ともつかない丈高い茂みによってときおり見えなくなるが、離れれば離れるほど洲埼灯台は威容へと変貌していくかに思えた。

途中に部屋数の多そうな旅館があり、ライトアップしたかのように全体が煌々《こうこう》と光っていた。

予約したのは民宿に毛が生えた程度の小さな旅館だと思っていたが、栄の浦漁港から一キロの港町にあって、露天風呂も設けられていた。

釣り客が多くて、ほとんどは朝の四時ごろに朝食を済ませて、朝日が昇るころには出かけてしまうのですと、旅館の女将《おかみ》さんは言い、手早く料理を運んだ。

康平は焼酎のお湯割りを頼み、海のほうに向いている大きなガラス窓から外を見たが、民家の屋根と海の一部しか見えなかった。洲埼灯台は康平の部屋の反対側に位置しているらしかった。

五種の刺身と焼き岩牡蠣《いわがき》がうまかった。茶碗蒸しもいい出来だった。出される焼酎のお湯割りが、日頃自分で作って飲んでいるお湯割りよりも薄いので、女将さんが部屋から出ていくと、ペットボトルに入れてきた焼酎を足した。

もっと濃くしてくれと頼めばいいだけなのに、康平はそれが言えないのだ。

どうしてこういう性格なのかと考えるのだが、それが性格というもので、生まれつい て具《そな》わっているのだから仕方がないという至極平凡な結論しか出てこない。

だが、きょうはなにかがいつもの自分とは違う。

初めて一人旅に出たからだろうか。それが俺をはしゃいだ気分にさせているのだ。六十二にもなって、生まれて初めての一人旅だなんて、いい歳をした男の言うことかよ。

康平はそう思い、自分でご飯をよそうとアラの味噌汁でかきこんだ。

「うん、こういうのが食べたかったんだ。釣り客の常連が多い旅館は、こういうのがうまくなきゃいけないよ。金目のアラってのは嬉しいね」

デザートを運んできた女将さんに、堤防から灯台を見たいので出かける、九時ごろに帰ってくる、蒲団《ふとん》をしいておいてくれ、風呂は帰ったらすぐに入る、と康平は言った。

堤防までの近道を教えてもらい、康平はウィンドブレーカーとスマホだけを持って旅館を出ると、民家と民家のあいだにある細道を縫って歩いた。

「これは地元の人だけが使う道だな」

と言ったが、歩いてみると漁港まではかなりの距離があった。

金木犀《きんもくせい》の香りが漂う道から漁港へ出た瞬間、風で体が横に動いた。

慌てて康平はウィンドブレーカーを着た。夜になると、このあたりは強風が吹きつけるのか。昼間はあれほど強い日差しで、ポロシャツすら脱ぎたいくらいだったのに、これは台風の風と言ってもいい。

康平はそう思いながら、はるか前方の山から海に向かって眩《まぶ》しい光を放っている灯台を見つめた。

ここからだと遮蔽板が回転灯の半分を隠しているので、康平は堤防の上にのぼり、スマホの懐中電灯のアイコンをタップして足元を照らし、先端まで歩いて行った。先端に辿り着くと、そこに腰を降ろして、ただひたすら灯台の明かりを見つめつづけた。

堤防がもう五十メートル先へ延びていたら、ほとんど真正面から見ることになるのにと康平は思った。

人差し指を目の前に立てて、それを重ねると灯台全体は指の先ほどの大きさだった。

「あれが浦賀水道を通るタンカーや客船や商船を導いてるんだなぁ。えらいやつだよ。近くで見ると、ずんぐりむっくりした煙突みたいだけど、海のほうから見ると、凛々《りり》しくて頼りになる武将みたいだ。戦況が敵に有利なほうへ変わろうが、味方が押しぎみに攻めようが、陣幕の前にどかっと坐って動かない武将だ。灯台守って、凄い人たちだよ。嵐がつづいたら、灯台守のための家で、じっとしてるしかなかったのかなぁ。夫婦ゲンカでもしたら地獄だなぁ」

そう心のなかで言っているうちに、康平の心には、灯台に隣接した官舎で身を寄せ合っている子供たちの姿が浮かんだ。

すると、『渋江抽斎』を初めて読んだときに感じた疑問を思い出した。

江戸時代、なんとたくさんの子供が死ぬことだろう。子供だけではない。町人も武士も、若くして次から次へと死んでいく。

鷗外は、死の理由をあまり書いていない。なんとかという夫婦に生まれた五人の子のうち、長男は二歳で死に、次女は六歳で死に、末っ子は十三歳で死んで、いまはふたりしか残っていない、とか、なに某《がし》の四人の子で成人したのはひとりで、その子が家督を継いだが、二十二歳のときに死んだ、とか……。

その筆致には感情がないと当時の康平は感じて、『渋江抽斎』という史伝小説の根底に冷たさがあるのが不満だったのだ。その冷たさの意味が理解できなかった。

だが、栄の浦漁港の堤防の突端から洲埼灯台の回転灯を見ているうちに、それこそが三遊亭《さんゆうてい》円朝が話のなかに説こうとした「心学」そのものだったのだという気がしてきた。生活環境も栄養状態も医学も、いまとはまったく違うのだから、幼い子が病気にかかると呆気なく死んでしまう確率は、現代人が想像する以上に高かったのであろう。成人するまで生きている子は少なかった。成人しても、麻疹《はしか》とか疱瘡《ほうそう》とか赤痢とかコレラとかにかかれば、医学では打つ手がなかった。だから、子供や若者が死ぬのは珍しいことではなかった。

だが、この現代でも、それは同じではないのか。赤痢や肺炎が、交通事故や新手の難病に変わっただけなのだ。

昔は労咳《ろうがい》と名づけられていた肺結核は不治の病で、ただ死ぬのを待つだけだった。どれほど多くの前途有望な若者たちが、労咳に冒されて死んだことだろう。

ばい菌やウイルスという概念すらなかったのだ。抵抗力のない子供は、おできが出来た程度でも、手当が遅れると全身に菌が廻って簡単に死んだのだ。

『渋江抽斎』は、夥しい死というものの羅列と言ってもいいくらいだ。だからこそ、親たちは子供の誕生を盛大に祝い、七五三を祝い、元服式を祝った。

このことがわかってきたのは十回目に『渋江抽斎』を読んだ四十代最後の年だった。

渋江抽斎やその妻や子供たちや、親しい人たちが生きた時代も、いまも、これからも、少しも変わらず人は死んでいく。

しかし、死んでも消えないものを残していく。わずか生後三日で死んだ子でさえも、目には見えないなにかを残していく。その目には見えないものをどう感じて、どう信じていけるか。

その子にとってはたったの三日間だが、それは一瞬のなかの永遠なのだ。

仏典では、百千万億那由他阿僧祇劫《なゆたあそうぎこう》という表現で無限の時間を示している。

那由他は十の六十乗、阿僧祇は十の五十六乗。

つまり百×千×万×億×那由他×阿僧祇×劫ということになる。天文学的どころではない。想像もできなければ、数字で表すことなど到底不可能な時間だ。

劫は循環宇宙論では、ひとつの宇宙が誕生して消滅するまでの期間なのだが、宇宙は長遠な時間のうちに循環しているという説を否定するならば、百千万億那由他阿僧祇劫という時間は循環宇宙論をはるかに凌《しの》ぐのだ。

いずれにしても、生まれて三日で死のうが、百歳で死のうが、そこには差はなくて、一瞬にすぎない。永遠のなかの一瞬なのではなく、一瞬のなかに永遠があると見れば、三日で死んだ子もなにかを残して生涯を終えたことになるのだ。

だが本当に終えたのだろうか。百千万億那由他阿僧祇劫という、想像すると頭がおかしくなりそうな無限の時間のなかでは、終わってなどいないのではないのか。

康平は、洲埼灯台に軽く手を振った。

また逢《あ》おう、という思いを込めて振った手で、スマホの懐中電灯のアイコンをタップして足元を照らし、注意深く堤防を戻っていった。

堤防から降り、漁港を抜けて民家のほうへと歩を進めていると、スマホが鳴っていた。末っ子の賢策からだった。何回もかけていたらしかった。

「すまん、すまん。電話が鳴ってるのが風で聞こえなかったんだ」

と康平は言った。

「風で？　いまどこにいるの？」

賢策に訊かれて、房総半島の南西端だと答え、康平は民家に挟まれた細道へと入った。風に吹かれなくなって、康平は自分の体が冷えてしまっていることに気づいた。

「なんでそんなところにいるの？」

「灯台を見にきたんだ。きょうは洲埼灯台だよ。それよりも、なんかあったのか？」

「俺、いま東京駅。これから板橋の家に帰るって知らせようと思って」

「大学は休みか？」

「休みじゃないよ。品川でセミナーがあって、担当教授から出席を頼まれたんだ。うちのゼミから最低でもひとりは学生が参加しなきゃいけないから、牧野、お前行ってくれないかって。そのまま京都へ帰るつもりだったんだけど、セミナーが長引いて最終の新幹線に乗り遅れそうだから」

「なにか厄介事でも起こしたのかって思ったよ」

「俺は厄介事なんて起こさないさ」

「じゃあ板橋の家に泊まっていけよ。俺はいないけど、朱美がいるから」

「姉ちゃんは、きょうは飲み会なんだって」

「じゃあ、お前、俺と一緒に旅をするか？　あした、房総半島のどこかで待ち合わせて」

冗談だったのだが、賢策は、いちど電話を切るから待っててくれと言った。

「あれ？　ほんとに来る気かなぁ」

とつぶやき、康平は急ぎ足で旅館へ帰ると、賢策からの電話を待った。

「どこで待ち合わせる？　八重洲《やえす》口から安房《あわ》小湊《こみなと》行きの高速バスがあるよ。朝の十時に発車で小湊に着くのは十二時半くらい」

かけ直してきて、賢策はそう言った。

「その高速バスは、小湊に着くまでにどこに停まるんだ？」

と康平は訊いた。

「停まるバス停は多いけど、房総半島のど真ん中を勝浦まで行ってるのかなぁ。勝浦から南下して、小湊へ行くみたい。御宿《おんじゆく》に行く人はどこかで乗り換えるのかもしれないよ。俺はただバスに乗ってたら小湊に着くんだけど」

賢策は電話を切った。

「勝浦に先に着くのか」

と言いながら、康平はスマホで房総半島の地図を見た。勝浦にも灯台がある。勝浦で待ち合わせて、一緒に勝浦灯台へ行くほうが効率がいい。

そう思って賢策に電話をかけようとしたが、息子と初めての旅をするのだ、なにも急ぐことはないと考え直して、風呂へ行った。海風で冷えた体を早く温めたかったのだ。

ひとりで旅館の風呂につかっていると、「一瞬のなかの永遠」という言葉がしきりに心のなかで繰り返された。

すると、新聞に掲載されていたある作家の随筆の一節が浮かんだ。

イギリスの理論物理学者であるスティーブン・ホーキング博士が来日して一般講演を行ったとき、その作家は会場で講演を聴いていたのだが、宇宙時間における一瞬は、この地球時間ではどのくらいなのかと質問した。

ホーキング博士は即座に「百年」と答えたという。

康平は、烈しく心を打たれて、ホーキング博士の著作を読んだ時期があるのだ。

ホーキング博士は学生時代に難病にかかり、その後車椅子生活を余儀なくされたが、彼のブラックホール理論は世界中の物理学者に大きな影響を与えつづけているという。

「『渋江抽斎』という史伝文学のなかで死んでいく数え切れない幼子や若者」

「百千万億那由他阿僧祇劫」

「宇宙の一瞬は、地球では百年」

康平は芯から温まろうと体の力を抜いて風呂につかり、目を閉じて何度もそう言った。

『渋江抽斎』も、神田の古書店で買った『仏教哲学概論』も、「ホーキング博士の講演会で質問した作家の随筆」も、別々の動機で読んだのであって、系統だってはいない。

だが、いまそれらはひとつにつながった。

「これがカンちゃんが言った雑学かな。雑学による『妙』というやつなのかな」

と康平はつぶやいた。

冷えていたときは心地よかった湯加減は、温まってくると大粒の汗を噴きださせてきた。

体をゆっくりと洗い、部屋に戻ると、康平は冷蔵庫からミネラルウォーターを出して飲んだ。

まだ十時過ぎなのに旅館は静かだった。館内からは物音ひとつ聞こえてこない。朝の早い釣り客はもう寝てしまったのかもしれなかった。海からの風も弱まっていた。

「大学生の息子と灯台を見る旅をともにするなんて、夢みたいだよ」

と康平は言った。これまではひとりごとだったが、いまは蘭子に話しかけていると思った。

「お前、室蘭《むろらん》にある豆腐屋さんの話をテレビで観たって言ってたよなぁ。いつだったかな。昔ながらの作り方を守って、もう四代か五代つづいてる豆腐屋で、初代のモットーは『これ以下にはせず、これ以上は望まず』なんだって。お父さん、うちもこのモットーでやってきたようなもんよね。お前はそう言ったんだ」

汗が引いたので、康平は持参した焼酎をぐい呑みに注ぎ、ミネラルウォーターを足した。

「ちょいと睡眠薬代わりに」

と言い、康平はそれを飲んだ。

「濃すぎたけど、薄めないぞ」

と言ってから、康平は今回の旅は一泊の予定だったことを思いだした。あした帰るつもりだったのに、そんなことは考えずに賢策を誘ってしまった。

親父に誘われたから賢策は板橋から東京駅の八重洲口まで出て、高速バスで房総半島を斜めに横断するようにして安房小湊まで来るのだ。

それなのに、犬吠埼灯台を見たら、さあ帰ろうでは、あんまりというものではないか。

康平はそう考えて、もう一泊することにした。犬吠埼灯台の近くでもいいし、どうせ京都に帰る賢策を東京駅に送っていくのなら、木更津あたりでもいい。レンタカー会社にはあした延長の電話をかければいいだろう。

スマホを充電して、蒲団に横になり、長々と体を伸ばして目を閉じているうちに、康平は部屋の明かりを消さないまま眠った。

はるか遠くから人声が聞こえて、それを夢うつつに聞いているうちに康平は目を醒ました。

夜が明けたんだなと思い、腕にはめたままの時計を見ると、まだ六時前だった。

しばらくぼんやりと天井の杉板を見て、部屋の明かりをつけたままであることに気づいた。和卓の上には、せっかく作った焼酎の水割りがそのまま残っている。ひとくち飲んだだけなのだ。窓のカーテンも閉めていない。

それなのに、きのうの十時半くらいから夢も見ずに七時間以上熟睡したらしかった。

こんなに深く眠ったのは何年ぶりだろうと思いながら、康平は蒲団から出てミネラルウォーターを飲んだ。それから窓をあけた。網戸越しに潮の匂いが入ってきた。

夢うつつで聞いた人声は、これから船で海へ出て行く釣り人たちだったのであろう。ということは五時ごろだったのかな。

康平は旅館の浴衣を脱ぎ、新しい白いポロシャツを着て、紺色の夏物のズボンを穿くと、茶を淹《い》れた。

安房小湊まで車でどのくらいだろう。たしか、途中に野島埼灯台がある。賢策が小湊に着くのは十二時半くらいだ。きっと腹をすかせていることだろう。

小湊で昼食をとって、それから野島埼灯台へ引き返し、さらに勝浦灯台へと再び外房を北上しても、夕方には犬吠埼灯台に着けるはずだ。

康平はそう考えて、

「まあ、ゆっくり行こう」

と言った。

「あっ、散髪をするんだった」

顔を洗いながら思いだして、康平は急がなければと思った。

下の食堂でもいいし、お部屋に運んでもいいと女将さんは言ってくれて、玉子焼きがいいか、生卵のほうがいいかと訊いた。

「食堂で結構ですよ。あつあつのご飯なら玉子かけご飯がいいですね」

そう言って、荷物をまとめた。

小鍋仕立ての湯豆腐も鯵《あじ》の干物もおいしかったし、このあたりの特産だという粘りのある海藻入りの味噌汁も滋味深かった。

「この近くに散髪屋さんはありますか？」

「県道沿いに少し行くとありますよ」

と女将さんは言った。

八時前に旅館を出て、車に乗ると、康平はナビを安房小湊に設定した。窓を閉めていたのはほんの五分ほどなのに、車中の温度は上昇してクーラーをつけずにはいられなくなった。

「ここは沖縄か？　きのうよりもお天気なのはありがたいけど、暑すぎるよ」

県道を走りだして、県道脇にも港のところどころにも、丈の高い、てっぺんにだけ葉が茂っている木があるのに気づいた。

「ヤシの木みたいな木が生えてるぜ。房総半島の南は、まさに南国なんだ。みたいじゃなくて、これはヤシの木だよ」

理髪店はすぐに見つかったが、まだ店をあけていなかった。

白浜という地名の、海側が堤防になっている町に来ると、営業している理髪店があったので、康平はそこの駐車場に車を停めて、店先を箒《ほうき》で掃いている同い年くらいの主人に、

「もう刈ってもらえますか？」

と訊いた。

「いまあけたばっかりで、まだ蒸しタオルは出来あがってませんが」

「散髪してるうちに蒸しあがりますよね」

椅子に腰掛けるなり、いちばん長いところでも二センチくらいにしてくれと頼んだ。一・五センチでもいい、と。

「襟足も短くしますか？」

「ええ、思い切って短く刈ってください」

「二センチってのは、かなり短いですよ。お客さんは面長だから、余計に短く見えますが、いいですか？」

「いいです。ほんとは角刈りにでもしたいところですけど、昔の大工の棟梁《とうりよう》みたいになるのもねぇ」

理髪店の主人は、康平の髪に触れて、

「お客さんの髪質じゃあ角刈りにはなりませんよ」

と言った。

もともと柔らかいうえに、前頭部がかなりあがってきているので、短くしても髪が寝てしまうのだという。

「前頭部M型禿《は》げってやつですよ。その代わり頭頂部は禿げませんね」

気にしてることを遠慮なしに言いやがって、と思ったが、康平は鏡に映る主人の鋏《はさみ》と櫛《くし》の動きを見ていた。

髭《ひげ》を剃《そ》り、髪を洗うと、主人はドライヤーで髪を乾かしながら、

「ご旅行ですか」

と訊いた。

「灯台を見に来たんです」

鏡に映っている自分の顔を見て、短く切り過ぎたなといささか後悔の念を抱いたが、もう手遅れだと観念して、康平は主人の問いに答えた。

「野島埼灯台をですか？」

「きのうは洲埼灯台に行ったんです。きょうは野島埼と勝浦と犬吠埼を見ようと思って」

「野島埼灯台なら、うちの前の国道を渡って堤防のところへ行くと、よく見えますよ。ベスト・ビューってやつです。灯台ってのはあんまり近くから見るもんじゃありませんね。百メートルくらい離れたところから、回転する光を見てこそ味があるんでね。昔は、この店の二階にじいちゃん、ばあちゃん、親父、お袋、私、弟、妹が暮らしてたんです。ええ、じいちゃんも散髪屋、親父も散髪屋で、私が三代目です。みんな、毎日毎日、野島埼灯台を眺めながら暮らしてきたんで、灯台がない世界ってのが想像できないんです。たまに内陸部へ行って、灯台がどこにも見えてないと、あれっ、俺はどこにいるんだろうって不安になるんですよ」

と主人は言って微笑《ほほえ》んだ。

愛想がいいのか悪いのかわからない男だが、言わんとしていることには味があるなと感じて、失礼だがあなたはお幾つかと康平は訊いた。

「六十二です」

「じゃあ、ぼくと同い年ですね」

「せっかくお越しになったんだから、明治三年に初点灯という野島埼灯台を近くから見上げてごらんなさいと勧めたいところですがね、この店の前の堤防に凭れて眺めるのがいちばんだったってわかりますよ」

と言って、主人はブラシで康平の肩や首を払った。

理髪店から出ると、康平は言われたままに国道を渡り、道の海側に長く設けられている堤防の前に行った。

低い山の裾から突き出る白い灯台が太陽に照らされていた。

灯台の周辺は岩場の多い深い入り江で、地図を見ると、海を挟んで向かい側の馬蹄型《ばてい》の入り江からのほうが景観は良さそうだった。

そっちのほうへ廻ってみようかと思ったが、もう十一時前だったので、

「六十二年間もこの地に住んで、毎日毎日、野島埼灯台を見てきた人が言うんだ。よし、これで房総半島最南端の野島埼灯台見物は終了」

と心のなかで言い、康平は車に乗った。安房小湊までは一時間はかかるはずだった。

エンジンをかける前にスマホを見ると、賢策からＬＩＮＥでメッセージが入っていた。

――出発進行。――

と書かれてある。送信は十時二分だった。

「予定どおりに八重洲口からバスは出たってことか」

風は海から吹いているのに、金木犀の匂いが車中に入ってきた。東京の板橋ではまだ金木犀の香りを感じなかったな、と康平は思った。

安房小湊のバスターミナルには八重洲口からの高速バスはまだ着いていなかったので、康平は駐車場に車を停めて、ＪＲの駅の前に行った。駅舎に掛けてある安房小湊駅という看板を背景にして、スマホのカメラで自撮りというやつに挑戦したが、太陽が眩しくて、どうやっても自分の顔が写らない。

そのうちスマホを持つ指がつってきて、その指を揉《も》みながら駅の前に突っ立っていると、様子を見ていたらしい地元の婦人がやって来て撮ってくれた。

「賢策に撮ってもらったらよかったんだよ」

婦人に礼を言ってから、康平は、スマホでの自撮りも生まれて初めて試みたのだと思うと、なさけなくなってきた。

駅前の案内板を見ているうちに、安房小湊が日蓮《にちれん》の生誕地であることを知った。

貞応元年（一二二二年）二月十六日に生まれ、弘安五年（一二八二年）十月十三日に入滅と書かれてある。

「へえ、一二二二年の安房小湊って、どんなところだったんだろうなぁ。鎌倉時代だ。漁師の子として生まれたんだろう？　このあたりの海岸も岩だらけだぜ」

とつぶやいたとき、康平は賢策に肩を叩《たた》かれた。

「人違いじゃないかって心配しながら肩を叩いたんだぜ。どうしたの？　その頭」

薄緑色のTシャツに生成りのコットンパンツという恰好で、黒いバックパックを手に持った賢策は、日に焼けた顔に笑みを浮かべて訊いた。

「さっき散髪をしたんだ。あんまり暑いし、人生を変えようと思ってね。意外に似合うだろう？」

「うん、若返ったって感じだよ」

「ほんとか？　それは嬉しいなぁ」

「腹減ってるんだけど。姉ちゃんはコーヒーを淹れてくれただけで髪振り乱して出かけちゃって、冷蔵庫のなかに食えそうなものはないし。しょうがないからバスに乗ったらすぐに寝ちゃったよ。どこをどう走って来たのか、ぜんぜんわからないよ」

「腹が減ってるのに眠れるってのは若いからさ」

駅前の道を渡りながら、賢策はスマホでなにかを調べていたが、康平が車のドアをあけると、御宿にうまそうな食堂があると言って画像を見せた。エビフライ定食が康平の眼前にあらわれた。

「でっかいなぁ。これ、普通のエビフライか？　伊勢海老《いせえび》フライじゃないのか？」

康平は本気で言った。画像では、直径三センチはあろうかと思えるほどのエビフライが三本皿に載っていて、千切りキャベツも山盛りになっている。

御宿は九十九里浜の手前の町だ。勝浦灯台と九十九里浜のあいだにある。ということは、勝浦灯台はパスだな、と康平は決めた。

会うのは夏以来なので、腹ぺこの賢策に巨大エビフライを食べさせてやるほうが大事だと考えたのだ。

御宿をめざして車を走らせながら、座高だけでも自分よりも四、五センチ高い賢策の頭髪を見て、まるで親子お揃いの髪型にしたという感じだなと康平は思った。

賢策は、夏休み前は目にかかるくらいまで垂らした長髪だったのだが、実習講義のときには必ずヘルメット着用なので、短く切ってしまったのだ。

「父ちゃん、俺、橋梁《きょうりょう》工学のほうへ進もうかと思うんだ。担当教授がそう勧めるんだよ」

と賢策は言った。

「キョウリョウ？　ああ、橋か？」

と康平はサングラスをかけながら訊いた。

「うん、その橋梁。迷ってたんだけど、担当教授は橋の専門家でね、俺にもそっちへ進めって」

「お前がそうしたいなら、そうしたらいいじゃないか」

「うん、だけど、そっちを専門にするなら大学院に進むほうがいいらしいんだ。大学の専門課程だけでは、橋梁工学は修めきれないらしいんだ。だから、大学院に行かせてもらえるかな。毎日現場や研究棟で実習実習で、バイトなんかできないけど」

「バイトをするために大学へ行ったわけじゃないんだ」

「だけど、父ちゃん、もう中華そばは作らないんだろう？ 店を再開しないのなら、我が家はこのままちょっとずつ先細りじゃん」

いやな言い方をしやがるなぁと思ったが、康平は黙っていた。工学系の大学院の授業料も見当がつかなかったし、確かにこのまま「まきの」を閉めていれば、牧野家の財政は先細りなのだ。

「橋かぁ。橋が必要なのは、なにも日本だけじゃないもんな。開発途上国には、これからどれだけの橋が必要か。やり甲斐のある仕事だな。その道に進めよ。橋が架かるのを待ってる人たちが、世界にはたくさんいるよ」

「でも、父ちゃんは店を再開する気はないだろう？ このまま母ちゃんの保険金でほそぼそと生きていくんだろう？ 母ちゃんが小口でたくさん生命保険に入ってくれてて、よかったよな。父ちゃんは、それを鼠《ねずみ》がチーズをちょっとずつ齧《かじ》るようにして生きていけるもんなぁ。でも、客観的に考えても、俺が大学院に行く費用は無理だよなぁ……」

この野郎、よくもそれほど嫌味が言えるもんだぜ。それも穏やかな口調で、優しい表情で、出来の悪い子供を遠回しに叱る親みたいに。

自分でも珍しいなと思うほどに腹が立って、康平は外房黒潮ラインに入ったことを窺わせる国道の路肩に車を停め、自動販売機でミネラルウォーターのペットボトルを二本買った。

助手席の賢策に一本渡し、康平は自動販売機の横の日陰でそれを飲んだ。

橋梁工学を修めるための大学院か。賢策はまだ大学の一年生だ。そうか、三年あまり先か。

「大学院に行けよ」

運転席に戻ると、康平は言った。しかし、賢策は嬉しそうではなかった。

父親はまだ先の話として軽く言ったに過ぎないと思っているのであろう。康平はそう察しながら、御宿への国道を走った。

「父ちゃん、高速道路も厳密には橋梁なんだぜ」

十五分くらい無言でいた賢策は言った。

「へえ、そうなのか？」

「地面の上をじかに走ってるんじゃないからね。高速道路のほとんどは、橋げたみたいなものの上にあるんだ。みたい、じゃないな。構造は橋げたそのものだよ」

「ああ、なるほど。じゃあ、高速道路を造るにも橋梁工学が必要になるってことか」

「うん。もうひとつ必要なのが地質学だよ。実際に橋や高速道路を造るとなると、現場の地質は専門家が事前に調べるんだけど、設計者も正確に把握してないといけないんだ。俺、いま地質調査の助手のバイトをしてるんだ。バイト代はメッチャ安いけどね。北野天満宮周辺のラーメン屋の時給の半分以下なんだよな」

それから賢策は、いま北野天満宮周辺ではラーメン屋が軒を並べて、京都ラーメン戦争と呼ばれるほどしのぎを削っているのだと言った。

「ラーメン戦争か。昔、板橋でもあったなぁ。仲宿商店街の北側にある環状七号線の道路沿いにラーメン屋がずらっと並んで、流行ってる店は一、二時間の行列待ちなんか当たり前だったよ。背脂ギトギト系、激辛系、魚介出汁系、つけ麵系なんかがうまさを競い合って、グルメ番組のテレビカメラが入って……。トシオなんか心配して、お前んとこも、もっと個性を出さないと客を全部取られるぞって言ってたな」

「うちの中華そばをどう変えたの?」

と賢策は訊いた。

「まったくなにひとつ変えなかったよ。確かにいっときは客が減ったけどな。一日に十

二、三杯しか出なかった日もあったなぁ。でも、あのころもうだいぶ弱ってた親父が、お前のおじいちゃんだよ、人は過剰なものにはすぐに飽きるって。『まきの』はどこにも負けないから安心してろって言ったんだ」
　父の言ったとおりだった。板橋ラーメン戦争はいつのまにか終結して、ブームに乗りさえすればいいという店は撤退し、自分のラーメンを愚直に作りつづける店だけがいまも営業している。

　しかしブームが去るには、やはり十年近くかかっている。一気に「まきの」に昔どおりの客足が戻ってきたわけではない。

　そのころの経験で、康平は、世の中は十年単位で大波小波がやって来て、淘汰《とうた》されるものは消えていき、耐えたものたちが、人も物もさらに基盤を強くすると学んだ。

「お前のおじいちゃんが中華そば屋を始めたころは、まだ太平洋戦争が終わって六年しかたってなかったんだ。板橋の商店街には闇市が残ってたそうだよ。まず材料を揃えるのが大変だったんだ。丸鶏《まるどり》どころか鶏ガラも手に入れにくいし、昆布や煮干しも常に品薄だ。麺のための小麦粉だって簡単には調達できなかった時代に、おじいちゃんは必死で工夫して、東京中を探し廻って、横浜や千葉にも足を延ばしたんだ。朝鮮戦争のころに、やっと日本は経済復興をしていくんだけど、いろんな材料が手に入るようになってから、おじいちゃんの本当の努力が始まったんだ。どこにも負けない『まきの』の中華そばの味をどう定めるかっていう工夫が始まったわけさ。でもおじいちゃんは、あるとき、そんなものはないって気づいたんだ。人にはそれぞれ好みがある。Aっていう店のラーメンが好きだという人もいれば、いや俺はBがうまいという人もいる。そんなことを考えながら商店街を歩いてる人を見てて、おじいちゃんはもうひとつ大事なことに気づいた。『まきの』の前を通る人の多さだよ。とにかく東京でも屈指の人の数だ。このなかのたったの五十人くらいのお客も入らない店なら、中華そば屋なんかやめちまえ。一日に少なくとも五十杯売れたら、俺たちはなんとか生きていける。見ろ、この商店街を通る人の数を。俺は俺が好きな中華そばを作る。これだけのたくさんの人々のなかには、『まきの』の中華そばが好きだという人もいるにちがいない。その人たちだけが来てくれればいいのだ」

そこで康平は話をやめた。御宿の町に入ったからではなかった。路地から猫が飛び出してきたからでもなかった。

自分ばかりが喋り過ぎているという思いもあったが、苦労に苦労を重ねて「まきの」の味を作った親父がいまの俺を見たら、

「またか。お前はまた高校生のときに戻るのか」

と嘆くだろうと思ったのだ。

「またいやになったからってやめるのか。三つ子の魂百までだな」

康平は父の言葉までが聞こえる気がした。

聞き役に徹しているような賢策は、スマホで地図を見ながら、

「その三叉路《さんさろ》を右」

とか、

「次の信号をまた右に」

とか指示しつづけて、

「あれだよ」

と指差した。

町の中心部と思われる店舗の並ぶところに、大きな食堂があった。団体客でも入れそうな規模で、派手な幟《のぼり》が店の入口で風になびいている。

店内は広くて、大人数でも坐れるテーブルが並んでいた。厨房にも多すぎるほどのスタッフがいるようだった。

「これだよ、これ」

とメニューをひろげると賢策は言った。

「やっぱりでかいな」

そう言って、康平は鰺フライ定食に決めた。

「魚料理がメインだけど、オムライスやカツカレーなんかもあるよ。だけど俺は初志貫

徹。このエビフライ定食だ」

と嬉しそうに賢策は言った。

ウェイトレスに註文しているときも、康平の心はどこか虚《うつ》ろだった。

腹をすかせた大学生の末っ子に、千葉の御宿の食堂で大きなエビフライを食べさせるという、親としての幸福感もなかった。

決断するならいまだ。いま賢策に、「まきの」を再開して、一生懸命に働くから、安心して大学院へ進めと言ってやりたい。

だが、俺は「まきの」をひとりで切り回す自信がない。客がいっときにやって来たとき、俺と蘭子が汗みずくになって厨房のなかで奮闘しても、客に文句を言われた。

ワンタン三人前、ご飯二膳、中華そば七杯、チャーシュウ麺三杯、なんていっぺんに註文されると、蘭子でなければさばけないのだ。

「うちみたいな小商いは、人を雇っちゃいけないぞ」

康平は父が亡くなる十日ほど前に、あらためて念を押すみたいに言った言葉を思い浮かべた。

その言葉のなかには、ただ人件費を使うなという以外に幾つかの意味があることを、康平は知っている。

他人が交じることで、思いも寄らなかった面倒も生じる。それは積もり積もって、大きなストレスになる。

厨房ではこう動いてもらいたい、店ではこうふるまってもらいたい、というこちらの望みは、雇われている人間にすれば、なぜそうしなければいけないのかわからない場合が多い。

寸胴鍋から柄杓《ひしゃく》でスープを中華鉢に注ぐとき、その邪魔をするような動きをしてもらいたくないから、厨房ではジグザグに歩かずにまっすぐ歩くことを求める。しかし、そう求められた側には邪魔をしている意識がないので、同じことを繰り返す。なぜまっすぐ歩かなければならないかがわかっていないからだ。

だから、チャーシュウを切る俎板《まないた》のところに行くついでにメンマの入っているボウルも持とうとして、厨房を斜めに横切る。その動きは、茹《ゆ》で終わった五人分の麺を中華鉢に入れる腕にぶつかるのだ。

一事が万事、似たようなことが起きる。

これが家族ならば、意思の疎通はそれほど難しくはないが、他人となると遠慮もあって、言いたいことが言えないのだ。

絶えず気にいらない動きのなかで仕事をするくらい神経にさわることはない。

「俺ひとりでやれるかな」

と康平は考えた。

ひとりでやってますので、ちょっと時間がかかりますが、よろしいですか、と忙しいときは正直に言って、ああいいよ、待つよと応じてくれる客だけでいいではないか。遅いのなら別の店に行くという客は、出て行けばいい。そうだ、簡単だよ。

そう思うと、康平はあしたにでも再開の準備を始めたくなった。

「俺、賢策を大学院に行かせるために『まきの』を再開するよ」

康平はわざと恩着せがましく言って、賢策に笑みを向けた。

親馬鹿な自分への照れ隠しもあったが、末っ子が橋梁工学を学んで、橋を造る技師になることへの誇りを顔に出したくなかったのだ。

「ほんとに？」

と訊き返して、賢策は居住まいを正すように背筋を伸ばして坐り直したが、そのときエビフライ定食が先に運ばれてきて、康平は啞然《あぜん》としてそれを見つめた。

スマホの画像ですでに目にしていたが、想像よりはるかに大きなエビフライが三本、皿に突っ立っていたのだ。

賢策も顔を近づけて呆《あき》れ顔でエビフライに見入り、

「これ、普通の海老？　伊勢海老じゃないよね」

とつぶやいた。

「いんちきな天麩羅《てんぷら》そばみたいに、衣を分厚くしてるんじゃないのか？　これ一本でも腹が一杯になるぜ。お前、三本も食えるか？　キャベツの量も凄いし、ご飯も多いし、アサリの味噌汁も付いてるんだからな」

康平の註文した鯵フライ定食も運ばれてきたが、やはり他店のよりも鯵が大きかった。

「腹が減ってるから、頑張って食うよ。父ちゃん、よかったら一本あげるよ」

「いや、お気持ちだけ頂戴しときますよ」

康平も賢策も笑いながら割り箸を割った。

まだ二十歳で、日頃あまりいいものを食べていないといっても、さすがにこのエビフライ三本は無理だろうと康平は思ったが、賢策はすべてを食べた。千切りキャベツに載っていたパセリも残さなかったし、アサリの味噌汁もきれいに飲み干した。

「エビフライ、ちょっと揚げ過ぎだけど、うまかったよ。さすがは海の町、御宿」

と賢策は言った。

康平はご飯も味噌汁も半分残した。

「お前、食べるのこんなに早かったか？　食いっぷりがいいよ」

「アルバイトの現場で配給される弁当は、時間との勝負だからね。地質調査班の班長なんて五分でたいらげるよ。嚙《か》んでないんだ。もたもた食べてたら、怒鳴られるんだよ。だから、俺も自然に早食いになっちゃった。残したら、夜まで体がもたないから」

遅い昼食を終えて、駐車場へと戻るとき、賢策は康平に礼を言った。

「お母さんが死んで、力が抜けちゃって……。あんな突然の死に方だったからなぁ。もうちょっと、いろんなことを話しておきたかったなぁっていう無念さで、なにをするのもいやになったんだ。それに、『まきの』は、俺とお母さんとのコンビで切り盛りしてきたから、俺ひとりでは無理だって決めつけてたんだ。だけど、このままじゃあいけないって、ずっと考えてたんだぜ。お前を大学院に行かせるためだと思ったら、ひとりでも店を再開しようって気持ちになったよ」

と康平は言って、車のエンジンをかけた。

「ご苦労をおかけしますが、よろしくお願いします」

殊勝な言い方で賢策は頭を下げた。

こいつ、また背が伸びたんじゃないのかなと思い、康平は息子の顔を見あげた。百八十二、三センチはありそうだった。

康平がカーナビを犬吠埼灯台に設定していると、

「あれ？　勝浦灯台に戻るんじゃないの？」

と賢策は訊いた。

「もう二時を廻ってるんだぞ。勝浦まで戻ってたら、犬吠埼の展望台から夕日が見られないよ。きのうの夜、洲埼灯台を港の堤防から見て、きょうは野島埼灯台を散髪屋の前から眺めて、灯台は遠くから見るのがいちばんだって悟ったんだ」

「たったふたつ灯台を見ただけで悟ったの？」

賢策はおかしそうに言った。

御宿の町を出てしばらく走ると、九十九里浜の長い海岸線が始まった。沿道にはサーファーのための店や、サーフボードを売る店があり、サーフィンに適した波を待つ若者たちが浜辺に集まっていた。

日本では確かに大波だが、オリンピックのサーフィン競技が開催できるほどとは思えなくて、

「次の東京オリンピックではサーフィンも正式競技になって、競技会場はここなんだろう？」

と康平は訊いた。

「もう少し北だと思うよ。ここらへんは波が足りないからね」

「大技を発揮できる波は、日本にはないんじゃないのか？」

「大波がないならないで、そのときできる技を駆使して、それを採点するってのがサーフィンなんだって。小さな波だと見てるほうはつまらないけど、やってるほうは、それはそれでおもしろいそうだよ」

と賢策は言い、後部座席に置いてある朱美のバックパックを見た。

「これは姉ちゃんのだろう？　高一のときに、あまりにも子供っぽ過ぎるって言って、

姉ちゃんが新しいのに買い換えたんだぜ。父ちゃん、これだけはよしなよ。恥ずかしいよ。六十二のおじさんが背負ってたら、どこかで盗んできたのかって疑われるよ」

「そうかなぁ。じゃあ、バックパックを売ってそうな店があったら言ってくれ。そこで買うよ」

九十九里浜なんて名前は大袈裟で、たいして長くないだろうと思っていたが、砂浜は延々とつづいた。

「俺、九十九里浜って初めてだな」

と賢策は言った。

「俺もだ。東京の隣りなのに房総半島に来たことがないんだ。こんなに日の光が強いところだとは知らなかったよ」

日差しがまともに顔を照らしてきて、助手席の賢策はタオルで頬かむりをしながら、

「あの葉書を見たの?」

と訊いた。

「葉書?」

「母ちゃんが本に挟んだ葉書」

「えっ? あの葉書のこと、なんでお前が知ってるんだ?」

「だって、母ちゃんが葉書を本に挟むのを俺は見てたんだ。この本は、お父さんはまだ

読んでないけど、いつかきっと読むだろうから、この葉書を思いだささせるために、挟んどくのって言ったしね」

「それはいつだ？」

康平は平静な心ではいられなくて、道幅が広くなっている場所で車を停めた。

「母ちゃんが死ぬ半年ほど前かな。俺が高三になったころだよ。ああそうだ。『禅の歴史』って題の分厚い本だよ。知らない大学生から届いた葉書だって言ってたなぁ。どこかの地図みたいなのと、灯台巡りをしたって短い文章が書いてあっただろう？」

「禅じゃないよ。『神の歴史』だ」

と康平は言った。

蘭子はあの葉書を俺に思いださせるために、わざと『神の歴史』のなかに挟んだのか？

俺が、買った本は必ず読むと知っていても、『神の歴史』だけは未読だと、どうしてわかっていたのだろう。

いや、そんなことはどうでもいい。蘭子は、あの葉書をなぜ俺に思いださせたかったのだ？

いつ読みだすかわからない本に挟んでおかなくても、この葉書を覚えているかと俺の前に置けばいいではないか。

あの葉書の件で、俺と蘭子がもめたことはいちどもない。当時、蘭子は三十歳目前で、差出人はたぶん二十一、二歳の大学生だ。

過去に男と女としてなにかがあったとは考えられない。蘭子が俺と結婚した二十五歳のときには、小坂真砂雄は十六、七歳だったのだ。

二十五歳の女と十六、七歳の男が互いに恋愛の対象として向き合わないとは限らないにしても、それは俺の知っている蘭子とはあまりにもかけ離れている。

だから、蘭子は葉書を見ても詮索することはなかった。もし、そのような過去があったとしたら、蘭子は葉書を俺には見せなかったはずだ。

蘭子も、あなたは誰か、どうしてこんな葉書を下さったのかという手紙を書きはしないだろう。

康平は腑に落ちない思いをいったん心のなかにしまっておくことにして、

「そのとき、お母さんはほかになにか言ってなかったか?」

と賢策に訊いた。

どうやらまずいことを言ってしまったようだなと思ったらしく、賢策はペットボトルの水を飲んでから、

「いや、それだけだよ。なんだかいやに楽しそうだったよ」

と言った。

海岸線はわずかに右へと延び始めていた。九十九里浜の真ん中あたりにいるのだろうかと思いながら、康平は車を走らせた。サーファーの数が増えていた。

「きのう、灯台を見に来てるって言ったから、ああ、父ちゃんは『神の歴史』をついに読み始めたんだって思ったんだ」

と賢策は言って、再びタオルを被った。

「とっつきにくい本も読んできたけど、女性の宗教学者が書いた論文だし、ちょっと序論を読んだだけで、ああ、これは旧約聖書と新約聖書を先に読まなきゃいけないとか、コーランも読まなきゃ理解できないかも、なんて考えると、ついついあとまわしにしちゃってたんだ。でも、魔が差したというか、なんとなく読んでみる気になって。そしたら葉書が出てきて……。カンちゃんが死ぬ二時間くらい前かな」

と康平は言った。

「じゃあやっぱり、あの葉書に背中を押されて、家から外へ出てきたわけだ。母ちゃんは自分が半年後に死ぬことを知ってて、そのあと父ちゃんも『まきの』もどうなるかちゃんと読めてて、それであの葉書を『神の歴史』に挟んどいたとしたら、凄いね」

「恐ろしいこと言うなよ。俺はお釈迦《しゃか》様の掌《てのひら》の上の孫悟空《そんごくう》か？」

行けども行けども、海岸線はつづいて、そのうち日が傾いてきたが、前方のどこにも犬吠埼灯台は見えてこなかった。

まぁ、夕日が見られなくても、点灯した灯台を遠くから眺めればいい。そう思ったとき、康平は賢策がことしの夏休みに教習所の短期集中コースにかよって、運転免許を取ったことを思いだした。

「お前、運転できるんだったなぁ」

「あ、思いだした？　思いださないでほしかったなぁ」

「どうしてだ？」

「俺、運転が下手なんだ。苦手なんだよ。父ちゃんが、いつ運転を替わってくれって言うか、ずーっとビビってたんだ。だけど、ほぼ毎日運転してるけどね」

担当教授は大学に車で来る。しかし、帰りは大学から歩いて十分のところにある居酒屋で、鯨のコロの酢味噌和えを肴に日本酒を一合飲む。それが唯一の楽しみだという。ときには二合飲むこともあるが、それ以上は飲まない。

だが、そうなると大学に置いてきた車はどうなるのか。

「俺に電話をかけてくるんだ。家まで乗せて帰ってくれって。土曜日と日曜日以外は俺は運転代行屋だよ。でも、古い汚い居酒屋で、うまいカツ丼とか焼き魚とかおでんをご馳走《ちそう》してくれるんだけどね」

「その担当教授は、名前はなんていうんだ？」

と康平は訊いた。あまり深く考えないでおこうと思えば思うほど、三十年前の一枚の葉書が頭に浮かんでくるのがわずらわしかった。

「坪内《つぼうち》先生だよ。坪内聡二郎《そうじろう》。もうじき五十になるって言ってたな」

「その坪内先生を車で家まで送って、お前はそれからどうやってあの狭いワンルームマンションまで帰るんだ？」

「歩いてだよ。先生の家からだと三十分だな。大学までは二十分」

そう言って、賢策はスマホで地図を見て、もうじき左へ曲がって、すぐにこんどは右へ行くようだと康平に教えた。

灯台から離れるのかと思ったが、展望台に行くつもりだと気づいて、康平は住宅街を賢策の指示どおりにゆっくり走った。ナビどおりに走るよりも、息子の言うままに車を進ませるほうが楽しかったのだ。

「まったくあの『神の歴史』はボキャブラリーの宝庫だよ」

と康平は言った。

「一行読むたびに、そこを二、三回読み返さないと先へ進めないんだ。たったの一行なのに意味がよくわからなくてね。でも、序論で頓挫したって言ったけど、本文の最初の『太初に……』って章の五ページくらいは読んだんだぜ。そこにおもしろい言葉が出てきたよ」

「どんな？」

「交尾ノ後ニハ、スベテノ動物ハ悲シ。なにか有名な締めの口上って著者は書いてたけど、それがなんなのかわからないままさ。その言葉の前に『聖なるもの』っていう著作を発表したルードルフ・オットーっていう宗教学者について触れてるから、その人の著作の最後の言葉かもしれないな。古代イラン人の宗教観にも触れてるから、古文書かもしれないしね。つまり、欧米の宗教学者ならたいてい知ってる基礎知識がないと『神の歴史』は読むのに手間暇がかかり過ぎるんだ」

「さっきの言葉、もう一回言ってよ」

「交尾ノ後ニハ、スベテノ動物ハ悲シ」

「へえ……」

賢策は、その四つ角を右と言い、坂の上を指差した。高くて立派な展望台があり、平日だというのにたくさんの家族連れがいた。

建物のなかにエレベーターがあって、康平と賢策はそれに乗って展望台へと向かった。

展望台には、真ん中に階段状の見晴台があった。

夕日は屛風《びょうぶ》ヶ《が》浦《うら》のほうに落ちかけていたが、反対側にある犬吠埼灯台が点灯されたのかどうかはわからなかった。灯台の光が後方の家々を照らさないように、遮蔽板が取り付けられているのだ。

「こんな凄い夕日を見たの、初めてかもしれない」

と賢策は言い、見晴台の近くに設けられている案内板にスマホのカメラを向けた。

そこに刻まれたそれぞれの場所を目で追うと、利根川や九十九里浜などが見えた。もう夕日もだいぶ沈んで、広大な風景はほとんど橙《だいだい》色になり、あのへんが成田空港か、とか、板橋区はたぶんあっちのほうだろう、とやっと見当がついた。

見晴台の階段には若いカップルが肩を寄せ合って坐り、消えてしまった夕日をまだ見つめつづけている。

風はきのうの堤防の突端よりも強かった。

康平はウィンドブレーカーを着て、犬吠埼灯台と向かい合う場所に移った。

ひとりで見晴台に坐り、膝の上に本を置いて物思いにふけっているという風情の若い女性がいた。彼女にとっては、この展望台は少々にぎやか過ぎるなと思い、康平は女性がどんな本を持っているのか、そっと覗《のぞ》きたくなった。

犬吠埼灯台も、日本では自慢できる灯台だなとしばらく見つめてから、康平は見晴台の階段をのぼった。

ひとりで灯台やその周辺を眺めに来る女性を灯台女子というのかな。それなら、この子も灯台女子か。

その若い女性が膝に載せていたのは詩集のようだったが、詩人の名は暗くて見えなかった。

女性が視線を向けている方向に賢策がやって来て、スマホを操作し始めたので、

「うしろの女性、お前の背中しか見えないぜ」

と康平は横に並んで小声で言った。

「お前、なんでそんなにでかくなったんだろうなぁ。お母さんのおじいさんがでかかったから、その血を受け継いだのかな。ゲノムの魔法だよ」

展望台からは人がいなくなっていた。

「だから、力仕事ばっかり俺に回ってくるんだ。力があるって思われるんだろうね。背の高さと腕力とは関係ないって、やっと最近わかってくれたみたいだけど」

と賢策は苦笑しながら言った。

地平線の上には濃い朱色が残っていて、それが康平に、茨城県や千葉県や東京全体を暗渠《あんきょ》のなかの精巧なジオラマのように見せていた。

夕焼けは誰の目にも美しいが、やはり沈んでいくものの寂しさがあるなと思い、犬吠埼灯台のほうに体の向きを変えた。

回転灯は銚子周辺の海を扇状に照らしつつ、一定間隔で動いていた。

朝から精一杯働き、仕事を無事に果たして帰路につくとき、人は沈んでいく夕日を見て、どこか内省的な物思いにひたるものだが、たったそれだけの心の変化でも、「交尾ノ後ニハ、スベテノ動物ハ悲シ」という言葉の深さが理解できる。

正確ではないかもしれないが、『神の歴史』の著者は、あの言葉のあとに、こうつづけていた。

——つまり、緊張したそして熱烈に待望した瞬間が過ぎた後には、われわれはしばしば、端的にわれわれの把握を超えた何か偉大なものを失ってしまったと感じるのだ。——

「交尾」をただ単にオスとメスの生殖行為として捉えた言葉ではないことがこれでわかる、と康平は考えた。

板橋の家に帰ったら、自分の記憶力が衰えていないかを確かめるために『神の歴史』のあのページを開いてみようと思いながら、

「寒いな。お前、Tシャツ一枚だもんな。行こうか」

と賢策に言った。

「灯台までは二キロってとこかな」

賢策は言って、エレベーターに乗った。

「灯台はもう見たよ」

「えっ？　近くまで行かないの？」

「離れたところから見るのがいちばんだって言ったろ？」

「じゃあこれからどうするの？　俺、まだぜんぜん腹が減ってないんだけど」

「そりゃあ、あのエビフライ三本とご飯大盛りとアサリの味噌汁をたいらげたんだもん

なぁ。それも二時頃に。いままだ六時前だよ。やっぱり日が短くなってるんだな」

車に戻ると、康平は運転席に坐り、まずビジネスホテルのある町へ行こうと言った。あしたはお前を東京駅に送ってから板橋へ帰るから、できれば木更津あたりにしよう。犬吠埼から木更津までは二時間くらいかかるかもしれない。二時間たったら、お前の胃も次の食料を欲しがるようになっているだろう。

「じゃあ、ここで木更津のビジネスホテルを予約するよ」

賢策はスマホの画面に見入っていたが、

「シングルルームがバイキング式の朝食付きで九千八百円てのがあるよ。木更津の駅の近く。いまなら二部屋あいてるよ」

と言った。

「よし、そこにしよう。なんだかテレビの通販みたいな値段だな」

康平は言って、ナビを設定した。

道が混んでいて、木更津の町に入ったときは八時をとうに過ぎていた。ホテルまであと二キロほどのところに古い居酒屋があった。間口も狭くて「おでん　焼きトン　お刺身」と染め抜いた暖簾が掛かっていた。

「こういう居酒屋はうまいんだ」

と言って、康平は二台しか停められない駐車場に車を入れた。

「どうしてわかるの？」

そう訊きながら、賢策は居酒屋の引き戸をあけた。小座敷は満席だが、カウンター席なら二人分あいているという。八十歳くらいの女性と六十代らしい店主、それに細君にしては若すぎる女性が三人で営んでいる。

康平は、車のキーを賢策に渡し、

「ホテルまではお前の運転だぜ」

と言って、まず芋焼酎のお湯割りを註文してから、メヒカリの唐揚げ、鯵と中トロの刺身を頼んだ。

三つある小座敷のひとつには七、八歳の女の子が行儀よく坐って、金目鯛《きんめだい》の煮つけを箸で上手に食べていた。祖父と祖母に連れられてきたらしく、取りにくい身の部分は、祖母に食べさせてもらっている。

「な、当たりだろ？」

「食べ物商売をやってきた人の勘てやつだね。あ、鰻重《うなじゅう》があるよ。俺、これを食べていい？うわ、高いな」

メニューを見ると、肝吸い付きで四千三百円だった。

銀座の名店と同じくらいの値段ではないか。せっかくの息子との夜だから、少々高くてもかまわないが、この居酒屋で四千三百円の鰻重は高すぎる。

康平はそう思ったし、賢策も遠慮したらしく、他のメニューから選ぼうと壁に貼られた品書きに視線を移した。

「きょうは久しぶりにいい鰻《うなぎ》が入ったんですよ。註文されてから鰻を割いて、それから蒸して焼きますから、四十分くらいかかりますが、待ってくれるなら、うちの鰻名人が作りますよ」

とメヒカリの唐揚げを揚げながら店主は言って、調理場の奥の丸椅子に腰掛けている八十くらいの婦人を指差した。

「鰻名人ですか」

と笑顔で婦人に訊き、康平は鰻重を註文した。

「いいの？」

と賢策は小声で訊いた。

「お前と旅をするなんて初めてなんだからさ、豪勢にいこう」

康平も小声で答えた。

「母ちゃん、鰻重だよ」

店主の声で、老婦人は調理場の奥のさらに奥から、竹で編んだ大きなザルに一匹のよく太った鰻を入れてきて、重そうな俎板と、使い込んだ小刀を置いた。

俎板の上でのたうっている鰻の頭に錐《きり》を刺し、切り出しナイフのような小刀で首を半分切り離すまでの手さばきは、康平と賢策が顔を見合わせるほどに素早くて鮮やかだった。

「いままで椅子に坐って居眠りしてたおばあちゃんとは思えないな」

と康平は言い、焼酎のお湯割りを飲んだ。

「五割五割で一週間寝かせた焼酎です。水と焼酎が半々の割合ですから、濃かったら少し薄めましょうか」

店主の言葉に首を振り、

「いや、そんなに濃く感じないですよ。うまいです。うちの近所の居酒屋では半割り寝かせって呼んでますけどね」

と康平は言い、出来あがったメヒカリの唐揚げを食べた。だが、焼酎が廻ってくると、うん、これは手強《てごわ》いなと感じて、少し薄めてもらった。

アルコールをまったく受けつけない体質の賢策は、モツ煮込みを頼んだ。

「ことしの五月の飲み会でビールをコップに半分飲まされて、死にそうになったよ」

と賢策は言った。

「坪内先生が、牧野はアルコールを一滴飲んでも死ぬんだって言ったら、一緒にいた教授が、そんな人間は存在しないって言って、よし実験するって絡みだしたんだ。コップに半分だけ飲んでみろって。その教授は絡み酒で有名だから、座がしらけちゃいけないと思って、それを飲んだんだよ。そしたら、心臓がどっきんどっきん早鐘みたいに打ちだして、息は苦しくなるし、坐ってられなくなるし。坪内先生も、その絡み酒の教授も泡食っちゃって。救急車を呼ぼうって誰かが言ったのに、いや救急車は駄目だって、絡み酒が止めたんだ」

「どうしてだ。そんなときは救急車を呼ぶもんだろ」

「だって、俺、まだ十九歳だったんだよ。その五日ほどあとに二十歳になったんだ。酒を飲めない未成年の学生にビールを強要して、死ぬかもしれない目に遭わせたなんてことがわかったら、絡み酒も坪内先生も大学を懲戒免職だぜ。それどころか警察に逮捕されるかもしれないだろう？　だから、それ以来、坪内先生も絡み酒も、いつも学食で昼飯を奢《おご》ってくれるんだ。口止め料だな」

「ビールをコップに半分でもそんなふうになるのか。それもまた困ったもんだな。奈良漬を半分食べてもひっくり返ったりしたら、生活に支障をきたすな」

と康平は本気で案じながら、またメヒカリの唐揚げに手をつけた。これだけ身の多いメヒカリは滅多に食べられないなと感心した。

「そんなに苦しくはなかったんだけど、ちょっと芝居をしたんだ。貸しを作っとこうって計算でね」

「悪いやつだなぁ。でも、作戦成功だな。昼飯を奢ってもらえるようになったんだからな」

　孫連れの老夫婦が出て行くと、それを待っていたようにカウンター席の客のふたりが煙草《たばこ》に火をつけた。

　鰻を見事にさばいたあと、カウンター席からは見えないところで仕事をしていた老婦人が出て来て、あと十分待ってねと賢策に笑顔で言った。

　鰻重を食べ、肝吸いも飲み、おでん鍋のなかを覗いてロールキャベツも註文した賢策は、

「もうあしたまでなんにもいらないよ。ご馳走さまでした」

　と言った。

「当たり前だろ」

　笑みを浮かべてそう言い返したが、俺は長女の朱美ともふたりきりで外食をしたことがないし、長男の雄太とも食事をともにしながら話したことはないなと康平は思った。ふたりともおとなになったのだから、そういう時間を持たなければいけない。あまりに仕事が忙しかったとはいえ、俺と子供たちとの触れ合いは希薄過ぎた。

　朱美は一緒に暮らしているのだから、あえて会話のときを持つこともないだろうが、雄太とはふたりきりで話をする時間を作ったほうがいい。

　べつに親子なのだから酒席でなくともいいのだが、ふたりきりになると会話がつづか

ない。訊きたいことも話したいこともたくさんありそうなのに、会話の糸口さえも見つからないのだ。

父親と息子とはそういうものだというが、とりわけ雄太は、父親に背を向ける時期が長かった。

名古屋勤務になって一年半、仕事には慣れたのだろうか。正月に板橋の家に帰ってきても、自分の私生活についても仕事に関しても、なにも語ろうとしない。

こっちから訊いても、

「うん、まあまあだな」

とか、

「うっとうしい上司ばっかりだよ」

とか、木で鼻をくくったような言葉しか返してこないのだ。

康平は、三杯目の焼酎と焼きトンを一串註文して、腕時計を見た。十時を過ぎていた。

「父ちゃんはどうしてあんなにいろんな本を読むようになったの？　いっぺん訊いてみようと思ってたんだよ」

そう賢策に訊かれて、康平は、カンちゃんに罵倒された夜のことを話した。

「でも、父ちゃんの記憶力の良さは、読書で培われたんじゃないぜ。もともと記憶力がいいんだ。読書量と記憶力は別物だと思うよ」

と賢策は言って、大きな欠伸《あくび》をした。

そんなふうに褒められたことはなかったし、自分の記憶力が優れているなどとは自覚していなかったので、康平は驚きながらも、

「ごく普通の記憶力だよ。特別良くもなければ悪くもないな」

と照れ臭そうに言った。

「いや、『神の歴史』で心に残った言葉を口にしたとき、父ちゃんの口調には躊躇《ちゆうちよ》がなかったぜ。すっと淀《よど》みなく『スベテノ動物ハ悲シ』まで無造作に言ったよ。それを読んでもう何年もたってるんだろ」

康平が勘定を払っているとき、老婦人は元の丸椅子に戻って、また居眠りを始めた。

「お母さんですか？」

と康平は店主に訊いた。

「ええ、そうです」

と店主は答えた。

駐車場へと歩きながら、康平は、読んだ本の好きなフレーズや心に残った数行を必ずノートに書き写してきたことで、それらはいつのまにか記憶に残っていったのではないだろうかと賢策に言った。

――「交尾ノ後ニハ、スベテノ動物ハ悲シ」は、今でもなお共通の経験を表現してい

る。つまり、緊張したそして熱烈に待望した瞬間が過ぎた後には、われわれはしばしば、端的にわれわれの把握を超えた何か偉大なものを失ってしまったと感じるのだ。——

と朗読口調でそらんじながら、車の助手席に乗った。

「凄いな」

と賢策はエンジンをかけて、自分の身長に合わせるために座席をうしろに移動させてから言った。

「交尾を、そのままの意味に捉えてしまったから、そのあとの文章で頭を叩かれた気がして、これは忘れないでおこうってノートに控えたんだ。俺に読解力や瞬間的な洞察力のない証拠だよ」

ホテルまでは五分ほどだった。

部屋のキーを受け取ってエレベーターに乗り、五階で降りると、自動販売機で賢策の分のミネラルウォーターを買い、あしたは何時までに京都に帰らなければならないのかと康平は訊いた。午後の三時だという。

おやすみと言って、部屋に入ると、康平は窮屈なユニットバスにぬるめの湯を溜めて、長くつかった。

第三章

賢策を東京駅の八重洲口で降ろし、板橋のレンタカー会社に車を返すと、康平は「まきの」の二階へ急いだ。そんなことは有り得ないとわかっているのに、葉書を挟んであったページに、蘭子からなにかヒントとなるメッセージが書かれているかもしれないと思ったのだ。

『神の歴史』には、それらしいものはなにも見つけられなかった。

それでも、近いうちに夜中に六百ページに近い大部な書物のページを一枚一枚めくっていこうと思った。どこかに一行、あるいは十文字くらいの蘭子からのメッセージがあるかもしれない。

二階から店へと降りると、康平は久しぶりに厨房へ入った。もう二年間使われていなくても、厨房内のステンレス製の流しも換気扇もそのフードも、奥に片づけてしまった十数個の鍋や食器類も新品のように光っていた。

高校二年生で学校をやめて以後、父との約束を守って一日も怠ることなく、厨房の到るところを毎晩洗って磨いて、どこにも汚れがないようにしてきたのだと康平は思った。

カウンター席に腰掛けて、しばらくぼんやりしていたが、再開のための予行演習をしなければならないと思い、食材を仕入れていた各卸問屋に電話をかけた。

製麺所、鶏肉専門卸問屋、豚肉専門卸問屋、野菜卸問屋。どこもみな喜んで、あしたの十時には届けると言ってくれた。

とりわけ野太い声で喜んでくれたのは、干物卸問屋のタッちゃんだった。

「牧野さんの中華そばがまた食えるなぁ。うちの社長も喜びますよ。いつもの昆布と煮干しと鯖節、きょうすぐに届けます。八時を廻るかもしれませんがねえ」

と言うので、これはあくまでも予行演習なので少しでいいのだ、一袋ずつで申し訳ないと、スマホを耳にあてがったまま康平は頭を二度三度と下げた。

そのとき、裏口のドアを叩く者がいた。康平がドアをあけると、トシオが立っていた。

「入れよ、お茶も出せないけど」

康平の言葉に小さく頷《うなず》き、トシオはふてくされた表情で、裏切りだよ、これは裏切りだよと繰り返した。

怒っているというのでもなければ、興奮しているのでもない、力のない口調と表情で、トシオはテーブル席に坐った。

「ひどい話だよ。俺は悲しい」

「どうしたんだ？　なにがあったんだよ」

「お袋がなぁ」

「具合が悪くなったのかい？」

「その反対なんだ」

意味がわからなくて、まどろこしかったが、康平はトシオが順序立てて話し始めるのを待った。

「俺のお袋が、かなりの認知症で、金土日の三日間、老人介護施設に預かってもらってることは知ってるだろう？」

「うん」

「九月の初めくらいからは、俺の顔もわからないときが増えて、もう週に三日の施設暮らしでは足りないと思ってたんだ。ところがだなぁ」

トシオは溜め息をつき、そんな母親が突然元気になったのだとつづけた。

――髪なんか櫛やブラシでとくこともなかったし、化粧もしなくなって、ただ生きてるだけのばばあという有り様だったのに、ある日突然、美容院で髪を染めると言いだし、朝起きると自分でモイスチャークリームで肌を念入りに手入れし、頬紅を塗るようになったんだ。

老人介護施設に行く日は、朝から化粧をして、さらにほとんど真っ白になっている眉を眉墨で黒くして、もう着なくなっていたよそ行きの洋服を嫁に持って来させる。

施設に行くのをいやがって、出かけるときは子供が駄々をこねるようにトイレに閉じこもって出てこないということもしょっちゅうだったのに、一刻も早く施設へと行きたがる。

いったいどうしたのだろうと、俺も女房も不思議で、これもまた認知症が進んだために起こる症状のひとつだろうかと介護施設の看護師長に訊いた。

看護師長は笑いながら、

「好きな人ができたんですよ」

と言った。

相手は八十六歳で、八月の中旬からかようようになったという。お袋と同い年だ。認知症の症状はランク三だから、あなたのお母さんと同じくらいですね。看護師長はそう言いやがった。

俺も女房も驚いて、お袋が看護師さんたちにそう言ったんですかって訊いた。

「見ていたら誰だってわかりますよ。Kさんが施設に来るのは土日月の三日間なんですけど、あなたのお母さんは金曜日の夜からは心ここにあらずで、土曜日にKさんが来ると、頰を赤らめて、ちらちらKさんばかり見ています。娯楽室で一緒になるときには、車椅子を押す看護師に、もっと右に、とか、もっと窓際に、とか頼むんです。その方向には必ずKさんがいるので、看護師はみんな気づいたんです。驚いたのは、あなたのお母さんの髪が黒くなってきたことです。これにはみんな驚きました。肌の色艶も良くなって。人間て凄い力を秘めてるんだなぁって感動します」

人の親だと思って、こんな無責任なことを言いやがるんだぜ。でも、確かにKさんていう八十六のじいさんを盗み見してるお袋の目は、いやに澄んでて、いやに光ってるんだ。俺はもうあの介護施設には行かないぜ。——

康平は笑ってはいけないと思いつつも笑った。

「結構なことじゃないか。お袋さんがそれで元気になっていったら認知症も治るかもしれないぜ」

「お前、他人の母親だと思って、なにが結構なことだよ。息子は複雑な心境だぜ。自分の母親が、花も恥じらう恋する乙女みたいに、相手のじじいをそっと見てるさまを、陰からそっと見てる息子の気持ちになってみろ」

なんとなくトシオの心境もわかる気がしたが、髪が黒くなってきたという事実は、康平の心を厳粛にもさせた。

「トシオ、お前、さっき裏切りだって言ったろう？　なにが裏切りなんだ？」

と康平は訊いた。

「親父が死んで、まだ三年だぜ。六十年近くも苦楽をともにしてきた亭主が死んで、まだ三年しかたってないのに、老人介護施設で知り合ったじじいに一目惚《ぼ》れして、乙女のような恋をするだって？　裏切りだよ。俺の親父への裏切りだ。江戸時代なら、市中引き回しのうえ磔《はりつけ》獄門晒《さら》し首だ」

康平は体を折るようにして笑い、

「その八十六歳のKさんは、どんな人なんだい？」

と訊いた。

「頭の禿げた普通のじいさんだよ」

康平はトシオのその言い方と真剣な表情がおかしくて、また声をあげて笑った。

「俺、お袋を別の介護施設に変えたほうがいいんじゃないかって思って、お前に相談に来たんだ」

とトシオは言った。

「いや、変えないほうがいいよ。行くのがいやだって駄々をこねてたお袋さんが、行きたがるようになったんだぜ。八十六歳になって、生きてる甲斐ができたんだ。プラトニックな烈しい恋なんて、しようと思ってもできないぜ。息子のお前の複雑な心境もわかる気がするけど、真っ白だった髪が黒くなる片思いなんて奇跡だよ」

その康平の言葉に、

「プラトニックじゃない恋に進んだら、どうしてくれるんだよ」

とトシオは声を少し荒らげて言い返した。

康平は一笑にふすつもりで、無言でトシオを見つめた。トシオもふいに気弱な目つきになって康平を見つめ返した。

八十六歳同士の男女の、プラトニックではない恋……。決して有り得ないとは言えないな。

康平はそう考えたが、それをトシオに言うわけにはいかず、かといって、一笑にふすこともできなくなり、

「まあ、少し様子を見ようよ。Kさんに相手にされなくて、お袋さんの恋はあえなく終わるかもしれないからな」

と言った。

「それでお袋が首でも吊《っ》ったら、お前、どうしてくれるんだよ」

「俺のせいなの？ そんな言いがかり、理不尽を通り越してるぜ」

「うん、俺もそう思う」

トシオは照れ笑いを浮かべてそう言うと、厨房を眺めて、中華そばを作ろうとしていたのかと訊いた。

「よくわかったなぁ」

「だって、寸胴鍋がコンクリートの床の真ん中に動いてるから。あれが定位置から動くときは、康平が出汁スープを作るときだよ」

「二年間、中華そばを作ってないから、蘭子なしでどう段取りするかを工夫しようと思って。あの寸胴鍋、中身が入ってたら、ひとりでは持ち上げられないんだよ」

　と康平は言った。

　昆布、煮干し、鯖節から味を取る鍋。丸鶏と鶏ガラともみじからスープを作る鍋。豚骨と幾種類かの野菜からスープを取る鍋。この三つは別々の寸胴鍋で作る。そしてそれらを漉《こ》し器で漉しながらひとつの鍋に混ぜる。

　これは親父の時代からのやり方だ。こうしてたくさんの手間をかけると、鶏の臭み、豚の臭み、魚の臭みが相殺し合って、「まきの」の濁りのない中華そばの出汁スープが生まれるのだ。

　康平はそう胸のうちで言った。別段、一子相伝の秘密というわけではなかったが、たとえトシオといえども、他人には教えたくなかった。魚介系のスープ、鶏スープ、豚骨と野菜のスープの割合も「まきの」独自のものなのだ。

「うちは、親父の時代からスープにこだわって工夫を重ねてきてるんだ。その手間暇を惜しむと『まきの』の味が微妙に違ってくるのさ」

　康平は言って、厨房へ戻り、鉢やレンゲや皿を洗い始めた。

「じゃあ、蘭子さんと一緒に仕事をしてたときは、三つの鍋のなかのスープをそのコンロに載ってる鍋に移してたのかい？　ふたりで寸胴鍋を持ち上げて、よっこらしょと親鍋に移して混ぜ合わせてたの？」

「ああ、そうだよ。うちの寸胴鍋を持ってみろよ。空でも相当な重さだぜ」

と康平はトシオを手招きした。

厨房へ入ってきたトシオは、澄んだスープを煮るための親鍋を持った。

「それはコンロの上からは動かさないんだ。持ち上げるのは、こっちの三つだけだよ」

トシオはそう言われて、コンクリートの床に置かれた鍋を持ち上げた。

「空でもこれだけ重いんだろ？　ここに具材やスープが満杯に入ったやつを、お前と蘭子さんとでよく持ち上げられたなぁ」

「親父とやってたころはもっと重い鍋で、粗熱が取れるまでは、俺が柄杓でそれぞれのスープを漉しながら親鍋に移してたんだ。どれもが三分の一くらいになってから、鍋を持ち上げて移すんだよ」

「え、これより重い鍋をか？」

「そうだよ。残り三分の一になったころから、親鍋のスープの味を調えていくんだ。きょうは鶏スープを減らそうとか、豚骨スープを減らそうとか」

「どの鍋も空になるまで柄杓で移すってのは駄目なのかい？」

とトシオは腰をさすりながら訊いた。

食器類を洗うと、四つの寸胴鍋を洗うために着替えようと思い、二階に上がりかけた

が、柄杓を持ってコンロの周りを行ったり来たりし始めたトシオがいやに真剣な顔つきなので、

「もっと合理的なやり方があるって思ってんだろう？」

と声をかけた。

「うん、お前のやり方には無駄があるって気がするよ。誰が見ても無駄が多いぜ」

「合理的じゃないって言いたいわけだな」

「うん、遠慮なく言わせてもらえば、三種類のスープを別々の鍋に作って、それをひとつに混ぜる作業には工夫の余地があるんじゃないかなぁ。俺、いま二、三回鍋を持ち上げただけで、腰を痛めそうになったよ。お前、こんなことを毎日何回もやってたら、まじで腰を痛めて動けなくなるぜ」

「じゃあ、『まきの』再開は中止だ。やっぱり俺ひとりじゃ無理なんだよ」

「なんだよ、その言い方。いい歳をしたおっさんが、ふてくされやがって。お前はガキか！　ほかになにかいい方法がないか考えろよ。俺も及ばずながら力になるからよ」

「八十六歳のお袋さんが、介護施設で恋に落ちて、裏切りだ、裏切りだってふてくされてたのは、どこの誰だよ」

「それとこれとは話が違うだろう。お前はすぐふてくされやがる。高校のときから変わってないじゃん。またひきこもって、ここの二階で化石みたいになってろ」

毛髪がなくなってしまっているトシオの頭頂部をひっぱたいてやりたくなったが、そんな自分を抑えているうちに、康平のなかからこらえきれない笑いが湧いてきた。こみあがってくる笑いを抑えて、

「お前の及ばない力を貸してくれ」

と康平は言った。

「親鍋ってやつはコンロの上から動かさないんだな？」

そのトシオの問いに、康平は頷き返した。

「いまの親鍋に完成品を作る際に、寸胴鍋を持ち上げないようにしたらいいんじゃないかな。つまり三種類のスープを初めから終わりまで柄杓で調節しながら親鍋に移していくんだよ」

とトシオは言った。

三種類のスープを、寸胴鍋を持ち上げながら味の調整をして移すやり方を提案したのは蘭子だった。

ずっと昔の父と康平ふたりでしていた作業の前半の柄杓を使うところまでは、トシオの考えとさして違わないやり方だったのだ。

しかし、父に代わって蘭子が厨房でも手伝うようになると、どの寸胴鍋も女の力では重すぎた。蘭子は自分の腕力では三種のスープ鍋は扱えないので、それぞれの鍋を少し

小さくする方法を考えつき、父の代から使っていた寸胴鍋を二階にしまい込んで、新しい鍋を註文して作ったのだ。

しまい込んだ鍋は、家の納戸に移して、いまでも三つ並んでいる。

それを思いだして、つまりは父とふたりで「まきの」を営んでいたころのやり方で、鍋に移す方法だけ変えればいいのだと気づき、

「トシオ、お前の言うとおりだよ」

と康平は言った。

以前、蘭子のためにやり方を変えたことを説明し、裏口を出て家へと向かった。トシオもついてきた。

「お前、惣菜屋は大丈夫か？」

と康平は訊いた。

「きょうは水曜日だぜ。山下惣菜店は定休日」

「ああ、そうか。芙美《ふみ》さんがお姑《しゅうとめ》さんの世話をしなきゃいけない日なんだな。店をあけてるほうがらくだよな」

「うちの女房は、認知症の姑の扱いに慣れちまって、そんなに苦にしてないんだよ。お袋も嫁には従順だしね。こいつを敵に回すとやばいってわかってるんじゃないかな。俺たち夫婦には子供がいないから、お袋が介護施設に行った日は、寂しいもんだよ」

とトシオは歩きながら言った。

家に入ると、裏庭に面した廊下の端にある納戸をあけて、康平は新聞紙で包んだ古い寸胴鍋を出した。

「へえ、こんな大きな鍋を使ってたのか。そりゃあ蘭子さんと二人で持つには重すぎるよ」

そう言いながら、トシオは三つの寸胴鍋を店に運ぶのを手伝ってくれた。

親鍋というのは味を調整したスープを入れる鍋で、いつからか父がそう名づけたのだったなと康平は思った。

八十六歳の母親の恋に対する息子としてのいまいましさを、康平にぶつけて気が晴れたのか、トシオはこれまで使っていた寸胴鍋を邪魔にならないところに片づけてくれた。

そしてコンロや調理台を掌で撫《な》で、

「ぴっかぴかだなぁ。埃ひとつないよ。店を閉めてた二年間、掃除だけは怠らなかったんだな」

と言った。

「店を閉めてからは、三日にいちどだったけどね。親父の遺言みたいなもんだよ。一に清潔、二に清潔……五に滋味深く。うちには昔から暖簾が三枚あるんだ。どれも同じ色で、中央に『まきの』って白く染め抜いてある。見た目は汚れてなくても、必ず一日おきにきれいな暖簾に替えるんだ。暖簾は家の洗濯機で洗って、蘭子が丁寧にアイロンをかけて……。結婚してからずーっと蘭子の仕事になってたんだよ。暖簾の汚れは厨房の汚れだ。汚れた暖簾を掛けておくのは、それを満天下にさらすようなもんだ。それが親父の口癖だったからな」

タワシと洗剤で寸胴鍋を洗いながら、康平は父の猫背と面長な顔を思いだしていた。

「あれ？　康平、髪を切ったのか？　また思い切って短くしたもんだなぁ」

トシオは笑顔で康平の頭を見た。

「えっ？　いま気がついたの？」

「お袋のことで、心中複雑になってたから、お前の髪に気がつかなかったよ」

「そんなにお袋さんの片思いに機嫌を悪くしてたのか？」

「うん、いまも機嫌は良くなってないぜ。なんかいやなんだよ。うまく説明できないけど」

「トシオの気持ちがまったく理解できないってわけでもないな。お袋ってのは、自分を産み育ててくれた母であり、父親の妻でもあるんだからな」

「だろう？　俺の複雑な心境をわかってくれるだろう？」

うんうんと頷き返しながら、

「でも、人間の心って凄い力を持ってるんだなぁ。心って言うよりも生命って言ったほうがわかりやすいな。八十六歳の老女の白い髪が、わずかなあいだに黒くなってきたんだぜ。その人の生命になにが起こったんだろうな」

と康平は言い、腰が痛くなったので背筋を伸ばして上半身を反らせた。

干物卸問屋は夜の八時くらいになると言っていたのに、それよりずいぶん早い時間に、二年前まで配達してくれていた昆布や煮干し類を段ボール箱に入れて納品に来てくれた。電話で話したタッちゃんではなく、初めて見る三十前後の青年だった。

「以前とまったく同じ品です。メンマも一袋入れてあります。竜田《たつた》が、今後ともよろしくとお伝えしてくれとのことでした」

そう言って、青年は名刺を康平に渡すと、商店街に停めた軽トラックで帰って行った。ひどく急いでいるようだった。

まだ配達するものがたくさんトラックに残っているのだろうと康平は思った。

「彦島源太郎《ひこしまげんたろう》だって。彦島って、あそこの社長の苗字《みようじ》だぜ。息子さんかなぁ。彦島社長はもうそろそろ八十だよ。歳の差がありすぎるよな」

名刺を見ながら、康平はひとりごとを言った。すると、トシオは厨房を出てカウンター席に坐り、

「俺の胸に納めておこうと思ったんだけど、どうも俺の狭い心には納め切れないから話しちゃうよ」

と言い、新しい布巾でカウンターを拭き始めた。

「カンちゃんには、よその女とのあいだに出来た男の子がいるんだ」

「えっ！」

「あいつ、福岡支社にいたときに取引先の女性社員とねんごろになってたんだ。そのときはもう結婚して長男も次男も生まれてたよ。単身赴任は数年で終わって、東京の本社へ帰ることが決まったとき、相手の女が妊娠してたことを告げたんだ。だけど、女は中絶したから心配しないでくれって言って、その日を最後にきれいさっぱり別れたんだ。カンちゃんにすれば、自分から言いだす前に中絶してくれたうえに、なんにも要求しないで、女のほうから別れてくれたんだ。その後すぐ辞令が出て、女房と息子の待つ板橋の家へと帰って来たんだよ」

トシオはズボンのポケットから四つに折った紙を出し、それを康平に見せた。女の姓名と住所、携帯電話の番号が書いてあった。

「ところがな、中絶したっていうのは嘘《うそ》だったんだ」

康平は手を洗い、ゴム長を履いたままトシオの横に坐って紙に書いてある文字を読んだ。達筆な字で、多岐川志穂《たきがわしほ》と書いてある。

「おととい、この女が俺を訪ねてきたんだ。二十年前に博多で会ったあの女だってわかったときはぞーっとしたよ。でも、カンちゃんの子を産んでからのいろんな苦労を聞かされてるうちに、これはえらいことになるぞって気がしてきて、俺のことでもないのに、どこかへ逃げていきたくなってさ」

「お前、この女を二十年前から知ってたのか？　なぜだい？」

と康平は訊いた。

訊きながら、こんな厄介事に首を突っ込むな、俺には関係ないと突っぱねて、これ以上の話は聞くな、と自分を止めようとする声が内側から聞こえていた。

しかしすぐに、俺はまたこうやって逃げようとするのだ、習性のように俺につきまとう「逃げの心」だ、という声もどこかから聞こえるような気がした。

――カンちゃんが福岡勤務になって単身赴任してから半年がたったころ、山下惣菜店の調理場の水回りを改修することになった。その工事のついでに調理場も広くすることにした。ちょうど二十年前だ。

工事は丸六日かかるというので、いい機会だから、俺と女房は四泊五日で旅に行こうと決めた。

女房は女性誌で紹介されていた熊本の温泉に行きたいという。

ひなびた温泉に四泊は長い。博多にも泊まろうじゃないかと俺が言いだしたのは、博多にはカンちゃんがいると思ったからだ。

ところが、博多には女房の従妹《いとこ》がいるという。従妹の亭主も二年前から博多に転勤になっていたのだ。

子供のときから仲が良かったから、私は従妹と会って、女同士で食事をしたいと女房は言う。

俺もカンちゃんと男だけで飲むほうがいいなと思い、博多では同じホテルの部屋に泊まるだけで、女房とは別行動ということにした。

カンちゃんは夜の七時にホテルまで迎えに来てくれた。

カンちゃん行きつけの小料理屋はとにかく魚料理がうまかった。

康平はトシオの眼前で手を左右に振って話を遮った。

「要点だけを言えよ。途中経過はどうでもいいんだ。トシオが食った料理がうまかったなんて、この話とはなんの関係もないんだからさ」

「そうだな、うん、要点だけを話すよ」

何度も頷きながらトシオは天井に視線を向けて考え込んだ。

要点だけ喋るというのは難しいのだと康平はわかっていたので、トシオが話し始めるのを根気良く待った。

——俺もカンちゃんも、その日はよく飲んで、かなり酔ってた。その小料理屋を出て、もう一軒行こうということになり、中洲に近いクラブへ行った。ホステスが五、六人いる福岡では名の通ったクラブだってカンちゃんは言った。

そのクラブのオーナーママが、この多岐川志穂っていう女の母親の姉、つまり伯母さんだった。

やり手で、そのクラブだけでなく駅前の一等地に七階建てのテナントビルも経営してるし、市内に賃貸マンションも二棟持っているということだった。

そのママが、事務所で志穂がパソコンと悪戦苦闘してるから助けてやってくれとカンちゃんに耳打ちした。エクセルとかいうソフトの操作方法がよく呑み込めないらしい。

二十年前は、各会社がパソコンを使っての業務効率化を推進し始めていて、多岐川志穂も社内研修で知識を得てはいたが、まだ充分に使いこなせなかったのだ。

事務所は、クラブの入っているビルの七階にあった。その七階建てのビルも伯母さんが所有している。単なるクラブのママではない。俺たちから見れば大金持ちだ。

伯母さんには子供はいなくて、自分の姪《めい》に、ゆくゆくは跡を継がせたいと考えて、週に一日、事務所の仕事を手伝わせていたのだ。

カンちゃんはパソコンのことに詳しかった。七階の事務所に上がるのに、なぜ俺を誘ったのかわからなかった。高級クラブなんてところに初めて行った俺が、ひとりにされたら困るだろうと思ったのかもしれないし、この女がＯＬか？　と思うほどの美人が博多での愛人だと、それとなく自慢したかったのかもしれない。

パソコンの前に並んで坐って、エクセルの使い方を説明しているカンちゃんを見たとき、俺はすぐに、あ、こいつら出来てやがるってわかった。

ああいうのは、誰にも知られていないと思ってるのは本人たちだけで、周りはちゃんと気づいてる。

閉店までいて、店を出たとき、俺はカンちゃんに言った。「深入りするなよ」って。カンちゃんは、わかってるよって言って笑ってたけど、あのときは二人の仲が盛り上がっていて、俺に会わせたかったに違いない。

事務所で初めて会ったとき、多岐川志穂は勤め先の会社で使ってる名刺をくれたので、俺も自分の名刺を渡した。まさか二十年後に訪ねてくるとは思っていなかったのだ。——

それで、要点はなんなんだ。カンちゃんは死んだのに、なぜ多岐川志穂は板橋へやって来たのだ、と康平はいらいらしながら訊いた。

「彼女がカンちゃんの死を知ったのは、葬式の日だよ。福岡時代にカンちゃんが親しくしていた取引先の人とばったり会って、その人からカンちゃんが亡くなったことを知らされたんだ。当時、彼女は自分が妊娠してることを両親に打ち明けて、産むつもりだと言ったけど、とりわけ父親は激怒して、それならこの家から出て行けって、殴ったり蹴ったりしたんだそうだよ。伯母さんは、まるでそれを見越していたみたいに、私がしばらく親代わりになると言いだしたんだ。あのしたたかな伯母さんにはめられたのかもしれないって多岐川さんは笑ってたよ。もう何年も前から、志穂ちゃんを養女にくれって両親に頼み込んでたそうなんだ」

「カンちゃんは、その女が嘘をついて子供を産んだことは知らないまま死んだのかい？」

と康平は訊いた。

「その子が中学生のときに知ったらしいんだ。当時カンちゃんは会社を辞めて、八百屋を貸しビルに建て替えてたよ。福岡時代の同僚と何年ぶりかで飲んだとき、志穂ちゃんが産んだ子は、お前の子なんじゃないのかって冗談交じりに言われたそうなんだ。子供の歳を訊くと、女と関係があったっていう時期と重なるらしい。そこからカンちゃんの悩みが始まったんだなぁ」

西日を背景にして屋上から話しかけてきたカンちゃんの笑顔が、康平の頭のなかに浮かびあがった。

「どんな悩みが始まったんだ？」

と康平は訊いた。

愚問だとは思ったが、そんな経験のない康平にとっては、具体的な悩みが即座に浮かばなかったのだ。

「康平なら、まず最初にどんなことを考える？」

トシオは逆に問い返してきて、

「俺なら、その子が誰の子かを突きとめようとするだろうな」

と言った。

「どうやって突きとめるんだ？」

康平の問いに、

「女に直接会って、問い質《ただ》すしかないだろう」

「カンちゃんはそうしたのかい？」

「うん、ほっときゃいいのに、そうしたんだよ。福岡時代の同僚が死んだとかなんとか嘘をついて、博多へ行きやがった。多岐川志穂は、もうそのころはマンションとテナントビルの経営に専念してた。ママが死んだら、クラブ経営なんて到底自分には無理だとわかって、さっさと店を閉めたんだって」

「多岐川志穂は、伯母さんの目論見《もくろみ》どおり養女になったのかい？」

「うん、実家には女ばっかり四人で、多岐川さんは末っ子だったんだ。堅物で厳格な親父さんだったけど、養女になれば大きな財産を継ぐことになるのはわかってたから、そこには多少の損得勘定もあっただろうな。多岐川さんは子供を産む三か月前に、養女として伯母さんの籍に入ったそうだよ」

「お前、なんでそんなに詳しいんだよ」

「だって、板橋駅のすぐ近くの喫茶店で、おととい、二時間も話を聞いたんだもん」

「近藤勇《こんどういさみ》の墓の近くか？」

「うん、あそこのカフェラテはうまいぜ」

「多岐川志穂は、なにをするために板橋へ来たんだよ。カンちゃんがほんとに死んだのかどうか確かめるためか？」

「いや、俺に会うためだよ。カンちゃんの死は疑ってなかったよ」

「お前に会って、なにをどうしようってんだ？」

康平の問いに、トシオは首をかしげた。

多岐川志穂が訪ねてきた理由は、トシオにも判然としないので、首をかしげるしかないのであろうと康平は思ったが、そうではなかった。

「カンちゃんのやつ、博多で多岐川志穂と話し合ったとき、別れ際に『どうしても俺に連絡しなければいけなくなったときは山下登志夫に電話してくれ。そしたら俺のほうからかけ直すから』って言ったんだよ。あいつにしてみれば、別れ際の社交辞令みたいなもんだったんだろうけど、俺にすりゃあ迷惑な話さ」

とトシオは言った。

「どうしても連絡しなきゃあいけない事態が起こったにしても、カンちゃんはもう死んだじゃないか。多岐川って女は、それを知ってたんだろう？　そしたら、なんで山下登志夫に会いに来たんだ？」

どうも話が堂々巡りになって、核心の周辺をうろつくばかりだなと思いながら、康平はトシオを見つめた。

「愛人とのあいだに生まれた婚外子は、女の子よりも男の子のほうが不良になりやすいって昔聞いたことがあったけど、まったくそのとおりでした。多岐川さんはそう言ったよ」

「不良？　その子はいま十八くらいだろう？　俺の親父は誰だ。どこに住んでるんだ。居場所を教えろ。そう言って母親を悩ませてるのかい？」

「つまり、そういうことなんだよ。だけど、板橋まで押しかけて来ても、その子の父親は死んじまって、もういないんだ。多岐川さんが心配してるのは、カンちゃんの遺族に累が及ぶんじゃないかってことさ。それが心配で心配で、ふっと山下登志夫っていうカンちゃんの幼馴染みを思いだして、とにかく相談してみようと博多から板橋まで来たんだ。手広く不動産業を営んで、同業の男どもに伍《ご》して、九州では知られたやり手の経営者も、自分の息子のこととなると、ごく普通の母親になっちゃうんだなぁ」

不良かぁ。懐かしい言葉だ。いまはもう死語になったかもしれない。

そう思いながら、康平は、どの程度の不良なのかと訊いた。

「暴力団の組員ではないそうだよ。そういう連中とのつき合いは避けてきたらしい。でも、高校二年のときに学校を中退して、いま、ふたりの子がいるってさ」

「十八歳で、ふたりの子持ち？　母親は幾つだい？」

　と康平は訊いた。

「同い年らしいよ。十六歳のときに男の子が生まれて、最近、二人目が生まれたんだって。その子も男だ。多岐川さんの息子はプータロー。女房は子育てで働けないから、多岐川さんの援助で生活してるってさ」

「多岐川志穂は、父親の名を明かしたのかい？」

「死んだんだから、明かしてもいいだろうって思ったそうだ。息子が、教えろ、教えろって脅迫まがいに迫ってくるから、仕方なくね。あれは完全に息子に怯《おび》えてる顔だったよ。自分が母親と愛人とのあいだに生まれた婚外子だって知ってからは、一気にすさんでいって、悪い仲間とつき合うようになって、母親の言うことなんか、まるで聞かないどころか、連日罵倒してくるようになったんだってさ。その子、カツアゲで補導されること二回。繁華街で高校生を脅して奪った時計はふたつとも川に捨てた。時計が欲しかったわけじゃないって言ったそうだよ」

　康平は、カンちゃんの隠し子が可哀相《かわいそう》になってきたが、隠し子という言い方は正しくないなと思った。カンちゃんは、その子の存在を長く知らなかったし、多岐川志穂は中絶したと嘘をついたのだ。

「その子が、カンちゃんの遺族にどんな累を及ぼすってんだ？　カンちゃんが死んでいなくなった以上、罵倒できる相手は自分の母親だけじゃないか。母親は、自分で決めて産んだんだぜ。カンちゃんには中絶したって言ったんだ。どうしてカンちゃんの遺族が、その子から迷惑を蒙《こうむ》らなきゃいけないんだよ」

その言葉に、

「そういう理屈が通じる子じゃないんだって多岐川さんは言ってたよ。でも、俺になにができる？　博多へ行ってその子に会って、たしなめるのかい？　そんなことをしてなんになるんだ。火に油を注ぎに行くようなもんさ。悪いのは、カンちゃんと、あの多岐川って女じゃないか。自分たちが蒔《ま》いた種さ」

いやに静かな目で康平を見て、トシオは大きく溜め息をつき、裏口から出て行きながら、

「出汁スープを作り始めるのはあしただろう？　役には立たないけど、手伝いに来るよ」

と言った。

康平はさっき届いた煮干しや鯖節の入った段ボール箱をあけた。利尻《りしり》昆布も二年前まで使っていたものと同じだった。

昆布と煮干しと鯖節を寸胴鍋に入れた水に浸して出汁を取り、昆布だけは鍋から出してしまう。

熱湯で煮出してはいないので、まだ充分に出汁が取れる昆布は、別のアルミの鍋に移して、必要な分だけ蘭子が醬油や酒で煮て、ご飯のおかずにしていたのだ。

調理場の奥にある抽斗《ひきだし》には木綿の布袋が重ねてしまってある。煮干しと鯖節はまとめて木綿の布袋で包み、それを弱火で煮る。湯が沸騰しないうちに取り出し、それもアルミの鍋に移し、昆布と一緒に入れておく。

比内《ひない》地鶏の鶏ガラと丸鶏、それに「もみじ」合計二十五キロを弱火で煮ていく。同時に、豚骨や香味野菜も三つ目の寸胴鍋で煮る。

どの寸胴鍋にも蓋はしない。蓋をして煮ると臭みが出るし、スープが濁るのだ。

調理台には三つの寸胴鍋と、完成したスープを入れる親鍋用の丸い穴があいていて、それぞれの鍋の真ん中あたりまで沈むように造ってある。その穴の下に業務用のガスコンロが据えつけられている。

康平は冷蔵庫にしまってある密閉容器を出して、なかの「醬油のかえし」を嗅いだ。匂いはなかったが、予行演習が終わったら、全部捨ててしまうつもりだった。

週にいちど火を入れてきたので傷んではいないが、チャーシュウを作るときに「かえし」も出来る。それでいいのだ。

鰻屋には代々継ぎ足してきて、いまもなお使っている「秘伝のたれ」を家宝のように大事にしている老舗《しにせ》があるが、「まきの」の中華そばには、あまり古いものを使いたくなかった。

空気に触れるものの多くは酸化する。酸化すれば、味に新鮮さがなくなる。康平はそう思っているのだ。

時計を見ると六時前だったので、康平は、なぜこんなに時間がたったのかと考えた。

「そうだ、トシオと話しこんでたんだ」

と康平は言った。

二年ぶりに出汁スープを作ることを考え始めた瞬間に、トシオのことも話の内容も、きれいさっぱり頭のなかから消えてしまったことが、康平に活力に似たものを湧き出させた。

俺は中華そばを作りだすと、ほかのことがみんな取るに足らないものになってしまう。父もそうだった。俺は親父の子だ。体つきも似てきたと蘭子が笑っていたな。

そう思い、康平は二階へあがった。狭い洗面所の鏡に自分の体を映してみたが、猫背になってはいないようだった。

「焼酎タイムだな」

とつぶやき、康平は店から出て家に帰ると、焼酎のお湯割りを作った。そして、トシオが話してくれた多岐川志穂とその息子について思いを巡らせた。

どんな内面的な葛藤があり、どんな感情の揺れ動きのなかで決心したにせよ、相手の男に妊娠を告げると同時に、してもいないのに中絶したと嘘をついて、ひとりで子を産んで育ててきた女性の心は、康平には雲をつかむようで、捉えどころがなかった。

「高校二年で中退して、悪い連中とつき合って、十八でふたりの子持ちか。でも、カンちゃんの息子なんだ。多岐川志穂だって、伯母さんから譲り受けた会社をちゃんと経営してきて、九州の不動産業界では知られた女性だ。そのふたりのあいだに生まれた子がどんなにワルでも、それはいまだけのことさ。父親を憎みつづけるとしても、いつかもっと大きな心を得る日が来るよ。死んだ父親の遺族に迷惑をかけるようなことをするはずがないさ」

そう胸の内で言って、康平は、あるいはカンちゃんが実家をビルに建て替えたあと、一見気楽そうなオーナーとして暮らしつづけた理由の奥には、夢にも思わなかった息子の存在が大きく影響していたのではないかと考えた。

「カンちゃんは悩んだろうなぁ。青天の霹靂《へきれき》だもんなぁ。そりゃあ寿命も縮むよ」

そう言いながら、二杯目の焼酎を飲み、康平は家を出て山下惣菜店へと歩いた。商店街は最も人通りの多い時間だった。

康平は通行人を避けて、道の端を歩きながら、トシオの店が定休日なのを思いだした。

板橋の仲宿商店街に惣菜店は多かったが、俺が味を認めてるのは山下惣菜店だけだし、トシオへの義理というものもあると思い、康平は家へと戻りかけたが、自分で晩ご飯のおかずを作る気にはなれなかった。

といって、どこかの食堂でひとりで食べるのも味気ない。

康平は歩きながら朱美にLINEでメッセージを送信した。

――きょうの帰宅は何時くらいになりますか？　トシオの店は定休日で、家の冷蔵庫はからっぽ。――

それなら私は会社の誰かと食事をして帰る、という返信が届くだろうと思いながら、家に入ると、LINEの着信音が鳴った。

――焼き肉を食べに行こうか。あと十分くらいで家に着くよ。――

と書かれてある。

「へぇ、きょうはほとんど定時に仕事を終えたのか。珍しいな」

そうひとりごとを言い、

――了解。――

と返して、康平は山手通り沿いの韓国料理店に予約の電話をかけた。

年に一、二回しか行かないが、そのたびに入口で二十分ほど待たされる人気店で、安くてうまい肉を出してくれる。

本当に十分で帰宅した朱美は、すぐに二階に上がると普段着に着替えてリビングへ降りてきた。

「きのう、総務部に呼ばれて、課長に怒られちゃった」

「へぇ、どうしてだ？」

「有給休暇を消化してくれないと困るって。私だって休みたいけど、仕事がいっぱいあるから休めないのよ。でも労働基準監督署がうるさいんだって。ブラック企業みたいに思われるといろいろ面倒臭くなるから、総務課長は神経質になってるの。うちの部長にも文句を言ってたわ。もっとうまく段取りして社員を休ませてくれって」

朱美はそう言ったあと、賢策との一泊旅行の感想を訊いた。

「楽しかったよ。あいつ、大学院へ行きたいんだってさ」

「うん、おとといの夜、私にもそう言ってたわ。もう遅かったから、詳しい話はできなかったけど」

朱美はスニーカーを履きながら、探るように康平を見て、

「お父さんには一銭の稼ぎもないから、お前を大学院に行かせるなんて無理よって言ったら、無理だろうなぁって落胆してたわ」

と言った。

路地を出て、商店街を山手通りのほうへ歩きながら、朱美と賢策は仲が良くて、しょ

っちゅうLINEのやりとりをしているようだから、賢策はすでに朱美に店の再開を知らせているはずだと康平は思った。

父親の口から直接言わせたくて、朱美は知らないふりをしているのではあるまいか。こいつはそのくらいの腹芸はできるやつなのだ。

「橋梁工学をやりたいんだってさ」

「キョウリョウ？　それ、なに？」

あれ？　賢策はまだ朱美に知らせてないのか？　LINEやメールで報告する時間は充分にあったのに。賢策は賢策で、姉には父親から直接言わせたいのかもしれない。

あれこれ考えながら、スナックや居酒屋などが並ぶ横道を抜けて、山手通りを渡った。

「俺が『まきの』で中華そばを一日四十杯売ったら、賢策は大学院で橋梁工学を勉強できるよ」

と康平は言って、朱美の反応を窺った。

しばらく父親の顔を見つめてから、

「お父さん、『まきの』を再開するの？」

と訊いた。

「それしかないだろう。お母さんの保険金をなしくずしに減らしたくないからな。俺にだって老後の備えが必要だよ」

朱美は立ち止まり、

「ほんとに？」

と訊き返して、飛び跳ねるようにして康平の肩を叩いた。

「ほんとだよ。きょうから中華そば作りの予行演習を始めたんだ。とにかく、俺ひとりで切り盛りするんだから、二年前までの出汁スープと同じものが作れるかどうか、どうもこころもとないんだ」

「賢策、喜んだでしょう」

「泣きながらハグしてくれるってほどじゃなかったな」

「お父さん、これまでとは別の人みたい。旅先でなにかあったの？」

朱美は探るように顔を見ていたが、

「なにもないよ。賢策と安房小湊の駅で待ち合わせて、それから御宿で昼飯を食って」

という康平の言葉が終わらないうちに、

「あれ？　髪を短くしたの？　やっぱりなんかあったんだ」

そう言って、おかしくてたまらないというふうに口を押さえて笑いだした。

「もし、俺になにかがあったとしても、そんなに笑うことかい？　心配そうに次の言葉を待つのが普通だろ」

と康平は少し不機嫌になって言った。

「お父さんは思い切ったことをやっちゃうからね。そんなときはだいたい笑っちゃうような理由とか動機からなんだって、おじいちゃんが言ってたわ」

「親父が？　孫のお前にそんなことを言ったのか？」

朱美の言葉が意外だったので、自分はこれまでどんな思い切ったことをやってのけたのだろうかと考えた。

高校を中退したことと、ある日突然に読書に耽り始めたこと以外は思いつかなかった。

最近開店した「創作小料理」と看板に書き添えてあるこぢんまりとした店の角を曲がり、民家の並ぶ道を行くと韓国料理店がある。

朱美とふたりきりで外食するのも初めてだと康平は思った。

二人掛けのテーブル席だけがあいていたので、予約しといてよかったねと朱美は言って、椅子に坐るなり生ビールを註文した。

康平は、賢策が橋梁工学を学びたいので大学院に行かせてくれないかと言いだしたときの、自分の歓《よろこ》びを朱美に話して聞かせ、焼酎のぬるいお湯割りを註文して、上ロースとハラミとレバーも頼んだ。

「私はそれにプラス上カルビ。それとサンチュ。あとでビビンパもお願いします」

と朱美はウェイトレスに言った。

「カルビが食えるってのは、まだ若い証拠だな。だけど、焼き肉には白いご飯がいちばん合うんだぜ。ビビンパはやめとけよ」

そう言ってから、自分がいちばん嬉しかったのは、朱美が第一志望の大学に合格したことだったとつづけた。こんな言い方をすると笑うだろうが、そのとき、牧野家の歴史が変わったのだ、と。

朱美は生ビールが運ばれてくると、ビビンパの註文を取り消して白いご飯に変え、

「牧野家の歴史？」

と訊いた。

「うん、それまで牧野の家で大学に進んだ人間はひとりもいなかったんだよ。お母さんの実家は津島《つしま》家だけど、この津島家もおんなじさ。大学に行った者はいないんだ。朱美が第一号だ。第一号が出たということは、第二号、第三号が出る。大学を出た親は、自分の子も大学に行かせようと努力する。子に高い教育を受けさせるための精神的土台が出来たんだ。そしてその連鎖がずっとつづいていく。俺の長女が、その先陣を切ってくれたんだ。牧野家の魁《さきがけ》になってくれた。あのとき初めて、俺は親不孝だったたって思い知ったよ。親父はあんな性格で、言いたいことの半分くらいしか口にしない人だったけど、俺が高校をやめたときには、じつは泣きたいくらい残念だったろうなぁって気づいたんだ」

焼酎のぬるいお湯割りが運ばれてくるまで生ビールに口をつけなかった朱美は、ジョ

ッキを持ち上げながら、

「お父さん、やっぱりなにかあったわね。ねえ、なにがあったの？　まさか旅先で恋に落ちたなんてテレビドラマみたいなこと告白しないでね」

と言った。

康平は朱美と乾杯して、焼酎を飲み、じつはきょうはこれが三杯目なのだと明かした。

「うん、もうお酒が入ってるってことはわかってたよ。でも、きょうはお祝いだもんね。もう一杯飲ませてあげるよ」

「ありがとう」

肉を焼き始めるまで、康平は旅でなにがあっただろうと考えた。多くのことがあった気がするし、なにも起こらなかったような気もした。ただ灯台を見ただけだ。

威厳を放つ灯台もあったし、ただの煙突にしか思えなかったものもあった。

おそらくそう見えたのは、そのときそのときのこちらの心の状態次第なのであろう。

灯台を見るために足を運ぶことで、海風に体をすくませ、潮の香りを感じ、鮫《さめ》の背びれのような夥しい白波も目にする。固く締まった土の道の感触や、上りにくい石段の不揃いな段差を、足のすべての筋肉がじかに実感する。それらが複合して一基の灯台の印象となっている。

房総半島のたった数基の灯台を訪ねただけなのに、康平は、まるで日本中の灯台を見てなにかを悟った人のように朱美に話して聞かせた。

「日頃、よく歩く人は意識してないだろうけど、最近の俺は家と店との三十メートルほどしか往復しないし、買い物といったってトシオの店に行くくらいだろう？　だから、足の裏の筋肉についてなんて考えたこともなかったし、足首の周りの筋肉が重要な役割を担ってるなんて考えもしなかったんだ。年寄りが転ぶのは、足裏と足首の筋肉が衰えてるからだよ。とくに足裏の筋肉の存在は、舗装された平らな道では感じないんだ。こんどの旅で、俺はそれを学んだよ」

呆れ顔で父親を見ていた朱美は、

「房総半島を一周して、そんなことを学んだだけ？」

と言って笑った。

康平は、中華そば作りの予行演習を終えたら、中部地方の灯台巡りのついでに雄太に会ってこようと思うと言った。

「雄太に会って、どうするの？」

「俺と雄太は、父親と息子として、ちゃんと話したことがないんだ。あいつがどんなことを考えてるのか、どんな友だちとつき合ってるのか、仕事はうまくいってるのか、将来についての展望はどうなのか。まぁ、そんなことを話し合ったことがないんだよ」

「どこの親子もおんなじよ。急に名古屋に訪ねてきた父親に、そんなことを訊かれて、正直に胸の内を打ち明ける息子なんていないわよ。いったいなにごとかってびっくりさせるだけよ」

と朱美は言って、運ばれてきた上ロースを焼き始めた。

「でも、面と向かって話さなくても、一緒に飲み食いしながら近況を訊いてるうちにわかってくるものがあるだろう？」

そう言って、康平もレバーを焼いた。

「雄太は出張が多いからね。こないだ、後輩の女子社員が名古屋に遊びに行くっていうから、私は、その子と雄太が仲良くなればいいのにって下心もあって、味噌煮込みきしめんのおいしい店を紹介してくれってメールを雄太に送ったけど、三軒の店名と電話番号を書いた返事があっただけ。福井県に出張中だったのよ」

そんなに出張が多いのなら、俺が名古屋に着いてから連絡したのでは会えない公算が大きいなと康平は思った。

「ことしから岐阜県と福井県の担当になったんだって。月のうち、十二、三日は岐阜とか福井とかにいるんだって言ってたわ。でも、入社して一年半しかたってないのよ。まだ先輩の使い走りみたいなもんよ。重機なんて種類は多いし、専門知識は技師並みに必要だし、取引相手は工事の現場にいる人たちがほとんどだし、雄太のやつ、苦労してると思うなぁ」

と言い、朱美はマッコリを註文して、焼いた肉を食べた。

「俺は、重機っていうとブルドーザーとかショベルカーとか、その程度しか思い浮かばないからなぁ。そうかぁ、雄太は苦労してるのかぁ」

康平の言葉に、

「そんなに可哀相がらなくても。社会人になったのよ。つらい思いをするのは当たり前じゃないの。みんな多かれ少なかれ苦労が始まるのよ」

と朱美は子供をあやすように言った。

「でも可哀相じゃないか。工事現場の荒くれ男にえらそうに怒鳴られながら重機を買ってもらうために平身低頭するんだろう？　あれ？　賢策がやってることも、おんなじようなもんだな。うちの息子はヘルメットをかぶる仕事につくようにできてるのかね」

それからは康平も朱美も話をやめて、肉を焼くことに集中した。

康平は、やはり雄太に会おうと思った。顔を見るだけでもいい。会社の独身寮で暮らし、出張漬けで、日々工事現場で頭を下げつづけている雄太を見たい。

となると、土日がいいだろう。

名古屋に行くからご馳走するよと事前に電話をかけておくほうがいいのか、当日名古屋から連絡を入れて、雄太のスケジュールが許せば食事に誘うのがいいのか。どっちにしようか。いや、まず先にどこの灯台へ行くかを決めなくてはならない。雄太に会ってから灯台巡りの旅を始めるのか、それとも順序を逆にするのか。いや、そんなのはどうでもいいのだ。

考えているうちに、康平は自分がかなり酔っていることに気づいた。

マッコリを追加した朱美は、両の頬が丸く膨れるほどにカルビを口に入れ、一心に食べ始めた。

「お前、凄い食べっぷりだな。そんなに腹が減ってたのか？」

「あしたは有給で休みをとるから、この店のニンニクの利いた焼き肉を思いっきり食べとくの」

「マッコリはもうそのへんにしとけよ。この甘酒みたいに見える酒はな、飲み過ぎると腰が抜けるぞ。俺は、飲み過ぎて腰が抜けて歩けなくなった娘を抱えて帰るのだけは御免蒙るな」

朱美はそれには答えず、ふいに言った。

「お母さんは謎めいてるよね。謎の膜がかかってるよ。そう思わない？　って雄太が言ってたわ。あの雄太の言い方が懐かしいわね」

「えっ？　それはどういうことなんだ？」

康平は、トングを皿に置くと訊いた。雄太がいつそんなことを言ったのか、康平は知らなかったのだ。

——正月に年賀状が届くと、なぜか雄太がそれらを一枚一枚仕分けするのだ。牧野家全員に届いたもの、父に届いたもの、母に届いたもの、姉弟各自に届いたもの。六つに仕分けして、それをテーブルに並べておく代わりに、年賀はがきで当たった賞品は雄太のものになる。せいぜい切手くらいしか当たらないが、小さいころから、雄太は賞品付きとかおまけ付きの雑誌や菓子が好きだった。なんだかわくわくするのだという。

牧野蘭子様と書かれた年賀はがきの中には、毎年欠かさず元日に送られてくる特徴のある筆文字の一枚があった。

島根県出雲《いずも》市○○町○○丁目　長谷園子《はせそのこ》

その差出人の横には、○○高校卓球部第三十六期一同と書き添えられていた。

ある年は、新年の挨拶文のあと、

『元気？　去年は県大会団体戦は六位だったけど、個人戦では二年生が三位に入ったよ。あの子、ことしはもっと強くなるかも。いつか東京に行くから、きっと会ってね』

別の年の年賀状には、

『去年の同窓会には十六人が来てくれました。おととしより六人も減ったね。みんな故郷の出雲から離れて暮らすようになったから仕方がないね』

などと書かれてあった。

年賀状の仕分けをしていた、当時中学生だった雄太が、その長谷園子という女性からの葉書に興味を持ったのは、字が極端に右上がりだったこともあるが、必ずどこかに素人離れしたイラストが描かれてあったからだ。さらにどうやらうちのお母さんは島根県出雲市に住んでいたらしいが、いちども出雲時代のことを話題にしたことがないという点からだった。

それで、あるとき、雄太は母に訊いたのだ。お母さんは出雲市で暮らしていたのか、と。

母は、微笑みながら説明してくれた。

この長谷園子さんは、高校生のときの文通相手で、私と同じ卓球部員だった。卓球部の顧問の先生同士が友人で、一年に一回親善試合をしようということになり、最初の年は、出雲のほうから東京へ遠征してきた。二年目はこちらが出雲に遠征した。遠征して試合をするといっても、東京の高校生と島根県の高校生が顔を合わせて交歓会をする程度の、ほとんどお遊びのようなものだった。

私は出雲に遠征したときは長谷さんの家に泊めてもらい、気が合って仲良くなり、以来、月にいちどの割合で手紙のやりとりをするようになった。

高校を卒業してからもずっと文通はつづいたが、私が結婚してからは年賀状のやりとりだけになった。手紙は他愛のない内容で、共通の話題といえば卓球のことしかない。

ただそれだけのつき合いなのに、いまも律儀に年賀状をくれる。

雄太は、その説明を聞いているうちに、お母さんは嘘をついているという気がした。高校生のときに卓球部員だったなんて初めて知ったのだ。お母さんの口から卓球の話題が出たことなどいちどもないではないか。

なぜ嘘をつかなければならないのだろうと、さらに詳しく長谷園子について質問すると、

「昔のことだから忘れたわよ」

と答えて、長谷園子からの年賀状をどこかにしまった。

「出雲のことはみんなには黙っとくのよ。卓球部のこともね」

「どうして？」

「恥ずかしいもん」

冷たく突き放すような口調だったという。――

「自分でもよくわからないけど、お母さんの嘘がいやに気になって、雄太はその翌年の年賀状も長谷園子さんからのものを先に探しだして読んだんだって」

と朱美は言った。

「どんなことが書いてあったんだ？」

なぜか急に酔いが醒めてくるのを感じ、康平はそう訊いた。

「蘭ちゃんが出雲時代に親しかっただれそれさんの長女が交通事故で大怪我をして、医者は一生車椅子の生活になるだろうと言ってるって書いてあったんだって。出雲時代……。雄太でなくったって、お母さんに出雲時代があったってことはわかるわよね。卓球部の親善試合で出雲に行ったくらいで、それを出雲時代って言うかなぁ。雄太は私にそう言ってたわ」

そんな話は、蘭子の口からいちどたりとも出たことはないなと康平は思った。

津島蘭子は東京の立川で生まれた。三人兄妹の真ん中だ。父親は測量技師だった。高校を出て、測量会社に就職し、夜は専門学校で学んで測量士の資格を取った。

大手の土木会社や建築会社から仕事を得て、日本中を廻る忙しさだった。

技量と人柄を買われて、最初に勤めた測量会社よりも資本金も社員の数も多い会社に引き抜かれたが、扱う工事の規模も大きくなり、数日の出張では終わらない仕事が増えて、立川の本社から静岡支社長として転勤した。蘭子が小学生になるころだ。

だから、蘭子は小学四年生までを静岡市内で暮らした。

静岡の次は岐阜支社長として高山支店へ異動となり、一家は高山で五年暮らした。

蘭子が高校生になるころ、父親は東京勤務となり、住まいを八王子に移して、そこで家を買い、蘭子も地元の公立高校へかよった。

父親の友人の紹介で、蘭子は高校を卒業すると中堅ゼネコンの経理部に就職したが、その会社の資材部が板橋に新設されて、二十三歳のときに資材部に異動となり、会社が資産として所有していた五階建てのマンションに引っ越した。八王子からの通勤は不便だったし、そのマンションなら家賃が要らなかったからだ。

マンションは石神井川沿いで、江戸時代には加賀《かが》藩の下屋敷だったところに近かった。

会社は所有するマンションの部屋のほとんどを人に貸していたが、三室だけは女子社員寮として使っていた。

だから、社員寮といっても食事を作ってくれる人も設備もないので、蘭子は板橋の商店街で食材を購入して、自炊するしかなかったのだ。

板橋の女子社員寮に住むようになって三か月くらいたったころ、蘭子は残業で夜の十時ごろに帰って来て、これまで存在は知っていたがいちども入ったことのない「まきの」の戸をあけた。

当時も「まきの」の閉店時間は九時だったが、酔って帰って来て、板橋に着いたころに小腹がすいてくる客は、

「さっさと食って、すぐに退散するから」

などと言いながらカウンターに坐ってしまう。

父は九時に家に帰ってしまうが、康平はそんな客をありがたく思うので、暖簾だけ店内に片づけて、中華そばを作るのだ。

そんな客の多くは、すでに酒が入っているので、気のおけない「まきの」に腰を落ち着けると、飲み直したくなる。

どうせ子供づれの客が来る時間ではないし、客がいなくても店内の掃除をするのだから、康平は愛想良く話し相手をしながら、うまくビールや酒を勧める。

ときには、暖簾を下ろしてから入って来る客が十人とか十五人という夜もある。アルコール類、チャーシュウ、ワンタン、中華そばが、営業時間外にたくさん売れるのは、商売としてもうま味があったのだ。

康平も、まだ若くて疲れ知らずの年頃だった。

今夜は、閉店時間を過ぎてから入ってくる客は三人だけかなと思っていると、柔らかそうな若い女性が、

「まだいいでしょうか」

と引き戸をあけて訊いた。

優しそうな目の、小柄な女性だった。

康平が初めて蘭子を見た瞬間、なぜ「柔らかそうな」という印象を抱いたのか、いまでもよくわからない。

おデブちゃんに近い、ふんわりとした体形だったわけでもない。当時の若い女性と比べると化粧も目立たなくて、一見地味なのだが、独特の存在感があった。

その夜は、蘭子はワンタン麺を食べ、いつも王子新道を通って石神井川の畔《ほとり》に帰るので、板橋の商店街でもこの仲宿のほうには来ないのだと言った。

そして、何度か箸を置いて、そのたびに「うーん」と声をあげながら「まきの」のワンタン麺を味わいつづけた。

おいしいともまずいとも口にしたわけではないが、いかにもしみじみと味わっているといった表情だった。

三回目に蘭子が来たとき、康平は、うちの中華そばを気にいってくれたかと訊いた。

日頃、康平はどんな客に対しても、うまいですかと感想を訊くのがいやだった。

「私はラーメン通でもないし、そんなにあちこちのラーメンを食べたわけじゃありませんけど、この『まきの』のラーメンが世界一だと思います」

と蘭子は言ったのだ。

他の客になら、

「世界一は言い過ぎでしょう」

とかなんとか言葉を返すのだが、そのときは康平は言葉が出てこなかった。この人は、本当にそう思って言っていると感じたのだ。

康平はなにか言う代わりに、自分の名刺を渡した。『中華そば　まきの　牧野康平』たったそれだけの名刺だった。

するとは蘭子もハンドバッグのなかの名刺入れから自分のものを出して、康平に手渡し、

「資材部に異動になってから、名刺を渡すのは牧野さんが五人目です」

と言って笑い、資材部の主な仕事を説明してくれた。

「お酒は召し上がらないんですか？」

「私、ビールをコップに半分も飲めないんです」

「うちを居酒屋だと思ってるお客さんが多いんですよ。チャーシュウとワンタンは酒の肴だくらいにしか思ってないらしくて」

「こんなにおいしいラーメンは初めてです。スープが清らかですよね。清らか過ぎるくらいなのに、不思議なこくがあるような気がするんです。麺からは、ほんのり小麦の匂いがするし」

「津島さんは、ラーメンを知り抜いてますよ。通でもなければ、あちこちのラーメンを食べ歩いたわけでもないなんて嘘じゃないですか？」

康平は、ひょっとしたら、この若いＯＬは、自分でラーメン屋を開こうとして、各地の評判のラーメンの味の秘密を探っているのではないかと勘繰ってしまった。

「ぼくは親父の作った中華そばの味を真似してるだけです。この店は、なにもかも親父が作ったんです。それをどこまで忠実に守っていくかしか考えてません。ラーメンと呼ばずに中華そばって言うのも、親父のちょっとした意地みたいなもんで」

「餃子とかは作らないんですか？」

「人手が足りないんですよ。それに、近くの中華料理店は餃子が売りなんで、うちまでが餃子を出したら仁義に反するって、親父が言うんですよ」

康平は、初めて蘭子が客として「まきの」に来たころのことを思い浮かべて、知らぬ間に、なにかひとりごとをつぶやくように唇を動かしていたらしかった。

「気持ち悪いわね。なにを思いだしてんの？」

と言いながら、朱美は入口の大きなガラスドアの向こうをそっと指差した。ふたり連れと四人連れの客が外で待っていた。

康平と朱美は韓国料理屋を出て、もと来た道を帰って行った。

朱美は歩きながら、さっきの出雲の一件はまるで忘れてしまったかのように、

「お父さん、ひとりで『まきの』を再開するんだったら、働き方改革を考えなきゃいけないよ」

と言った。

「働き方改革？」

「だって、昼の十一時に開店して午後二時まで。次は夕方の五時から夜の九時まで。九時には終わらないから、店を閉めるのは十時近くになるでしょう？　それから客席の掃除と厨房の掃除。終わるころには十一時になるよ。それから家に帰ってお風呂に入って、

蒲団に横になるのはほとんど一時前。朝はスープ作りのために六時に店に行くんだよ。五時間しかちゃんと寝てないのよ。スープを完成させるのが午前十時から十一時。いったいいつ寝るのよ。昼の二時から五時までのあいだ店の二階で仮眠をとるといっても、仮眠は仮眠なのよ」

会社の近くに、おじさんがひとりで営んでいるラーメン屋さんがあるが、夕方には閉店してしまうのだと朱美は言った。

「お昼の十一時から三時くらいまでで営業終了なのよ。お父さんも、そうしてみたら？」

「そりゃあ無理だよ。お前の会社があるのはオフィス街で、昼食をとるサラリーマンが多いけど、板橋の商店街は昼間の客層がまるで違うんだ。昼間の営業だけじゃあ商売にならないな」

朱美は、康平がそう答えることを予想していたかのように、

「じゃあ、夕方の五時から十時までだけにしたら？」

と言った。

「昼間だって多いときは三、四十杯は出るんだ。平均すると二十四、五杯かな」

「でも、夜だけなら仕入れも少なくて済むし、光熱費も水道代もそれだけ安く上がるわ。賢策を大学院に進学させるための費用さえ儲かればいいんでしょう？　だったら昼間の

儲けはあきらめるほうが合理的よ。働き過ぎで寝不足がつづいて、体を壊したら元も子もないでしょう？　どっちかにすべきよ。お母さんとふたりでやってたとき、夜は中華そばだけで何杯出たの？」

「平均して三十杯ってとこかな。チャーシュウだけとかワンタンだけの客も入れたら四十二、三杯」

「それで充分じゃないの。再開したら、試しに夜だけの営業から始めてみたら？　中華スープも五十杯分しか作らないのよ。スープがなくなったら閉店。前は百杯分くらい作ってたんでしょう？　仕込みが半分で済むし、その日のスープは昼から作ったらいいんだから、朝もゆっくり眠れるよ」

二種類の菓子のどっちを選ぼうか決められなくてぐずっている子供に、早くどちらかを選びなさいと優しく促している母親のような口調で言って、朱美は店には入らず、家へと帰っていった。

たしかに朱美の考え方には一理ある。昼間の二、三十杯に目がくらんで、ふらふらになるほどに疲れきって、蘭子は突然死したのだ。俺が殺したようなもんだ。

康平はそう思い、密閉容器に入れて保存してある「かえし」の醬油を冷蔵庫から出した。

それから抽斗の奥にあった計算機を見つけだして、仕入価格と利益とを昼間と夜に分けて計算してみた。

それぞれの価格を以前と同じに設定して、水道代と光熱費をおおまかに加えて試算すると、一回営業と二回営業とでは純利は七、八千円ほどしか違わなかった。

昼間は客が五、六人しか入らない日もあるので、それも計算に入れると、夜の一回営業だけでもさして利益は変わらないのだ。

「蘭子はわかってたんだろうけど、昼間の客には小さな子供づれのお母さんが多くて、そんな客を大切にしたかったんだよ。子供たちは子供たちで、幼稚園や小学校が終わって、たまにお母さんと一緒に『まきの』で中華そばやワンタン麺を食べられるのが嬉しいんだ」

康平はそうひとりごとを言いながら、「かえし」を味見すると、醤油の味が濃くなり過ぎていた。

康平は「かえし」をすべて捨てた。あした届く醤油でチャーシュウを作って、豚肩ロース肉の味が染み出たのを使おうと考えたのだ。

厨房の調理台を掃除してから、康平は店の裏口を出て、狭い路地を家へと帰りながら、よし、夜だけの営業でやってみようと思った。

「なんだか朱美の目論見どおりに動いてるって感じだな。それがちょっとむかつくんだよな」

そうつぶやいて家の前に立つと、細い道の向こうの川上《かわかみ》家のおばあさんが、ブロック塀越しになにか言った。

「いや、腕が鈍《なま》ってるから、再開はもうちょっとあとですよ」

と笑顔で応じて家に入ると、リビングのソファに寝そべった朱美が、

「なにを言ってんのよ。川上さんは、うちの金木犀がやっと咲きましたよって教えてくれたのよ」

とテレビのスイッチを入れながら言った。

「夕方の五時くらいから夜の十時までの営業にするつもりだ。昼間は店をあけない」

康平はそう言って、テーブルに置いてある『ニッポン灯台紀行』のページを繰った。

出雲日御碕《ひのみさき》灯台というのが出雲市にあった。

蘭子には島根県出雲市で暮らした時期があったのかもしれないが、それを隠しつづけたとしたら、理由はなんだろう。

朱美と食事中も、帰路についているときも心のなかに居座っていた疑問は、家に帰ってからも消えなくて、康平はほとんど無意識に、出雲にも有名な灯台はあるのだろうかと『ニッポン灯台紀行』をひらいてみたのだ。

出雲日御碕灯台についての著者の説明文の見出しには「日本一高い灯台」と書かれてあり、世界灯台百選に選ばれていることも記してあった。

外壁は石造りで、内壁は煉瓦造り。「築城、石橋などの精緻を極めた日本の石工技術が無ければできなかった大灯台」だとも説明されている。

住所は出雲市大社町日御碕で、JR山陰本線出雲市駅からバスで六十分のところにあるらしい。

「俺は出雲に行く気か？　行って、なにがわかるわけでもないだろう。だいいち、蘭子が出雲で高校生活をおくったなんてことは、雄太や朱美の考え過ぎかもしれないんだ。出雲で暮らした時期があっても、なにも隠す必要はないさ」

と康平は胸のなかで言った。

結婚することになり、それぞれの経歴書というのか履歴書というのか釣り書きというのか、とにかくそんなものを双方で交換したが、島根県という地名は出てこなかった。

たしか、蘭子の最終学歴は東京都の八王子市にある○○高等学校だった。

だが、雄太の推論もあながち的外れとは言えない。出雲で高校生活をおくったわけでもない蘭子に、長谷園子は「出雲時代」などと書いたりはしないだろう。

蘭子の両親はすでに亡くなっている。おじさんとおばさんは静岡にいるが、もうどちらも九十歳近い。従兄《いとこ》もいるが、日頃のつきあいはなく、蘭子の高校時代のことを知っているとは思えない。

兄の文彦《ふみひこ》と妹の薫《かおる》は健在で、文彦は八王子の家を継いだ。文彦さんなら知っているだろうが、どうも俺とはうまが合わない。

あんな高校中退の、板橋のラーメン屋と一緒になったって先はないぞと結婚に反対したやつなのだ。

蘭子の妹には、亭主の商売が傾いたときに頼み込まれて金を貸したが、結局会社は倒産した。

蘭子は反対したが、当座の運転資金があれば、しばらくはなんとかなるだろうと考えて、康平の一存で二百万円を貸したのだ。あの金は二十年たっても一円も返ってきていない。義妹夫婦は、どこへ引っ越したのか居場所もわからなくなってしまった。

康平は、出雲日御碕灯台の、フレネル式レンズの部分しか写していない写真を見ながら、

「生きてたらいろんなことがあるさ」

と思った。

たとえ結婚する相手であっても知られたくないことはある。いや、だからこそ知られたくない場合があるのだ。

蘭子が出雲で暮らしていたとしても、そのことが俺や牧野家になにか迷惑でもかけたというのか。

俺と蘭子は仲のいい夫婦だった。蘭子は、俺の父と母を大事にしてくれて、三人の子

供を産み、立派に育てた。命を縮めるほどに家業に精を出して働いてくれたのだ。

俺になんの不足があろう。蘭子が、出雲だろうが津軽だろうがケニヤだろうがアラスカだろうが、そこで暮らした時代があることを知られたくないなら、そうか知られたくないのかと、俺は俺の胸におさめておけばいいではないか。康平はそう思い、『ニッポン灯台紀行』を閉じた。

九時に店に戻り、昆布と煮干しと鯖節を水出しした鍋から昆布だけを取り出して火にかけ弱火で煮ながら、島崎藤村の『夜明け前』の後半を読んだ。康平はこの数行が好きだった。

――こころみにまた、それらの不自由さの中にも生きなければならない当時の娘たちが、全く家に閉じ籠められ、すべての外界から絶縁されていたことを想像して見るがいい。しかもこの外界との無交渉ということは、彼女らが一生涯の定めとされ、歯を染《そ》め眉を落してかしずく彼女らが配偶者となる人の以外には殆んど何の交渉をも持てなかったことを想像して見るがいい。こんなに深く籠り暮して来た窓の下にいて、長い鎖国にも譬えて見たいようなその境涯から当時の若い娘たちが養い得た気風とは、一体、どんなものか。言って見れば、早熟だ。――

幕末の世に、木曾路《きそじ》の馬籠《まごめ》宿の本陣の娘として生まれたお粂《くめ》が結婚を目前にして自害を図るが、一命を取り留める。理由は誰にもわからない。父親である半蔵《はんぞう》にも母親のお民《たみ》にも皆目わからない。お条にもじつは判然としていないのかもしれない。そのお条の心の奥底にあったものを作者は書いたのだ。

「蘭子にも早熟なところがある」

と康平はずっと以前から感じていて、『夜明け前』のこのくだりを読んだときに胸を衝《つ》かれたのだ。

まだ少女でありながら、色事に興味を持つとかの早熟性ではない。深い窓の下でこもり暮らした若い娘のみが養い得た気風としての早熟を、たしかに蘭子は内に蔵していた。そのようなものを、なぜ蘭子が持っていたのか。なにによって養われた早熟性なのか。康平は、ときおり蘭子を盗み見ながら、不思議なものを見る思いに浸ったことがしばしばあったのだ。

寸胴鍋の表面がかすかに波立ち始めたので、康平はコンロの火を消した。そして、中身を布袋に入れたまま取り出して出汁を味見した。うん、これでいいんだと言って、出汁の粗熱が取れるまで『夜明け前』を読みつづけた。

お条と共通する早熟性を蘭子も持っていたとしたら、それが養われたのは出雲時代だと、突然雷に打たれたように、康平は思った。

翌朝、七時に店に行き、厨房の掃除をしながら各材料が届くのを待ち、それぞれの卸問屋と久しぶりに挨拶を交わすと、康平は手拭いをバンダナ代わりにして中華そば用のスープ作りを開始した。

スープを作っているあいだに、豚肩ロース肉の塊をタコ糸で丁寧に縛り、届いたばかりの醤油を使ってチャーシュウを煮た。

トシオの提案どおりに三つの寸胴鍋の中身をいちばん大きな四つ目の親鍋に柄杓で移し、混ぜながら味を調えていった。

「なんかこくがないな。魚介スープが多いんだ」

「あれ？　豚骨の臭みがあるぞ」

ひとりで喋りながらスープを作っていると、いつのまに店に入って来たのか、

「中華そばひとつ」

と朱美が言った。

ああそうか、有給休暇の消化のために、きょうは休みを取ったんだったな。

康平はそう思い、

「中華そば一丁」

と言って、大釜で麺を茹でた。底の深いザルではなく、平ザルで麺をすくって湯切りするので、いちどに五人分が限度だった。

茹でているあいだに「かえし」を中華鉢に入れ、いま何時かと朱美に訊くと、二時だ

という。

トシオは手伝いに来ると言っていたが、惣菜の仕込みで忙しいのだろう。だが、二年ぶりに「まきの」の中華そばを食べにこないかといちおう誘ってみよう。

そう思って、康平はまだタコ糸を外していないチャーシュウを俎板に載せた。

「ワンタンの餡は?」

と朱美はカウンターに腰掛けて厨房を覗き込んで訊いた。

「あっ、ワンタンのこと、すっかり忘れてたよ。ミンチ肉は届けてもらったのに、皮は註文し忘れたんだ」

中華鉢に出汁スープを注ぎ、平ザルで湯切りして、康平は長い箸で麵を櫛状になるように鉢へと入れた。それから、茹でたほうれん草とメンマとチャーシュウを浮かべた。

朱美は、まずスープを飲み、

「うん、懐かしいなぁ。これ、間違いなく『まきの』の中華そばよ。おいしい」

と言った。

白い調理服のポケットに入れてあったスマホでトシオに電話をかけ、手がすいたら奥さんと中華そばを食べに来てくれと誘った。

「うん、店のシャッターを降ろしてから行くよ」

とトシオは言った。

康平は、自分も食べたかったが、トシオが来るのを待とうと思い、切ったチャーシュウを密閉容器に入れて、厨房に立ったまま、

「うちの中華そばは、たったこれだけのもんなんだよ。べつに珍しいことなんかない、どこにでもある中華そばさ。たったこれだけの中華そばで、親父は俺や妹を育てて、家まで建ててくれたんだ。シンプル過ぎて、一回来ただけで、二度と来なくなる客も多いんだぜ」

と朱美に言った。

「この滋味深さがもの足りない人は、よそのラーメンを食べたらいいんじゃない？　私も会社勤めをするようになって、あっちこっちのラーメンを食べたけど、お父さんの作る中華そばがいちばん好きよ。『まきの』の中華そばに始まって、『まきの』の中華そばに終わる。お客さんも、いつかそうなっていくと思うわ。おとなの味だから、若造にはわからないのよ。でも、先入観のない小さな子供たちは『まきの』の中華そばが好きなのよ」

朱美はスープをすべて飲み干して、家へと帰りかけたが、裏口のドアのところで立ち止まった。

「お前に初めて褒められたなぁ」

と康平は笑みを浮かべて言った。

「お父さん、たったこれだけの中華そば、なんかじゃないよ。ピカソのたった一本の線よ。クレヨンでさっと描かれた線だけど、誰も真似できないし、ひと目でピカソが描いたってわかるでしょう？　『まきの』の中華そばも、まさにそれよ」

朱美は言って、店から出て行った。

「それは褒め過ぎだな。あいつにあんまり褒められると、またなにかの術中にはまった気がするな」

康平がそうつぶやいたとき、トシオが裏口から入ってきた。

「ひとりでできたか？　手伝うって言ったのに、きょうはいやに忙しくて」

「ああ、トシオの提案どおりにやったら、力仕事なしで出汁スープが作れたよ」

康平は、大釜で麺を茹でながら、きょうはお袋さんを介護施設につれていく日だったのではないかと訊いた。

「いや、あしただ。俺は行きたくないから、うちのかみさんにつれてってもらうつもりだよ」

「じゃあ、いまごろはもう気もそぞろになってるのかい？」

「見苦しいほど気もそぞろさ。好々爺《こうこうや》ぶった八十六歳のスケコマシにこまされかかってるなんて、あれが俺の母親かと思うと、泣きたくなるぜ」

康平はトシオの言葉に、体をくの字に折って笑った。

「スケコマシ……。完全に死語だぜ。いまの若いやつが聞いたら、スケコマシってなんですか？　フンコロガシの変種ですかって言うぞ」

くすっと笑うと、

「冷たい水が出る機械があるだろう？　あれを置いたらどうだい？　水は客が自分でコップに入れるんだ。お前ひとりで店を切り盛りしてて、テーブル席の客に水を運んでられないだろ。忙しいときに会計をせかされたりしたら、そのあいだに麺が伸びちゃうぜ。食券を売る自動販売機も置けよ」

とトシオは言った。

それも考えたのだが、食券を自動販売機で、水はセルフサービスでとなると、「まきの」は以前とは異なる雰囲気になってしまうという抵抗感があった。

「店が安物臭くなったって親父が泣くよ」

康平の言葉で、トシオはそれ以上は勧めなかった。

自分の分も作って、康平はカウンターに坐ると、二年振りに自分が作った中華そばを食べた。

「うまいな。俺にはやっぱり『まきの』の中華そばが最高だよ。これだけで、人間は充分に生きていけるって気がするよ」

とトシオは言った。

「野菜サラダでも別に作ったら、栄養面では完全食かもしれないな。丸鶏、鶏ガラ、もみじ、豚骨、煮干し、鯖節、昆布、チャーシュウ、ほうれん草、メンマ、中華麵。うん、ほとんど完全食だよ」

「サキちゃんも呼んであげようよ」

そう言って、トシオはカンちゃんの妻に電話をかけた。

「駄目だ。出ないな。ずーっと留守電になったままなんだ。サキちゃん、ちょっと気をつけないと危ないぜ」

康平は中華そばを食べ終わると、仲宿商店街へと出て、カンちゃんのビルへ行き、階段で四階まであがった。軽くドアを叩いて、

「サキちゃん、いますか？　牧野です。うちの中華そばを食べに来ませんか？」

と同じ言葉を三回繰り返したが、ドアの向こうからはなんの応答もなかった。

しばらくドアの前に立って、なかの気配に神経を注いだが、居留守をつかっているような感じもなくて、あきらめて康平は店に帰った。トシオの妻が来ていて、テーブルを拭いてくれていた。

第四章

十月半ばあたりから東京は雨の日が多かった。秋雨前線の影響だったが、二十日になると台風がやって来て、康平は名古屋行きを先延ばしにするしかなかった。

せっかく遠出するのだから、長男の雄太に会う前か会ったあとに、伊勢志摩《しま》地方の灯台を訪ねようと考えていたのだ。

天気予報では三十日から東海地方も天気が回復するらしいので、二十九日の夜に名古屋へ行き、雄太と食事をして、そのあくる日の三十日にレンタカーで三重県の鳥羽港まで行って、フェリーで渥美《あつみ》半島に渡る。半島の突端には伊良湖岬《いらごみさき》灯台がある。

翌日はフェリーで鳥羽港へ戻り、海岸線を南下して、志摩の安乗埼《あのりさき》灯台と大王埼《だいおうさき》灯台へ行き、それから英虞《あご》湾沿いのどこかで泊まる。翌日、名古屋でレンタカーを返して、新幹線で東京へ戻る。

康平はそのような予定をたてたが、雄太の都合次第だった。雄太の仕事が忙しかったり、出張で名古屋にいなかったりとなると、なんのために行くのかわからない。灯台巡りは、あくまでも口実なのだ。

けれども、西で暴れている台風の影響で終日雨模様の板橋の空を眺めていると、雄太に会えなければ会えないでかまわないという思いに変わってきた。

この二回目の灯台巡りから帰って来たら「まきの」を再開するのだ。再開のための準備には意外に時間がかかるかもしれない。十一月三日の祝日からに決めよう。なまけ癖がついてしまったので、延ばし延ばしにしているうちに、またやる気が失《う》せてしまう。

康平はそう考えて、再開告知の紙を「まきの」の入口の引き戸に貼り付けることにした。

——ながらく休業させていただいておりましたが、十一月三日から再開店することとなりました。みなさまのご来店をお待ちいたしております。なお、営業時間は午後四時から十時までとさせていただきます。中華スープがなくなったときも、その日の営業を終わらせていただきます。——

それを読んだ朱美は、開店は午後五時でいいではないかと言ったが、これから夜勤だという客も多いので、午後四時にすると突っぱねて、康平はその紙を入口に貼った。

十月二十七日の夜、康平は雄太に電話をかけて、あさっての日曜日に名古屋で一緒に晩飯でも食わないかと誘った。

「お父さんが名古屋に来るの？　名古屋でなにか用事でもあるのかい？」

と雄太は太い声で無愛想に訊いたが、迷惑がっている口調ではなかった。

「お前、日曜は仕事は大丈夫か？　どこかへ出張で行ってるってことはないのか？」

俺はどうして自分の息子に遠慮しているのかと思いながら、康平は訊いた。

「こんどの土日は休みだよ。先週は大垣《おおがき》で仕事をしてたけどね。名古屋ではどこに泊まるの？」

「まだ決めてないんだ。寝るだけだからな。どこかのビジネスホテルを探すよ。三日から『まきの』を再開するから、それまでに伊勢志摩周辺の旅でもしようと思って」

「じゃあ、うちの社が契約してるホテルを俺が予約しとくよ。得意先とか下請け業者とかが名古屋に来たときのために用意してるホテルがあるんだ。駅から歩いて十五分くらいだよ。名古屋市内もアジアからの観光客が増えて、ホテルが取りにくいんだ」

待ち合わせ場所と時間を決めて、康平は電話を切ったが、たった三、四分話しただけなのに、気疲れでぐったりしてしまった。

「父親にとって息子ってのは、こういうもんなのかねぇ」

康平はつぶやいて、まだ八時だったので、傘を持つと商店街をＪＲ板橋駅のほうへ行ったところにあるスポーツ用品店まで歩き、バックパックを買った。明るい色にしようと思っていたのに、結局、黒色にしてしまった。

店の前まで戻って来て、カンちゃんの住まいを見あげると部屋に明かりが灯っていた。商店街へと出て来たときには部屋の明かりはついていなかったのだ。

訪ねて行こうかどうしようか迷ったが、まだ他人と会いたくないかもしれないと思い、家に帰ってトシオに電話をかけた。

「カンちゃんの家に明かりがついてるぜ」

「うん、さっきサキちゃんから電話があったよ。ひとりきりになってないで、うちに来いって妹さんにしつこく誘われて、埼玉の実家に行ってたんだって。線香を絶やさないために骨壺《こつつぼ》持参で。スマホ、家に置き忘れてたんだってさ」

元気ならばそれでいいのだ。だが、妹一家が住んでいる実家にしばらく行ってくるとひとこと伝えておいてくれれば、こっちも心配しないで済んだのにと康平は思った。

トシオも同じように考えたらしく、

「サキちゃんには、昔から、ちょっとした気遣いに欠けるところがあるよな。俺たちが心配してるだろうっていうふうには考えないのかな」

と言った。

康平の問いに、

「もう晩飯は食べたのか？　いまは家かい？」

「いま店を閉めて家へと歩いてるところだよ。もうあと二十メートルで家だ。売れ残りの惣菜を持って帰って、ビールでも飲もうと思って」

とトシオは言った。

「ご飯と白ネギとたまねぎを持って来てくれたら、炒飯を作るんだけどなぁ。朱美もそろそろ帰って来るはずだけど、家の冷蔵庫にはなんにもないんだ。こないだ作ったチャーシュウは一キロ分も残ったから、そのうちの半分を店で冷凍してあるんだ。中華スープも大量に残ったから、ペットボトルに入れて冷凍してあるよ。有り合わせのもので一杯やらないか？」

康平の誘いに、トシオは、俺はいまポテサラ三人前と鱈《たら》のフライ五枚、それに茄子《なす》と挽《ひ》き肉の煮ものを持っていると言った。

「家のご飯を持って行くから、ビールと焼酎はそっちで用意してくれよ。白ネギもたまねぎも持って行くよ」

康平は電話を切り、焼酎の一升瓶を店へと運び、凍らせてあるチャーシュウと中華スープを冷凍室から出した。

朱美が裏口のドアをあけて、

「ただいま」

と言った。

「お父さん、きょうはなにか作ってくれない？『まきの』の裏メニューの炒飯だと嬉しいんだけど」

「いいタイミングだなぁ。『相寄る魂』ってやつだぜ。もうじきトシオがご飯と惣菜を持って来てくれるよ。それまでビールでもどうだい？」

拍手をしながら、朱美はカウンターに坐った。

「まきの」には客に出すための裏メニューはなかった。康平が作る炒飯は家族のためのもので、残ったチャーシュウを冷凍保存しておいて、休業日の夜に作るのだ。

「ビール、あるの？」

「ないよ。買って来てくれよ。瓶ビールだぜ。飲むのはお前とトシオだから、五本でいいよ」

「私は一本で充分よ。山下のおじさんも大瓶を四本も飲まないでしょう？」

「じゃあ、三本」

店から出て行った朱美はいつまでたっても戻ってこず、肝心のご飯を持ったトシオもやってこなかった。

康平は、ほかにすることがなくて、凍った中華スープの入っているペットボトルを湯煎しながら、焼酎のお湯割りを二杯飲んでしまった。

笑いながら一緒に裏口から入って来た朱美とトシオは、商店街でばったり会ったので、店を閉めかけていた酒屋のかみさんと立ち話をしていたら、御隠居さんが話に加わってきたのだという。

「あそこのおばあちゃんも、そろそろ認知症が始まったな。どうも話が嚙み合わないなと思ったら、朱美ちゃんは結婚して女の子を産んだと思い込んでるんだ。もうつかまり立ちくらいはできるようになったのかい？　って訊くんだよ。朱美ちゃんはどう答えたと思う？　二年もひきこもってたけど、うちのお父さんはまだちゃんと歩けますよ、だって」

とトシオは笑って言った。

「そりゃあ始まったどころじゃないな。かなり進んでるよ」

と康平は言い、中華鍋をコンロに載せてから白ネギとたまねぎを刻んだ。

トシオと朱美は乾杯してビールを飲み始めた。

康平はまだ解凍しきれていないチャーシュウを慎重にさいころ状に切り始めたが、卵がないことに気づいた。

「しまった。卵がない」

「うちの冷蔵庫に卵が三個あったんだけど、お父さん、きょう食べた？」

「食べてないよ」

朱美が家に卵を取りに行くと、

「俺、朱美ちゃんとビールを飲むの、初めてだよ」

とトシオは言って、惣菜を並べた。

朱美が卵を三個持って帰って来たので、康平は二年ぶりに炒飯を作り始めた。

卵とご飯を炒め、たまねぎと白ネギをそこに加えてさらに炒めて、それから中華スープを少し入れる。ぱらぱらご飯の炒飯は好きではないのと、スープがご飯に染み込んで、味に深みが出るからだ。

塩胡椒で味を調え、鍋の縁に少し醤油を回し入れると完成だった。

「あれ？　もう出来たの？　俺、まだ食べないぜ。ビールを半分しか飲んでないよ」

トシオはそう言いながら、自分で持参したポテサラを鉢に入れ替えた。

「そうだよな。宴会は始まったばっかりだよな。白ネギとたまねぎを刻み始めたら、手が自動的に動いて、炒飯作りに一直線なんだ」

康平はそう言って、中華鍋に蓋をした。あとでもういちど温めたらいいのだ。ああ、長く蓋をしていると炒飯がしんなりとし過ぎてしまうな。

そう思って、康平はいまかぶせた蓋を取った。

残っているチャーシュウを切り、大皿に盛ってカウンターに置くと、康平もカウンターに坐った。九時前だった。

「朱美ちゃん、つき合ってる人はいるのかい？」

とトシオに訊かれて、

「二年ほど前、三か月ほどつき合った人はいたけど、頼りなくて、こんなのは駄目だと思って、やめちゃった。それ以来、彼氏はいないよ」

朱美はそう答えると、康平をちらっと見て微笑んだ。

へぇ、つき合ってた男がいたのか。

康平は、朱美に好きな人がいるのかどうか気になりながらも、直接訊いてみるのを避けていたのだ。

「男は、三十過ぎないと頼りないんだよ。三十を過ぎると一気に変わってくるよ。三十過ぎても頼りないやつは、四十を過ぎても頼りない。三十二、三歳の男をターゲットにしなよ。いるだろう、周りに」

「そういう人は、もう結婚しちゃってんの。縁なんて言葉は古臭いけど、やっぱり結婚相手との出会いは縁よ。周りを見てるとそう思うようになったわ」

「仕事がおもしろ過ぎるんじゃないのかい？　自分の仕事にやり甲斐を感じてて、会社での人間関係もうまくいってると、若い女性は結婚なんて面倒臭くなるんだってテレビで誰かが言ってたぜ」

ぶ厚いチャーシュウを口一杯に頰張って、トシオはポテサラを朱美にすすめた。

朱美が別の話題に変えたがっているのを察して、康平は二十九日から灯台を見る旅に出るが、その初日に雄太と名古屋市内で食事をすることになったと話した。

「雄太は、こんどの日曜は休みなの？」

「ああ、ホテルも雄太が予約してくれるってさ」

それから灯台の話へと変わったが、専門的なことを訊かれても、康平は答えようがなかった。

「どうしてまた灯台なんだよ」

とトシオは訊いた。

「山下惣菜店で灯台の写真を見て、なんだか急に実物を見に行きたくなったんだよ」

「あっ、あのカレンダーか？　それでうちの調理場の壁からはがして持って行ったのか。替わりになるものを持って来てくれって言ったのに、お前、忘れてるだろう」

「うん、替わりになるようなものが、うちにはないんだ」

朱美はポテサラとチャーシュウを食べると、炒飯を温めてくれと言った。

「あっ、俺も炒飯を食べるよ」

トシオもそう言ったので、康平は手早く炒飯を炒め直した。いったん冷めたので、ご飯に粘りがあったが、それがかえって炒飯の食感を豊かにさせていた。

「おいしいね。お父さん、腕を上げたんじゃないの？　ぱらぱら感とは真逆のもっちり感があって、これぞ牧野康平の名人芸って炒飯に仕上がってるよ」

と朱美は言った。

「まったくうまいよ。ご飯と卵とチャーシュウと白ネギとたまねぎ。たったそれだけだぜ。それなのに、どうしてこんなにうまいのかなぁ」

トシオは皿に盛られた炒飯を眺めて、腕組みをして言った。

「手すさびで作るからね。お客さんに出すんじゃないから。だから、うまいのが出来るのかもしれないな」

朱美はお世辞を言わない。とりわけ、俺が作る中華そばやワンタンに関しては、いちばん辛辣な評者かもしれないのだ。

康平はそう思って、

「豆腐とモヤシがあったら、試してみたいスープがあるんだけど、いまからだと豆腐屋と八百屋はもう閉まってるな」

と言った。

「どんなスープ？　それも家族用の裏メニュー？」

炒飯を頬張りながら、朱美は訊いた。

簡単なスープだ。中華スープに豆腐と炒めたモヤシを入れ、卵でとじる。ただそれだけだ。もうひとつ、試してみたいのは、中華スープで炊き込みご飯を作ることだ。具は細かく切った鶏肉だけ。ささがきごぼうを入れてもいいかもしれない。

うちの中華スープは清湯《チンタン》スープだから、これでご飯を炊いたら、うまいはずだ。

康平は炒飯を味わいながら、そう説明した。

「おい、それ両方作ってくれよ。俺がごぼうを持ってくるよ」

トシオは瓶に残っていたビールをコップに注ぎながら言った。

「すぐには無理だけど、そのうち気が向いたら作るよ。作ってみて、うまかったら電話するよ。灯台を見る旅から帰って来たら、開店の準備をしなきゃあ」

トシオにそう言って、炒飯を食べ終わると、康平は店の二階に上がり、メモ程度に書いた旅の予定表を持って来て、朱美に見せた。

――十月二十九日（日）午後四時ごろ名古屋着。雄太と合流。一緒に食事。ホテル、雄太予約済み。

三十日（月）午前中に駅のレンタカー会社へ。出発は急がず。東名阪《ひがしめいはん》自動車道で南下。鳥羽港からフェリーで渥美半島へ渡る。途中、灯台あり。〇〇ホテル予約済み。

三十一日（火）伊良湖岬灯台へ。昼頃、フェリーで再び鳥羽港へ。海沿いに南下。途中、灯台幾つかあり。安乗埼灯台と大王埼灯台は必見。英虞湾の〇〇ホテル予約済み。

十一月一日（水）昼頃、名古屋駅へ。夕刻に帰宅。――

横から予定表を見ていたトシオが、

「康平、伊勢神宮に寄ってこいよ。お前が神社仏閣詣では嫌いだってことは知ってるけど」

と言って、コップのビールを飲み干した。

もうじき名古屋駅に着くという車内放送があり、康平がバックパックを持ってデッキへと歩きだすと雄太から電話がかかってきた。

雄太は、何号車に乗っているのかと訊くと、ホームで待っていると言って電話を切った。

駅の地下の喫茶店で待ち合わせていたのだが、東京駅ほどではないにしても、名古屋駅も初めての人には迷いやすいらしいので、ホームに迎えに来てくれるのだなと康平は思った。

そう思うだけで、康平は嬉しくなり、意思の疎通の少なかった雄太も、腹を割って話してみると、驚くほどに細やかな心を持っているのかもしれないという気がしてきた。

「雨は今夜中にやんで、あしたからはいい天気らしいよ」

父親を見つけると、雄太はそう言いながらバックパックを持ってくれた。

雄太は整髪料を使っていない髪を額の真ん中まで垂らして、傘を持ち、パーカを着て、ジーンズを穿いている。

いでたちは大学生のときとまったく変わらないが、重機メーカーの営業マンとして一年半社会でもまれた若者の、雛《ひな》が成鳥になりかけている時期の精気のようなものを母親似の顔に漂わせていた。

それもまた康平には嬉しかった。

「元気か？　ちゃんと規則正しく食べてるか？　うん、訊かなくてもわかるよ。全身のどこにも疲弊感がないな。きょうはわざわざホームまで迎えに来てくれて、ありがとう」

エスカレーターで改札口の近くまで降りながら、康平は、初対面の目上の人に接しているような緊張を感じた。

俺はこいつの親だぞ。なにを遠慮してるんだよ。

康平は胸のなかでそう言って、雄太のあとをついて行った。雄太の歩く速度が速いのと、あまりの人混みで、康平はたまに小走りにならないとはぐれてしまいそうになった。

「先にチェックインするよ」

と雄太は言い、駅の北側へと出ると、高層ビルの横の交差点を渡った。

十分ほど北へと歩くと、八階建てのビジネスホテルがあった。

チェックインして部屋に入り、康平はバックパックをベッドの上に置いた。

すぐにロビーに降りると、雄太はフロント係の女性と笑顔で話をしていた。

「まだ四時半だよ。店はここから歩いて十分で、予約したのは六時だから、どこかで時間をつぶさないと」

雄太はそう言って、フロントの横にあるコーヒーショップを指差した。

「うん、コーヒーでも飲もうか」

康平は、やっと落ち着きを取り戻した気がして、こんどは先に歩きだした。

「立派なホテルじゃないか。部屋は狭いのに、やたらとベッドが大きかったよ。ああ、だから部屋が狭く感じたのかな」

康平の言葉に、

「いや、ほんとに狭いんだ。そこにあんなキングサイズみたいなベッドを置いてるから、部屋のなかで身動きがとれないんだ。だから寝るしかないんだけど、そこがいいみたい。ここに泊まった俺の取引先の人たちは、みんなそう言うよ。名古屋に来ると決まったら、牧野くん、またあのホテルをとってくれないかって電話でまずそう言うんだ」

雄太はそう言って、コーヒーを註文した。

ウェイトレスとも顔見知りらしく、

「スーツ姿以外の牧野さんを初めて見たかも」

と言われて、雄太は、この人、ぼくの父ですと紹介した。

ウェイトレスが驚き顔で康平を見て、会釈をしたので、

「息子がお世話になっております」

と康平は頭を下げた。

「世話になんかなってないよ。このコーヒーショップで仕事の打ち合わせをするのは月に一、二回だぜ」

雄太は笑みを浮かべて言った。

近況に関しての話はコーヒーショップで済んでしまって、ホテルから東へ十分ほど歩いたところのビルの地下にある小料理屋に着いたときには話題がなくなってしまっていた。

中年の夫婦で営んでいる店で、しつらえは居酒屋だったが、日曜日はコース料理だけだという。アルバイトも雇っていないらしい。

「牧野さん、こないだはありがとうございました」

と着物姿の女将が言った。

「いえ、こちらこそ急にお願いして。みなさん、凄く喜んで下さいました」

朱美は、入社一年半なんてまだ使い走りだと言ったが、雄太はもう一人前の営業マンになっているではないかと、康平は歓びを隠して我が子の横顔に見入った。

この店は、取引先を接待するときに使うのであろう。店にとってはありがたいお得意様なのだが、雄太はあくまでも若い社員としての礼儀を守りつつ、傲岸《ごうがん》にも卑屈にもならず、自然体で店主夫婦に接している。分をわきまえているようだ。

雄太の会社は、工場勤めの社員も含めると約八百人という規模だが、ライバルの重機メーカーには社員数一万人とか、五千人を超える大手が数社ある。俺はそんな世界はまるで知らない。

高校を中退して以来、「まきの」という中華そば屋でしか働いたことがない。「まきの」には先輩はひとりもいない。経営者である父だけが、俺にとっての雇用主でもあり上司でもあった。

意地の悪い先輩にいじめられたこともない。月々のノルマもない。得意先の接待に神経を遣ったこともない。飲みたくもない酒を飲み、相手のつまらない話に合わせて道化役を務める必要もなかった。

雄太は就職してまだ一年半だが、自分を鍛えざるを得ない環境のなかで成長してきたのだ。

康平はそう考えると、雄太の近況を探ろうとして名古屋にやってきた自分こそ、成長しきれていない子供に思えてきた。

「お父さんとふたりで飲む日が来るなんてね」

と雄太は言った。

「俺は安心したよ」

康平は湯葉と身欠《みがき》にしんという組み合わせの料理に感心しながら言って、なぜ雄太と食事をしようと思い立ったのかを正直に話して聞かせた。

「お前には冷たい父親だったって気がして、そのことをちゃんと謝ろうという気持ちがあったんだ。仕事が忙しくて、お前たちと生活のリズムが合わなかったとはいえ、親父と息子との時間を作ってやれなくて、申し訳なかったな」

しばらく父親の顔を見つめると、

「どうしたの？　お父さんはサラリーマンじゃないんだから、俺とキャッチボールをする時間なんてないのは当然だろ？」

と雄太は言った。

家族連れの客が二組やってきて、店は賑やかになった。

店主夫婦との会話を聞いていると、一組は豊橋から車で来たらしかった。

「中学や高校時代の男の子なんて、だいたいみんな父親と話をするのがいやなんだよ。どうしてなのかわからないけど、要するに『うざい』ってやつだよ。なにを言っても小言が返ってくるような気がしてね。俺なんか、家が中華そば屋だってことが恥ずかしかった時期があるんだ。俺は絶対にこんなしょぼい仕事はしないぞって思ってたよ。だけど、就職して名古屋に来て、研修期間が終わって、きょうから戦力だから容赦せんぞって体育会あがりの課長に言われて、ほんとに容赦のないしごきが始まったときに、おじいちゃんとお父さんとお母さんの凄さがちょっとわかり始めたんだ。それまでは、三人がカタツムリに見えてたんだ。これ、ほんとの話だぜ」

と雄太は脂っけのない頭髪を指で梳《す》きあげながら言った。

「カタツムリかぁ。たしかにそうだなぁ。でも、俺はカタツムリって言われると、褒められてる気分だな。じっと止まってるみたいなのに、しばらくして見ると、二十メートルも向こうを這《は》ってる。カタツムリにしてみたら、目標地点が二十メートルも先だったら、あまりの遠さにあきらめかねないだろうって思うよ」

スッポンの小鍋仕立てが運ばれてきて、康平も雄太も無言で食べた。熱くて、食べるか話すかのどっちかにしなければならなかった。

「就職一年半でわかったことはねぇ、雑用仕事ができないやつは大きな仕事もできないってこと」

おしぼりで額の汗を拭いてから、雄太は言った。

「こんどのA社の接待はどの店を使おうかって上司に相談されたら、牧野、お前にまかせたぞ、ってことなんだ。そしたら、相手は何人か、どんな料理が好きか、二次会も用意したほうがいいかを考えて、店の予約、送り迎えの方法、それぞれの坐る順、全部の予算なんかを細かく頭に描いて、すぐに動く。俺はこんなことをするためにこの会社に入社したんじゃないなんてふてくされるやつは、仕事も半人前以下なんだよ」

雄太のその言葉に、

「まったくそのとおりだと俺も思うよ」

と康平は言って、おしぼりで汗を拭いた。

「俺は、自分の本業じゃない雑用仕事を正確に迅速にこなせるようになろうって決めたんだ。接待だけじゃないよ。突然の資料作りも、機械の故障への対応も。なんでも屋に徹するんだ」

雄太はそう言ってから、きょうの勘定はお父さんが払ってくれるのかと訊いた。

「当たり前だよ。俺が誘ったんだからな」

「ご馳走さまです。最後の炊き込みご飯もうまいんだよ。デザートは沖縄産のマンゴーを頼んでもいい？」

「いいよ。俺もマンゴーを食べたいな」

康平はしばらく迷ったが、蘭子の「出雲時代」について訊いてみた。

「お母さんは死んじゃったから話すけど、お母さんには出雲市で暮らした時代があったんだ」

と雄太は言った。

「お母さんがそう言ったのか？」

雄太は首を横に振り、

「俺は石川杏子《いしかわきょうこ》さんから聞いたんだ。お母さんは、その話になるとすぐに話題を変えたし、しまいには怒ったからね」

と言った。

「石川杏子？」

康平は、その名前には聞き覚えがあったが、顔は浮かんでこなかった。

「お母さんの親戚だよ。お通夜にもお葬式にも来てくれたよ。覚えてないの？」

「ああ、お母さんの叔母さんだ」

「お通夜の夜、都営三田線の駅から電話をかけてきたのを俺が受けたんだ。函館《はこだて》から来て、道がわからないって言うから、板橋区役所前まで迎えに行ったんだよ。葬儀会館まで一緒に歩いたんだけど、そのとき、雄太ちゃんのお母さんとは出雲の一年間を一緒の家で暮らしたのよって。うっかり口を滑らせたみたいで、すぐに、これは蘭子ちゃん一家の秘密みたいなもんだから、内緒にしといてね。たいした秘密じゃないけど、人には知られたくないことが、どの家にもあるもんよって言ったんだ。えっ！　お父さんはお母さんが出雲で暮らしてたことがあるって、ほんとに知らなかったの？」

どう答えようかと康平は迷って、黙り込んだ。

知ってはいたが、詳しいことは聞いていないと嘘をつくつもりだったのに、

「まったく知らなかったよ」

と康平は正直に言った。

こんなにおとなになった長男には嘘をつかないほうがいいと思ったのだ。

「へぇ……。でも、もし俺に結婚したいと思う女性があらわれても、自分の経歴をなにからなにまで話しはしないよなぁ。高校時代もずっと板橋に住んでたの？　って、もしなにかの話の流れで訊かれたら、うん、板橋以外で暮らしたことはないって答えるけどね。お母さんは八王子市の高校を卒業したんだよね。じゃあ、高校生のときに出雲市の高校から八王子の高校に転校したんだ。転校するのは、その家にとってのいろんな事情があるからね。同期で入社した関口《せきぐち》ってやつは、小学生のときに二回、中学生のときに四回、高校生のときに三回転校したんだぜ。お父さんが銀行勤めを辞めて、町の金融会社を始めたんだけど、詐欺師に引っかかって借金まみれになって、夜逃げを繰り返すしかなかったんだって。最初の二回は銀行員時代の転勤による転校だけど、あとの七回は、新天地で起死回生を図るための引っ越しだったって言ってたよ。就職試験の面接で、どうしてこんなに転校が多いのかって訊かれて、履歴書に正直に書いたことを後悔したって笑ってたよ。俺の親父は、よくもあれだけあっちこっちへと逃げつづけたもんだ、あの粘りには感心するってね。子供のときから苦労してきたから、少々のことではめげないやつなんだ。なんて言うのかなぁ、機微がわかるんだ。相手の身になって物事を考えられるっていうのかなぁ。俺はこの関口ってやつから、いろんなことを学んでるよ」

康平は、そのいろんなことを具体的に知りたかったが、おそらく、ほとんどは口では説明できないものなのであろうと思い、

「そんな生活で、よく曲がらなかったもんだなぁ」

と言った。

「持って生まれた性質《たち》だろうな。生まれる前から、もうその人間に具わってるものってのがあるんだなぁって思うよ。でも、中学のときの四回はさすがにこたえたってさ」

カウンターに置かれた土鍋の蓋をあけながら雄太は言った。

薄味の松茸《まつたけ》ご飯だった。

「最近の日本の松茸は香りがないので、これはカナダ産です」

と主人は言った。

「ぼくは松茸は炊き込みご飯にするのがいちばんうまいと思ってるんです」

康平はそう言って、たった数品の料理ですでに満腹になっているのに、土鍋の中身をすべて食べてしまった。

「名古屋の料理はもっと味が濃いのかと思ってたよ」

康平が耳元でささやくと、

「ここのご主人は京都の料亭で修業したから、つまり京料理なんだ」

雄太もそうささやいて、それから、どうして急に灯台巡りなんか始めたのかと訊いた。

康平は、三十年前に蘭子に届いた小坂真砂雄という大学生からの葉書について話して聞かせた。

「へぇ、そのイラストに描かれてた場所がどこかを探ろうっての？」

「いや、そんな気はないんだ。ぶ厚い本からその葉書が落ちてきた日に、トシオの店で灯台の写真を使ったカレンダーを見て、そのあと、ただなんとなく灯台に関する本を読んでるうちに、俺も灯台ってものを間近で見てみたいって思ってね。足の向くまま気の向くままの旅なんて、これまで一度もしたことがないし。でも、房総半島で初めて灯台を見た瞬間に、これは遠くから見るもんだ、近くから見あげるもんじゃないってわかったよ。その南西端の洲埼灯台を眺めてそう思ってたら、賢策から電話があったんだ」

「お父さんと東京駅で別れたあと、賢策はすぐ俺にＬＩＮＥしてきたんだ。大学院に行かせてもらえるって。あいつが橋梁造りのエンジニアになったら、いろんな土木会社や建設会社とつき合いができるだろう？　そうしたら、うちの重機の販路拡大につながるかもしれない。俺のためにも、あいつには頑張ってもらわないとね。あいつは人なつっこくて要領がいいだろう？　工事現場にはうってつけだよ」

康平は声をあげて笑った。朱美、雄太、賢策。この三人姉弟のそれぞれの性格を足すと母親の蘭子にそっくりそのままではないかと思ったのだ。

小料理屋から出ると、雨はやんでいた。

スマホのアラーム機能を八時に設定して寝たはずなのに、康平は九時前に目を醒ました。設定のやり方を間違えたらしかった。

急ぐ旅ではないが午後五時には鳥羽港に着いておかなければならない。伊良湖岬行きのフェリーは五時四十分出航なのだ。

それより早く着いてもいっこうにかまわないのだが、康平は船の甲板から灯台の明かりを見たかった。

陸を照らすための灯台はない。どの灯台も航行する船のためにあるのだから、海の上からこちらを照らす灯台を眺めるのがいちばんいい。

康平はそう考えながら窓のカーテンをあけた。目が痛くなるほどの強い日差しがホテルの部屋に満ちた。

急いで食堂へ行き、朝食バイキングを食べたが、途中から食堂の係員は片づけを始め、康平はテーブルに運んだ料理を残さなければならなかった。

「いやみだなぁ。俺がまだ食べてるのに。食後のコーヒーどころじゃないよ。スクランブルエッグとクロワッサンとプチトマトを三個食べただけだぜ」

胸のなかで言って、食堂から出るときに入口に立ててあるボードを見ると、朝の営業時間は六時半から九時半までと書いてあった。

「そうか、俺は九時半に食堂に入ったんだ。少しでも食べさせてくれただけ感謝しないとね」

そう小さくつぶやくと、入口付近のテーブルを拭いていた係員に聞こえたらしく、

「こちらのお席でならゆっくりして下さってもかまいませんよ」

と言ってくれた。

「いや、寝坊したこっちが悪いんですから」

康平は言って、部屋に戻り、歯を磨くとすぐにチェックアウトして名古屋駅へと歩いた。

駅の地下にあるレンタカー会社はひどく混んでいて、車を停めてあるところへ案内されたときには十二時近くになっていた。

房総半島の旅には小型のワゴン車を借りたが、きょうはそれよりも少し車体の大きなワゴン車だった。

ナビの指示どおりに慎重に車を走らせていると、すぐに東名阪自動車道に入った。このまま南下すれば伊勢市へ着くのだなと思い、康平は助手席に置いた新品のバックパックからサングラスを出した。

「海なんか見えないな。十月の三十日なのにクーラーが要るのか？」

そう言いながらクーラーを入れ、康平は昨夜の雄太の言葉を思い浮かべた。

引っ越しの多い生活を送ってくると、たとえ伴侶となった相手にも、何歳のときにはあそこにいて、その二年後にはここに引っ越し、その二年後には、などといちいち話し

たりはしないのではないかという意味のことを言っていたが、まったくそのとおりだ。

俺も、どうしてこんなに本を読むようになったのかについては、カンちゃんに勧められたからだとしか蘭子には言っていない。

もし、どんなふうに勧められたのか訊かれたら、「お前と話してるとおもしろくない」というカンちゃんの辛辣な言葉も話して聞かせたであろう。

そんなものなのだ。

蘭子の父親は、高校を卒業すると測量会社に就職し、測量技術を現場で覚えたが、それだけでは測量士の資格が得られないので、専門学校にかよった。

昼間、働きながらの勉強だったから、資格を得るのに四年かかったという。

「融通は利かないけど、とにかく努力の人だったなぁって思うわ」

いつだったか蘭子は自分の父親をそう評したことがある。

転職した大手の測量会社は、住宅用の土地の測量が中心だったが、地方の土木会社からの仕事も多くなっていった。全国の道路建設のための測量だけでなく、ダム建設の測量も請け負い、静岡や岐阜などに転勤することになった。

さらに、測量も地元の会社を優先するという行政指導があり、蘭子の父親は、その地元の測量技師を指導監督するという仕事もしていた。道路やダムなどの大規模な測量には、経験と技量が必要で、いくら地元の会社優先でもそれらが劣るとなれば、協力して有能な人材を派遣しなければならない。

蘭子が高校生くらいのとき、ダム建設の測量を請け負った土木会社が、人材の派遣を依頼してきた。

それを契機に、父親は自分の勤める会社に、人材不足の地方都市に、高い技量の測量士を派遣する別会社を作るよう進言した。測量技師の派遣会社だ。最も腕のいい測量士は蘭子の父親だった。

そこまでは、康平は蘭子から聞いていたが、それ以上は訊かなかった。知る必要がなかったからだ。

康平が、そんなことを考えているうちに鈴鹿《すずか》市を過ぎた。

「名古屋から鳥羽港までは百四十五キロだから、一時間ちょっとでもう半分来ちゃったよ。これだと早く着き過ぎるなぁ。腹減ったなぁ。朝は小さなクロワッサン一個だもんなぁ。スクランブルエッグなんて大匙二杯程度で、プチトマト三つ。なにか食べないと夜までもたないよ」

この道はまだ東名阪自動車道なのか、それとも伊勢自動車道に入っているのかわからないまま、康平はサービスエリアの駐車場に車を停めた。遠くに海が見えた。

「どっちにしても、あれは伊勢湾だ。あの向こうに知多半島があって、その南東に渥美半島がある。俺は今夜は渥美半島の先端に泊まるってわけだ。知多半島にも野間埼《のまざき》灯台がある。これも見たかったけど、知多半島に渡るフェリーがないからなぁ、あきらめるしかないよ。でも、渥美半島の伊良湖岬からなら知多半島へ渡るフェリーがあるはずだけどなぁ」

康平はだだっぴろいレストランに入り、味噌煮込みきしめんを食べながら、三重県の道路地図をひろげた。裏側に記されている説明書きで、渥美半島と知多半島を結ぶ高速船はあるが、フェリーはないのだとわかった。人間は渡れても車は渡れない。

「そうだ、それで知多半島へ行くのをあきらめたんだ」

だんだん物忘れが多くなってきたぞと思い、きのうの朝に買ったノートをテーブルに置いた。まだなにも書かれていない。

今回の旅では、せめて一篇だけでも詩を書こうと思って買ったのだ。

しかし、自分には詩は書けないということを康平はよくわかっていた。

これまでも、好きな詩人の詩を読んで、自分のなかからもなにか生まれてくるかもしれないと思い、詩を書こうと試みたが、一篇も生まれてはこなかったのだ。

「この味噌煮込みきしめん、うまいな」

とつぶやきながら、康平は今夜泊まる予定のホテルのサイトにスマホでアクセスして住所を確認した。ホテルの周辺に居酒屋があれば、そこで好きなものを食べようと思ったのだ。

だが、一軒もないとわかった。ホテルのなかのレストランしかない。

伊良湖岬から車で四十分ほどの町に行けば、地元の食堂や居酒屋があるが、代行屋に車を運転してもらわなければホテルに帰れないのだ。

「酒が飲めないのに、わざわざ遠くの居酒屋に行くのか？　酒のない旅なんて旅じゃないよ」

どんなに飲んでも、焼酎の薄いお湯割り三杯が限度なのに、この二年のあいだに、夕食前の酒は大事な儀式のようになってしまったのだと康平は思った。

ここに行こうと決めて、康平は隣り町の居酒屋に電話をかけ、車で行くので帰りは車を運転してくれる代行屋に頼みたいのだがと相談した。それなら、うちで予約しておきますという返事が返ってきた。

「へぇ、こんな小さな町にも代行屋がいるんだ」

そう思って、これで準備よしと康平は鳥羽港へ向けて伊勢自動車道をゆっくりと走りだした。

道が二つに分かれているところに来ると、標識に従って右側の車線へと進んだ。

「左は紀勢《きせい》自動車道だな。あしたはあの道を南へ南へと行けばいいわけだ」

と康平は言った。

伊勢神宮の内宮《ないくう》と外宮《げくう》のあいだの道を行き、鳥羽市に入ると、紀勢自動車道は使う必要はなさそうだとわかった。鳥羽市の東側は入り江がつらなっていて、曲がりくねった道が英虞湾のほうへと延びている。その途中に安乗埼灯台と大王埼灯台があるのだ。

「あしたは入り江に沿った道を行こう」

はしゃいでいるかのように、あえてひとりごとをつづけているうちに、康平は滅多にないような寂しさを感じた。

俺と蘭子のささやかな夢は、「まきの」を閉めて、きれいさっぱりとリタイアする日がきたら、できるだけ頑丈な車を買い、それを運転して日本中を旅することだった。

「俺ばかりが運転するのは不公平だよ」

「長年、女房をこき使ったんだから、そのくらいのお返しはしなさいよ」

「どこへ行く？」

「私は断然、海ね。海が見えて、おいしい海産物が食べられて、温泉があるところ」

「俺は山だな。深い森のなかを歩きたいよ。木は偉大だ。森がどれほどありがたいものか、知ってるか？　山に森がないと海の生き物は育たないんだぜ」

「どっちにしても、まず東北から始めたいわね」

「何歳でリタイアする？　七十？　七十五？　俺は八十を過ぎて車の運転をするのはいやだぜ。そのころには反射神経は鈍ってるし、目はすぐに疲れるだろうしな。事故なんか起こしたら大変だよ」

「七十だと、あと十年とちょっとでしょう。目標額に達してないかもしれないよ」

「目標額？　老後のためのかい？　十年もたったら、世の中どう変わってるかしれないぜ。年金なんか貰えなくなってるかもしれないよ。年寄りはさっさと死ねって言われかねないよ」

「だから、いまのうちにお金を貯《た》めとくの。お父さん、あと十年とちょっと頑張ってね。私も頑張るから。日本中を気儘《きまま》に旅するのを楽しみに働きつづけるからね」

そんな会話を交わした数日後に、蘭子は装甲車みたいな車のパンフレットを貰ってきたのだ。ドイツ製の四輪駆動車は、見るからに頑丈そうで、ぶつかってきた相手の車のほうが壊れてしまいそうだった。

いま俺は車を運転して海への旅を楽しんでいるのに、隣りには誰もいない。蘭子はどこへ行ったのだ。俺ひとりでなにが楽しいのか。

康平は、暗くて孤独な虚空へ放り出されて途方に暮れている己の姿が見えるような気がした。

しばらく進んだところの交差点で、康平は信号が赤なのに止まろうとしていないことに気づき、慌てて急ブレーキを踏んだ。車は停止線の手前で止まったが、横断歩道を渡っていた小学生たちが驚きの目で康平を見ていた。

心臓の鼓動は速くなり、血圧が急上昇していくような感覚に襲われ、康平は窓から顔を出すと、小学生たちに何度も頭を下げて謝罪した。

交差点を渡り、道幅が広くなっているところに車を停めると、深呼吸しながら心を鎮めて、ミネラルウォーターを飲んだが、そこはバス停だった。

バスにクラクションを鳴らされたので、これ以上動揺しないようにゆっくり発進し、次の交差点を右折したが、鳥羽港の入口からは離れることになってしまった。

「でもまだ四時だ」

とつぶやき、どこかに方向転換できる場所はないかと車を走らせているうちに近鉄船津駅の前に出てしまった。

Uターンできる場所を探しているとショッピングモールがあった。そこの駐車場に入り車を停めると、まだどきどきしている心臓を落ち着かせたくて、康平はショッピングモールに入った。

夜、眠れないときのために焼酎の四合瓶でも買っておこうと、入口近くの薬屋の前を通り過ぎてから酒屋を探したが、飲み過ぎて二日酔いにでもなったら、あしたの旅が楽しくないと思い直して、駐車場に戻った。心臓の動悸《どうき》は治まっていた。

一瞬のぼんやりが大事故を起こすんだなと、康平は体が冷たくなるほどの恐怖を感じた。

信号無視で子供をはねて、もしあの小学生のうち一人でも死んだら償いきれないし、俺のこれまでの人生はなんだったのかということになる。

蘭子、幽霊扱いして申し訳ないけど、車の運転中には、もう出てこないでくれよ。

康平は本気で蘭子に言い、鳥羽港へと戻って行った。

フェリーの利用客のための建物でチケットを買い、二階の喫茶店でコーヒーを飲んでいると、康平は生まれて初めてフェリーに乗るのだと気づいた。

そろそろ車に戻らなければならないのではないだろうか。フェリーの出航は五時四十分。鳥羽港から伊良湖岬までは五十五分。

ちょうどいい時間帯だ。各灯台は点灯されて海のほうを照らし始めている。最初に見えるのは菅島《すがしま》灯台。次に見えるのは神島《かみしま》灯台。

このあたりの海は一見穏やかだが、海流は意外に複雑で、外海を航行する船には難所だという。

コーヒーを飲みながら、売店に置いてあった観光マップに目をやっていたので、康平は伊良湖岬からやって来たフェリーが接岸したことにまったく気づかなかった。

乗用車や大型トレーラーがフェリーから出て行く音で港を見て、康平は慌てて駐車場に向かった。

このフェリーはまた伊良湖岬へ戻るのだから、係員の指示に従ってレンタカーをフェリーのなかの所定の場所に駐車しなければならないはずだと思ったのだ。

海猫がフェリー乗り場の周りを飛んでいた。

いっせいに乗船が始まり、康平はワゴン車を係員の誘導する場所へと停めると、船室への階段をのぼった。

そうか、船の一階はすべて車のためにあるのか。いったい何十台くらいの車をいちどに運べるのだろう。一台一台の車のタイヤに車止めを置いていくのも係員の大事な仕事なのだな。

風や大波で船が傾くと、車同士がぶつかるかもしれない。それを防ぐための車止めなのだ。

いやぁ、御苦労さまです。どの分野にも、縁の下の力持ちがいるもんですね。みなさんは表舞台に出ることはないかもしれませんが、人間と車は、みなさんがいなければ安全に目的の港に着くことはできないんですね。

階段をのぼって船室への廊下へ入るとき、康平は胸のうちでそう語りかけながら、係員に小さく会釈をした。

俺はいま修学旅行中の小学生になっているなと思った。

フェリーは時刻どおりに出航した。日が確実に短くなっていて、薄暮の海の向こうで幾つかの島に靄《もや》がかかって見えた。

康平はすぐに甲板に出て、スマホのカメラで小さな島を撮り、万一を考えてアノラックを着た。台風の影響がまだ残っているのか、海は凪《な》いでいるのに、ときおり大きな波が甲板にまで届いて、通路を濡らしていたのだ。

その波が頭上から降り注いだので、子供連れの夫婦は悲鳴をあげて船室へと逃げていった。海を舐《な》めちゃあいけないよ、と笑みを浮かべて康平は言った。

二十分ほどで右手に菅島が見えてきた。

「ああ、これこそ俺が見たかった灯台の明かりだよ」

と康平は胸のうちで言い、低い山の中腹に建つ菅島灯台の回転灯と向き合うように甲板を歩いていった。

菅島灯台は外洋ではなく、伊勢湾内のフェリーの航路を照らしているかに見えた。

ということは次にあらわれる神島灯台は外洋を照らすのであろう。つまり、神島は近くに見えても、神島灯台はフェリーからは見えないのだ。きっとそうに違いない。

房総半島南西端の洲埼灯台も好きだが、この菅島灯台も味わいがある。菅島の小さな村落も見える。村ではなく町かもしれないが、遠くから見ると、無人島のようだ。

スマホを落としそうになったので、康平は菅島灯台を写してからポケットにしまった。

そのとき、大波がまともに康平の全身にぶつかってきた。

「うわ！」

と声をあげて、康平は甲板の屋根のあるところへと逃げた。

「海を舐めちゃあいけないよ」

康平は、さっきの家族連れに言った言葉をそっくりそのまま自分に言って、船室に戻り、バックパックからタオルを出して頭や顔を拭いた。なんだかおかしくて、下を向いて笑った。

薄手のアノラックのお陰で、上半身は濡れてはいなかった。

信号無視で危うく子供たちの列に突っ込みかけたことといい、さっきの波をまともにかぶったことといい、なにかが起こる日だ。小事は大事だというから、気をつけなければならない。俺は、ちょっとはしゃいでいるのだ。なにしろ六十二年生きてきて、船に乗って海を進むのは初めてなのだ。乗る前は、ちょっと怖いなぁと思ったが、ぜんぜん怖くないではないか。意外に揺れるが、気分も悪くならない。俺は船に強いのかも。

そう思って船室のあちこちに視線を走らせると、数人の乗客が顔をしかめて横になっていた。そのほとんどは若者だった。なかにはひどく顔色の悪い青年もいた。

「これしきの揺れで軟弱なやつらめ」

と心のなかで言ったとき、伊良湖岬灯台の明かりが見えたので、康平は再び甲板に出た。

菅島灯台はまだ後方に見えていた。

昼間は快晴だったのに、内海には薄い靄がたちこめてきた。伊良湖岬灯台の灯火は抜きん出て大きく、航路を矢印のように指し示しているかに見えた。

康平は甲板で両足を踏ん張って立ち、菅島灯台と伊良湖岬灯台のふたつの異なる灯火を見つめ、圧倒的に光度の差があるのはなぜだろうと思った。そして伊良湖岬灯台の、山の中腹に輝く光をカメラで撮りつづけた。

次第に岬が近づいてくると、海面と同じ高さのところに白い灯台が建っていて、そこからも光が明滅しているのに気づいた。

「伊良湖岬には灯台がふたつあるのか?」

声に出して言い、怪訝《けげん》な思いでスマホをポケットにしまった。

「あれは灯台じゃないぜ」

とつぶやき、山の中腹で航路を示している大きな光に目を凝らした。さっきからいったい何枚撮ったかわからない光は灯台ではなく、矢印の形をした巨大なネオンとも電飾板ともつかない代物で、大型船が航行する方向を教えているらしい。

「なんだ、灯台じゃないんだ。灯台の明かりの数十倍の光度の電飾板だよ。あいつが光ってるから肝心の伊良湖岬灯台がかすんじゃってるんだ」

どうしてあんなものを灯台の近くに備えつけたのだろうと首をかしげながら、康平は船尾へと歩き、菅島灯台を探したが、もう見えなくなっていた。

「俺はあんな馬鹿でかい矢印を見に来たんじゃないんだよ」

と言って、康平は船室に戻り、窓ガラス越しに伊良湖岬を見つめた。もう夜になっていて、フェリーの発着場らしきものが前方で上下していた。

灯火が低い位置にある伊良湖岬灯台は、悪天候のときには光が見えにくいので、あの無粋な矢印状の巨大な誘導灯で補助しなければならないのかもしれないと康平は思った。

「俺はあの矢印を灯台だと思って、三十枚近くも写真を撮ったんだ。まったく詐欺だぜ」

康平は下船の用意を始めたが、遠目で見ただけで決めつけてしまうことが、俺たちの周りにはたくさんあると思った。

伊良湖港に着き、渥美半島に上陸すると、康平はすぐに車で五、六分ほどのところにあるホテルにチェックインして、シャワーを浴びた。

甲板で波をかぶったので、塩辛くなっている顔や頭髪を洗いたかったのだ。

シャワーを浴びて、部屋の窓のカーテンをあけると、斜め前の眼下に伊良湖岬の突端があったが、巨大な矢印も灯台も山に隠れて見えなかった。ホテルはそれよりも高い山の頂上近くにあるらしい。

バスルームに濡れたアノラックを干してから、康平はベッドに横になった。ふいに疲れを感じて、車を運転して隣り町の居酒屋へ行くのがひどく億劫になってきた。

しかし、居酒屋が車の代行屋を予約してしまっただろうから、キャンセルするわけにはいかない。居酒屋の主人が親切だっただけに、なおさらだ。

康平は、目をつむると寝てしまいそうだったので、朱美にＬＩＮＥを送った。

――伊良湖岬に無事着きました。途中、あまり無事でもなかったけど。ホテルはでっかくて、岬に近い山の上に建っています。ホテル全体が煌々と輝いています。こんなに明かりをつけなくてもいいと思うなぁ。――

まだ七時だから、朱美は仕事をしているはずだと思い、康平は小さなベランダに出た。

その瞬間、なにかが大きな音をたてて康平の顔にぶつかりかけた。鳩《はと》だった。

夜は、このベランダを塒《ねぐら》にしているのだろうかと思ったが、金属製の手すりにはまだ新しい糞が落ちているだけだった。

鳩はこんな近くにいたのに、俺は気づかなかったのだ。近すぎても見えない。

灯台と間違えた電飾板は、遠すぎて初めは矢印の形に見えなかった。

俺たちの周りには、そんなことが無数にある。

父、母、伴侶、娘、息子、数少ない友人。俺はそれらひとりひとりを遠目でしか見てこなかったのかもしれない。三角形も六角形も、遠目だとすべてぼやけた円形にしか見えない。いや、近すぎて本当の姿が見えないということもある。

蘭子は、あの葉書を、もういちど俺に見せようとしていた。なぜだろう。

大きな矢印を遠目で灯台と思い込んだことと、いまベランダに出て、目の前にいた鳩に気づかなかったことにつながりはなかったが、康平はなにかの暗示のような気がして、思考は即座に三十年前に届いた小坂真砂雄からの葉書へと結びつき、それは瞬時に蘭子の奇妙な行動へとつながったのだ。

自分の夫は、いつか『神の歴史』を読むであろう。そして、その本に挟まれている葉書に気づくであろう。

その日がいつ訪れるかわからないが、夫は葉書を挟んだのが自分の妻以外に存在しないくらいは推量して、私にあらためて葉書について訊くであろう。そのときには、葉書がなにを意味するかを語って聞かせよう。

もし夫が永遠に『神の歴史』のページを繰らなかったら、それはそれでいい。あえて話すこともないのだ。

蘭子なら、そう考えて、いたずら気分で葉書をあの本にそっと忍ばせたとしても不思議ではない。

康平はそう思った。

三十分で行けると思っていたが、隣り町の居酒屋までは車で四十分かかった。まだ三十代くらいの主人は、今夜は代行屋が忙しいらしく九時過ぎに来てくれると言った。

鰺のなめろう。牡蠣のフライ。出汁巻き玉子。焼酎のお湯割り二杯。海苔《のり》を巻いたおにぎり二個。茄子と胡瓜《きゅうり》の糠《ぬか》漬け。

それらをゆっくりと口に運びながら、四日後の「まきの」の開店に向けて心構えをした。というより、二年振りの商売への緊張感をほぐすために精神統一をするといった時間をすごした。

代行屋は、若い女性と中年の男がふたり一組でやって来た。女性は自分たちの帰りのための車を運転する役目らしかった。

ホテルへの道中、康平と代行屋の男とが交わしたのは、

「あちこちにビニールハウスがありますが、夜中でもずっと明かりがついてるんですか？」

「ええ、朝まで明るいんですよ」

「なにを栽培してるんです？」

「食用の菊です」

という短い会話だけだった。

ホテルに帰ると、康平は歯を磨いて、すぐにベッドに横になり、そのまま寝てしまった。

翌朝、バイキング式の朝食を食べると、康平はホテルをチェックアウトして伊良湖港へ向かった。

きょうは紀伊半島の安乗埼灯台と大王埼灯台を見る予定だったが、その途中にある鎧埼《よろいざき》灯台というのも見たくなった。けれども、伊良湖港近くまで行くと、遊歩道を歩いて、岬の先端にある伊良湖岬灯台を近くで見てみようと思い直し、灯台の近くの土産物屋が数軒並んでいるところにある駐車場に車を停めて、勾配のきつい道を歩いて行った。

だが、その道は灯台見物のために整備された道ではなかった。駐車場から別の道があり、恋路《こいじ》ケ浜《がはま》という名前の浜辺沿いに設けられている道が正規の遊歩道だったのだ。灯台の後ろ側に出るには、来たことを後悔するほどに急な崖のような道を降りなければならなかった。

灯台が見えるところに辿り着くと、にわかに海からの風が強くなった。意外にたくさんの人たちが伊良湖岬灯台の下でカメラを構えていた。

「有名な灯台なのに、なんとなく威厳がないなぁ。あの矢印が灯台を卑屈にさせてるんだ。そうに違いないよ」

康平は真っ向から吹きつけてくる風に負けまいといつもよりも大股で歩きだし、あの無粋な矢印になにかひとこと文句を言ってやろうと、灌木の密集している山の中腹を見あげた。その瞬間、足が滑って、顔から叩きつけられるように遊歩道へと転んだ。咄嗟《とっさ》に両手をついたが、康平は手首が折れたなと思った。

立とうとするのだが、体に力が入らなくて、すぐには立ちあがれなかった。両膝の皿もまともに打ちつけたようだった。

近くにいる人たちは、ただ気の毒そうに見ているだけで、助け起こそうとはしてくれなかった。

「やっちまったなぁ、膝の皿も割れたかもしれないな」

そう思い、慎重に起き上がって、近くにある石に腰を降ろし、右の手首をゆっくりと動かしてみた。折れていないことを確かめると、アノラックの胸や腹のところにこびりついている砂を払った。それからズボンの裾をめくりあげて膝の皿を左手で撫でた。骨に異常はなさそうだったが、痛みは烈しかった。

どちらの膝の下もすりむいていて、わずかに血が出ていたので、これはどうしてだろうと康平は考えた。膝はすりむいてはいないからだ。

遊歩道と浜辺のあいだには低い防波堤があり、海からの強風が、浜辺の砂を遊歩道に撒《ま》き散らしていた。俺はバックパックを背負い、前かがみになって歩いていて、その砂で滑ったのだ。砂にはバラスほどの大きさのものも交じっている。その粗い砂ですりむいたにちがいない。

両手を出していたから、この程度で済んだ。ポケットに突っ込んでいたら、顔を打ちつけて歯は折れ、顎の骨は砕けていただろう。

康平はそう思い、両手の関節をなんども動かした。右手首のほうが痛かった。

車の運転に支障はないだろうか。

左の膝はまだかなり痛かったが、右はいつもどおりに動かせる。オートマチック車だから支障はないだろう。

とにかく鳥羽港へ戻って、それからどうするか考えよう。

「あの馬鹿でかい矢印のやつ、俺の敵意を見抜いて、先制攻撃しやがったんだ」

そうつぶやいて、康平は恋路ヶ浜の海岸沿いを駐車場へと戻り、車に乗ると膝や足首を何度も動かしてみて、よし大丈夫だと確認するとフェリー乗り場へと向かった。

フェリーのなかでは、康平はずっと船室に坐ったままだった。右手の薬指の痛さが気になった。打ち身というのは、時間がたつと腫れてくる。鳥羽の外科医院で診てもらおう。

そう決めて、鳥羽港に着くと、きのうコーヒーを飲んだ喫茶店の従業員に教えてもらい、近鉄鳥羽駅に近い外科医院へ行った。

一時間近く待って、X線写真を撮り、膝は左右どちらも骨に異常はないが、右手の薬指の根元に小さなひびがはいっていると診断された。

「よく顔を打たなかったねぇ」

と初老の医師は言った。

「手をポケットに入れてなくてよかったです」

「ほんとはギプスで固めたほうがいいんですけどね、それだと車の運転はできなくなるからね。東京に帰ったら、外科医院に行って、もういちど診察してもらってくださいね。うちでは応急処置の仮ギプスだけにしときますよ」

次の患者は幼稚園児くらいの女の子だった。目元に泣いたあとがあり、母親に付き添われている。うなだれて、医師や看護師の顔を見ようとしない。

その子のことが妙に気になりながらも、康平は看護師に呼ばれてカーテンで仕切られている処置室へ移った。

「えっ！　大豆を鼻の穴に突っ込んだの？　またどうしてそんなことをしたんだ？」

という医師の言葉が聞こえた。

湿布薬を康平の右手の甲に貼りながら、若い看護師はくすっと笑った。

大豆を自分で鼻の穴に入れて遊んでいて、それが取れなくなったらしいとわかり、

「大豆を鼻の穴に入れて、どうするつもりだったんでしょうね」

と康平は小声で看護師に言った。

「さぁ、あのくらいの年頃の子は、なにをしでかすかわかりませんからね」

と看護師は笑顔で言い、これはあくまでも仮のギプスで、包帯はあえて緩く巻いておくと説明した。

薄いプラスチックの板を薬指と手の甲に巧みにあてがい、そこに包帯を巻いてから、小指、薬指、中指をさらに別の包帯で固定した。

「あえて、緩く巻くんですか？」

「今晩かあしたの朝くらいには、このあたりがぱんぱんに腫れてきます。いまきつく巻くと鬱血して指に血がかよわなくなってしまうんです」

と看護師は言って、あした、東京に帰ったら、必ず外科医院に行くように念を押した。

「さぁ、取れたよ。大きな大豆だな」

という医師の声が聞こえた。

「よかったね」

と母親は言ったが、女の子はさっきよりもさらにうなだれて、動こうとしない様子が、カーテンの隙間から見えた。泣きだしそうになるのをこらえているので、無言でなにかを強く抗議しているかに見えた。

「もう取れたよ。どうしたの？」

医師は不審そうに問いかけて、もういちど鼻の穴を診療用のペンライトで調べた。

「ありゃ、もうひとつあるぞ。ふたつ突っ込んだな」

その言葉で、診察室にいた全員が笑った。女の子はよほど恥ずかしかったのか、泣きだしてしまった。

康平も笑った。口ゲンカをしたあとの蘭子を思いだしたのだ。議論で負けると蘭子もうなだれて、この子と同じような顔をしていたなと思った。

無事に二個目の大豆も取ってもらって、照れ笑いを隠しながら、女の子は母親に手を引かれて待合室へ戻って行った。

「牧野さん、いちおう見ておいてください。どんな転び方をすると、ここを骨折するのかなぁ」

医師に呼ばれ、康平は自分の腕の肘から先が写っているX線写真の前に坐った。

「これですよ」

医師がボールペンの先端で指し示したのは、薬指の第三関節だった。教えられないとわからないが、たしかに指の根元に長さ三ミリほどの、かすかな線があった。

「ひびって聞くと、ああ、骨折でなくてよかったと思うんですがね、立派な骨折なんです。どんなお仕事をなさってますか？」

「私は中華そば屋です。私ひとりでやってるんです。従業員はいません」

答えた瞬間、三日後に開店ではないかと康平は気づいた。どうして転んでからいままで、そのことを考えなかったのであろう。

転んだあとは気が動転していたし、手首がぽきんと折れたわけでもなく、膝の皿も割れていないと診断されてひと安心してしまい、「まきの」の再開店のことには考えが及ばなかったのだ。康平はそう思った。

「中華そば屋さん……。ということは右手をよく使いますねぇ」

「ええ、右手で商売してるようなもんですね」

医師は考え込み、薬指というのは一本だけ動かすことはできないのだと言った。逆に、一本だけ動かさないということもできない、と。

「おひとりで営んでるのなら、正直に言うと、十日ほどは休業でしょうね。腫れが引いて、ちゃんとギプスで固めてから、試しに中華そばを作ってみたらわかりますよ。まず、箸が持てない」

「はぁ……」

康平は外科医院を出ると、灯台巡りの旅は中止して、名古屋に引き返そうかと思いながら駐車場へと歩いた。親指と人差し指だけは包帯が巻かれていなかった。

私営の駐車場に停めたレンタカーに戻り、いま貰ったばかりの薬袋を助手席に置くと、康平は、健康保険証を持って来てよかったと思った。

「またたくさんくれたなぁ。湿布薬、痛み止め、包帯にかぶせるネット、これは何だ？ああ、シャワーカバーだ。これを肘から先にかぶせてシャワーを浴びろってことだな。きょうは灯台巡りをして英虞湾のホテルに泊まるって医師に言ったから、看護師はそれを聞いてて、シャワーくらいは浴びられるようにしてくれたのかな」

康平は、運転席に坐って、薬袋の中身を見ながら、右の親指と人差し指は、多少の支障はあっても使えるのだから、このまま旅をつづけてみようと思い、ナビを安乗埼灯台に設定した。

鳥羽市から延びるパールロードは、入り組んだ入り江に沿って曲がりくねった道になった。

速度を抑えて慎重にハンドルを動かし、牡蠣料理屋が並ぶ一帯を走っているうちに、右手の親指と人差し指だけでも運転できるという自信が出てきた。左手のどこにも痛い箇所がないので、よほど急ハンドルを切らないかぎりは、支障はないようだった。

「よし、行こう。旅をつづけよう。こんな日は滅多にないんだ。見ろよ、この美しい海、空の青さ」

腕時計を見て、一時四十分だと知ると、康平は空腹を感じて、百メートル間隔で道の両側に現れる牡蠣料理屋のどこかに入ろうかと思ったが、いまの自分の精神状態では牡蠣は重いと考え直した。

もっとあっさりとした煮魚とか焼き魚を食べたい。

そう思っていると、安乗埼灯台への道はパールロードから外れて、外海に沿ったほうへと延びていた。

橋の手前に「焼き魚、煮魚、刺身」と染められた幟が立っていたので、その食堂に入って、カレイの煮つけ定食を食べた。

「すげえ、このカレイのでっかいこと。ひとりで食い切れないよ」

ハンドルを回すよりも、箸でカレイの身をつかむほうがはるかに難しかった。

「十日ほど『まきの』の再開店を先延ばしするしかないなぁ」

左側に伊勢の海、右側に鬱蒼《うっそう》とした灌木の森に挟まれた道を南下しながら、うしろから車が近づいてくると、康平は窓から右手を突きだして、どうぞ追い越してくださいと包帯に包まれた手を振り、車を左側に寄せた。

そのたびに薬指の根元がわずかに痛んだ。

「恥ずかしいよなぁ。長いこと閉店してて、やっと再開店のおしらせなんて紙を入口の戸に貼ったのに、十日ほど開店は延期しますなんて紙を貼り直したりしたら、笑われるぜ」

「だって、しょうがないじゃないの。その手で麺の湯切りはできないでしょう？」

「あの急な坂道を降りるとき、いやな予感がしてたんだ」

「でも、お医者さんも言ってたけど、どういう転び方をしたのかしらねぇ」

「左手は掌を地面に向けてたけど、右手は甲のほうを下に向けたまま倒れたんだ。だから、手の甲で体をかばう恰好になったんだと思うよ。掌を下に向ける時間がなかったんだな」

「そのくらいで済んでよかったわよ。手首をぽっきりと折ってたら、手術をしてボルトで固定しなきゃあいけなかったわよ。東京に大雪が降ったとき、お隣りの伊沢《いざわ》さんの奥さんが雪かきをしてて滑って転んだでしょう？」

「ああ、あれは大騒ぎだったなぁ。お前が救急車を呼んだんだ」

「なんで救急車なんか呼ぶのって伊沢さんに怒られたけどね、前腕の真ん中からくの字に折れてることは、私にだってわかったもん。あの腕の形、いまでも目に浮かぶわ。伊沢さんが折れたほうの腕で重いものを持てるようになるのに、二年かかったのよ」

「鎧埼灯台は、このへんなんだけどなぁ。ナビに設定するのを忘れたんだ」

そう言って、康平は蘭子との会話をやめた。運転中は出てきてくれるなと、きのう蘭子に頼んだことを思いだしたのだ。

細い道があり、その近くの畑で作業をしている中年の婦人がいたので、康平は車から降りて、鎧埼灯台へはこの道でいいのだろうかと訊いた。

「だいぶ行き過ぎてるね」

と婦人は答えた。

来た道を一キロほど戻ると漁港への道がある。そこから神社の石段をのぼる。

そこまで教えてくれてから、婦人は柄で体を支えるように鍬《くわ》を持ち替えて、

「神社の石段は滑りやすいから気をつけなさいよ」

と康平の右手を見ながら言った。

「神社の階段をのぼらなきゃいけないんですか？」

「石段をのぼってから、灯台への坂道ものぼりますよ。落ち葉が足を滑らせるから」

康平は車に戻り、滑りやすい石段なんて、いまの俺には危険極まると思い、

「鎧埼灯台はパス」

と声に出して言った。

安乗埼灯台は、すぐ近くまで車で行くことができた。かつては灯台守の官舎であったのであろう建物の前にはきれいに刈られた芝生があって、若い父親と小学生らしい息子がキャッチボールをしていた。

芝生の海側に植込みがあり、その向こうに安乗埼灯台が見えていた。灯台を見に来たような人はいなくて、康平はまた蘭子が出てきそうな気配を感じながら、植込みのところから灯台への細道を歩いた。

灯台のなかに入って手すりをしっかりと握りながら螺旋《らせん》階段をのぼった。

回転灯の下に灯台の形に沿った見晴台があった。手すりは低かった。

「うわぁ、きれい」

と蘭子は言った。

「きょうは快晴だからな。風もほとんどないし」

「息が切れてるわよ」

「うん、日頃の運動不足がたたってるよ」

「ここの螺旋階段も危ないよ。降りるとき、気をつけないと。落ちたら、『まきの』は永遠に閉店のままよ」

「いやなこと言うなよ。お前、出雲で暮らしてたことは人に知られたくないのかい？」

しばらく待ったが返事はなかった。

康平は灯台の西側に廻った。樹木のあいだから海とも湖ともつかない青緑色の水面が見えた。湖ではないはずなので、入り江のどこかから入ってくる海水が作る大きな潟なのかもしれなかった。

灯台というものは、一基一基がみな異なる風貌を持っているのだなと康平は思った。遠くから眺めて味わいのある灯台。近くから見あげなければ威容を感じない灯台。霧や靄の向こうに見えてこそ存在感を増す灯台。

それらは見る側の、そのときそのときの心の状態とも連動している。

なるほど、灯台というものは超然と動かない大人《たいじん》のようでもあり、夜になると黙々と働く愚直な職人のようでもあるのだ。

康平はそう思い、回転灯の下に設けられた狭い回廊を巡りながら三百六十度にわたる風景をカメラに収めつづけた。

ほぼ真下に、芝生の上でキャッチボールをしている父子の姿があった。康平はそれも写して、安乗埼灯台の壁面を左手で撫で、

「ぼくは次の大王埼灯台へ行きます。どうかお元気で」

と言った。

足元を見ながら注意深く螺旋階段を降り、キャッチボールの邪魔にならないように建物の近くを歩いて車に戻ると、ナビを大王埼灯台に設定した。

このぶんだと英虞湾沿いのリゾートホテルに五時過ぎには着いてしまいそうだ。きょうは酒は飲まないほうがいいだろう。ひびは薬指の根元にあるらしいが、さっきから中指や小指も痛み始めたし、手の甲も腫れて熱をもってきたような気がする。

酒が飲めないのなら、ナビで検索して居酒屋を探し、帰りは代行屋に運転を依頼する必要もないが、ホテルのレストランでひとりで食事をするのも味気ない。

しかし、おとといの夜は雄太と御馳走を食べたし、きょうの遅い昼食は、食べきれないほどの新鮮なカレイの煮つけだった。

今夜はホテルの部屋でコンビニのおにぎりで充分だな。湯を注げばいいだけの味噌汁も買って、部屋で食べよう。

康平はそう決めて、大王埼灯台をめざした。

コンビニがあれば、そこの駐車場に停めようと思いながら、康平はナビの指示どおり

に車を走らせて、ときどきうしろの車に追い越させるために道の左側に寄った。

鷹《たか》なのか鳶《とび》なのかわからない猛禽《もうきん》の滑空を眺めたり、海猫の鳴き声に耳を澄ませたりしているうちに、大王埼灯台への道に入った。

灯台見物に来た人のための駐車場があり、土産物屋が並んでいた。

坂道を歩いていると、土産物屋の婦人に声をかけられた。

「アオサはいかがですか。おいしいですよ。お味噌汁に入れると海の香りがしますよ」

康平は、以前に仲宿の商店街に住むだれかにアオサを貰ったことがあった。駿河《するが》湾のどこかの温泉に行ったときに、ご近所へのお土産にと買ったのだと言って、持って来てくれたのだ。

たしかに磯《いそ》の香りがして、味噌汁にこくが加わったなと思い、康平は値段を訊いた。

「五パックで千円です」

「片手しか使えないから、持てますかねぇ」

「軽いです。手提げ袋に入れましょう」

「じゃあ、帰りに買います」

坂道を登り切ると、海が陸地へと入り込んでいるあたりに柵が張り巡らしてあり、大王埼灯台の真ん中から上の部分が見えていた。

康平は柵に凭れかかって、海面から灯火まで四十六メートルの灯台を見やった。周りには、康平以外だれもいなかった。

眼下には切り立った岩礁が突き出ていて、さほど遠くない沖合をタンカーが西から東へと航行していた。

ガイドマップには、初点灯は一九二七年と記されている。

伊勢志摩の南東の突端にあるのだから、外海を航行する船にとっては重要な灯台なのであろうと康平は思った。

点灯までは、まだかなり時間がかかりそうだったが、太陽は傾きつつあった。

「このあたりの灯台の大親分ってとこだな。なんとなく威張ってるって感じがあるよ」

康平はスマホのカメラで写真を撮ったが、さっきの安乗埼灯台でもたくさん撮ったので、シャッターをタップする右手全体が痛かった。

「左手は利き手じゃないから、片方の手だけで写すのは難しいよ」

そう言いながら、柵から離れてベンチに腰かけ、康平は『ニッポン灯台紀行』の大王埼灯台のページを開いた。

大王町波切《なきり》の突端は、地図で見る以上に険しく突き出ているらしい。その波切と名づけられた場所が、「遠州灘《えんしゅうなだ》と熊野灘《くまのなだ》を切り分けるように突き出ている海の難所です」と説明してあった。

灯台の南の海に目をやって、

「大雑把に分けたら、正面が熊野灘、左が遠州灘ってことかな。それをこの大王町波切という突き出た岬がふたつに切り分けてしまって、潮流を複雑にしてるってことなんだな。波切の岬がなかったら、熊野灘と遠州灘は分離せずに自然に融合して、海は穏やかで、船を困らせることはなかったんだな」

と康平は言った。

さっきの坂道から別の道を進めば、大王埼灯台の下にまで行けそうだったが、康平は、この柵のところから見るのが、灯台の個性を最も感じられるような気がした。

平穏そうなのに、じつは危険が渦を巻いている場所もある。恐ろしそうなのに、いざそこに身を置けば、楽しみの多い場所もある。

不幸だらけの人生でしたと嘆く人も、たくさんの幸福と巡り合ってきたはずだ。ただそれを幸福と感じなかっただけなのだ。

康平はそう考えながら、灯台に別れを告げて、坂道へと戻って行った。

いま自分が考えたようなことを、俺はなにかの小説で読んだなと思った瞬間、康平はすぐにそれが『小公子』だと気づいた。アメリカの女性作家バーネットが書いた小説だ、と。

バーネットには『秘密の花園』という名作もある。

結婚したとき、蘭子が持って来た数少ない本のなかに交じっていた。小学生のときに読んだと蘭子は言った。この二冊を買ってもらったとき、嬉しくて蒲団のなかで抱いて寝たと言って、蘭子は少し顔を赤らめた。

自分の読んだ小説が、たった二冊だけだとばれてしまって恥ずかしかったのだと、蘭子はあとで説明した。

康平は、このふたつの児童文学を読んでいなかったので、蘭子から借りて「まきの」の二階で読んだのだ。

土産物屋の店先には、さっきの婦人が立っていた。アオサを五パック買い、康平は手提げ袋に入れてもらった。

婦人は、このアオサは水で戻さずに使ってくれと言った。

「このままお味噌汁に入れてください。そのほうが歯ごたえがあっておいしいですよ」

康平は駐車場へ戻り、予約してあるホテルをナビに設定した。

ホテルまでは、さほど遠くはなかった。海沿いから少し内陸部へと入った道も、ほとんどまっすぐで、大王埼灯台から見えていた潟が、ギザギザに陸に入り込む海の一部分だとわかった。

正確かどうか自信はなかったが、康平はバーネットの言葉を思い出した。

——すべての人の人生にはじっさいに、目をみはるほどの幸福が数多くあるのですから。——

ガソリンスタンドの隣りにコンビニがあったので、康平はそこでカップ入りインスタント味噌汁とおにぎりをふたつ買った。

なにか他にもおかずになるものを買おうかと棚を見たが、今夜はこれで充分だと思い、ミネラルウォーターを二本買い足してコンビニを出た。

目をみはるほどの幸福になんか一度も出逢《であ》ったことがない、という人も、世界にはたくさんいる。

『小公子』を読んだのは二十七歳のときで、作者の言葉に反発を感じてそう思ったが、四十を過ぎたころから、いや、この世には目をみはるほどの幸福が満ちていると納得するようになった。

たとえば？　と訊かれたら、説明に窮するほどに無数の幸福がある。

寒い夜に、風呂で温かい湯につかって、大きな欠伸をする瞬間。仕事を終えて、焼酎のぬるいお湯割りで気持ち良く酔いながら、妻と世間話をしている瞬間。迷い込んできた野良猫を飼おうかどうか妻と相談していると、探しに来た飼い主にしがみついて、こちらには一瞥《いちべつ》もくれず、その猫が去って行った瞬間……。

そんなささやかなものが幸福だと言うのか。目をみはるほどの幸福とは、死の病から奇跡的に生還したとか、無一文から大富豪になったとか、なにかの名誉ある賞や勲章を得たとか、つまりもっと劇的な幸福のことではないのか。

多くの人はそう言って笑うことであろう。

そのような人たちは、おそらく、目をみはるほどの幸福には生涯出逢えないのだ。小さな鉢に植えた花の種が、きっともう枯れたのかもとあきらめかけていたら、鮮やかな緑色の芽を出した。これを幸福と言わずして、なにを幸福と言うのか。ぐれて、音信不通になっていた息子が、ある日、家の前に立っていて、ひとこと「ごめんね」と言って泣いた。これを幸福と言わずして、なにを幸福と言うのか。

そのように考えれば、すべての人に目をみはるほどの幸福が準備されているではないか。

康平は、ホテルにチェックインして、景色のいい部屋でくつろぎながらも、志摩の深い入り江で夕日を弾き返しているかに思える海を見つめて、たとえばこんな幸福がある、あんな幸福もあると、ささやかな例をあげつづけた。

「この湿布は、何時間くらい効力があるんだ?」

とつぶやいて、康平はズボンを脱いだ。膝の痛みは外科医院を出たときから変わらなかったが、右の手の甲と薬指は腫れも熱もさらに増していた。

膝の湿布は貼り替えられるが、右手の甲はどうするのか。手の甲の部分の包帯を外し、湿布を貼り替えて、また包帯を巻き直すしかあるまい。左手だけでできるのだろうか。

それにしても、豪華なリゾートホテルだな。ツインベッドルームというやつだ。手入れの行き届いた庭園があり、プールもある。敷地はいったい何坪くらいあるのだろう。

こんな贅沢《ぜいたく》な部屋に泊まるのは初めてだ。他にもっと安いホテルもあったのだが、これが最後の旅だと思ったから、分不相応なホテルを予約したのだ。まさか転んで骨折するとは……。

康平はベッドに横たわり、スマホで検索して、骨のひびはどのくらいで治るのかを調べた。幾つかの回答には、ひびのほうが治りにくい場合が多いと書いてあった。

「二週間はかかりそうだぞ。じゃあ、十日で『まきの』の再開なんてできないじゃないか。あのお医者さん、俺が旅先であんまり落胆しないように、十日って言ってくれたんだな」

広いホテル内を探検して、それから庭の散歩でもしようと康平はズボンを穿いた。

部屋から出ようとしたとき、やっぱり一、二杯飲みたいなという気分になり、康平は車のキーを持った。ホテルへの道の途中に酒屋があったのを思いだし、焼酎を買ってきて部屋で飲もうと思ったのだ。

第五章

東京駅丸の内口から大手町駅まで歩き、都営三田線に乗って板橋本町駅で降りると、康平は家に帰る前に、騒音が耳につく環状七号線沿いにある外科医院へ行った。

きのうの夜の焼酎を後悔していた。夜の十時ごろにシャワーカバーで右手を包んでシャワーを浴び、頭髪と顔と体を洗ったが、左手だけでは届かないところが多くて、首から上以外はちゃんと洗えなかった。

バスルームから出て、左手で苦労しながら湿布を貼り直そうと包帯をほどくと、右手の甲は転んだ直後の倍くらい腫れていた。

しかも、そのあとから痛みが急に強くなり、両膝の湿布を貼り替えるのに難儀をするはめになったのだ。

康平は、酒を飲んだからだと思った。ひびが入って十時間もたっていないのに酒なんか飲む馬鹿がどこにいるだろうと後悔したが、包帯をしていても腫れはひどくなっていくのを感じて、二時近くまで眠れなかった。

板橋の外科医院でもX線写真を撮られ、きのうと同じ処置をして、

「三日後にギプスで固めましょう」

と医者は言った。

三日では腫れは完全に引かないだろうが、そのころにはギプスができる程度にはなっているという。

同い年くらいの医者は、康平が「まきの」の店主だと知っているようで、たぶん、薬指は道に打ちつけたときに突き指になったのであろう。ひびは治っても、突き指の痛みは長引くのだと説明して、

「お店の再開は、しばらく延期だねぇ」

と言った。

「しばらくって、どのくらいでしょうか」

「うーん、三週間くらいは箸も湯切りのザルも使えないかもね」

康平は商店街に戻ると、山下惣菜店へ行った。夕方の五時で、店は最も忙しい時間だった。普段は定休日だが、今日は店をあけているようだ。

トシオは調理場で鯵フライを揚げていたし、女房の芙美さんも五人の客の応対をしていて、康平の包帯にはすぐに気づかなかった。

「またあとで来るよ」

と康平は言って、「まきの」へと帰りかけた。

包帯も添え木もきのうの看護師よりもきつく巻いたらしく、手首から先全体が脈打つようだった。

歩きだしてすぐに、

「どうしたの、その手は」

と芙美さんが大きな声で言った。

「前のめりに転んで、ここにひびがはいっちゃった。『まきの』の再開店は延期だよ」

トシオは身振りで調理場に来るようにと促した。

「転んだ？　どこで？」

「伊良湖岬灯台のすぐ近くで」

「どこにひびがはいったんだ？」

康平は薬指の根元を指差した。

まだ揚げていない鯵が三十尾くらい残っていた。

康平は調理場の壁際に置いてある椅子に坐り、各卸業者に電話をかけて事情を説明し、再開店は二、三週間延期せざるを得ないと伝えた。トシオが鯵フライを揚げ終わるのを待つあいだに店に行き、入口の戸に貼ってある紙をはがした。

――十一月三日に再開店するとおしらせいたしましたが、店主が怪我をしたため、再開は延期させていただきます。怪我の治癒の目途がたちましたら（二、三週間の予定です）またおしらせいたします。申し訳ございません。——

新たに貼る紙の文案を頭のなかで書いて、康平は、怪我云々《うんぬん》は書かないほうがいいのかもしれないと思った。

いや、都合により延期します、では店にけちがつく。客は、延期の理由について憶測するだろう。二年間の休業で「まきの」の台所事情は苦しくなり、店をやっていく資金が枯渇したのかもしれないとか、中華そばの作り方を変えたが、それがうまくないのだとか。

やっぱり最初の文案でいこう。早くおしらせの紙を貼るほうがいい。

康平はそう思い、家への路地へと急ぎ足で入った。

若い男女が通せんぼをするように立っていたので、康平は驚いて立ち止まった。ごく限られた住人だけが使うこの狭い路地に人が立っていることなど滅多になかったのだ。

まだ十代にしか見えない男女は、どちらも抱っこ紐《ひも》を付けて、赤ん坊を抱いていた。

上の子は二歳くらいで、下の子はまだ生まれて五、六か月に見えた。

若い夫婦だなと思った瞬間、康平はカンちゃんの息子のことを思いだした。

ふたりは、三人がすれちがうことはできないのだと気づくと、路地で向きを変え、康平の家のほうへと歩いて行き、道を譲ってくれた。

「すみませんねぇ。もともと人が通るための道じゃないんですよ」

とお辞儀をしながら康平は礼を言った。

そのまま家へと入るつもりだったのに、康平の口は自然に動いていた。

「おふたりのお子さんですか？　ふたりとも可愛《かわい》いですねぇ。おいくつですか？」

お世辞ではなかった。康平はふたりの幼子を、なんと整ったきれいな顔立ちだろうと思ったのだ。

「上は二歳になったばかりで、下は五か月です」

と若い母親は答えた。父親のほうは、見知らぬ人間に余計なことは言うなといった表情で、同じように抱っこ紐のなかで眠っている二歳の子の顔を覗き込んで、康平と目を合わせようとはしなかった。

茶髪の若い男は、たしかに険のある顔だったが、それは作為的に本人がつくりだしているものだなと康平にはわかった。

いわば、いかにもはぐれ者だぞという演技をしているのであって、その演技がなければ、育ちの良さと、甘やかされて育った青年特有の人なつこさが透けて見えるのだ。

青年は、抱っこ紐のなかの子から視線を康平の右手の包帯へと移した。その目の動かし方が、どうかした瞬間のカンちゃんとあまりにも似ていたので、康平は青年の顔を見つめた。青年も見返してきた。

母親の抱っこ紐のなかで寝ていた生後五か月の子が目を醒まして泣き始めた。康平は

幼子を抱いて外出を余儀なくされた母親にとって最も困るのは、おむつを替えたり授乳したりする場所がないことだと思い、

「あなたは多岐川さんでしょう?」

と青年に訊いた。

若いふたりは驚き顔で見つめ合い、夫のほうが眉間に皺《しわ》を寄せて、なにか言おうとした。殴りかかってきそうな敵意をむきだしにしていた。

なぜこんなことを口にしてしまったのかと慌てながらも、ここが私の家なので、なかでおむつを替えてやったらどうかと康平は言った。

まったく俺らしくないお節介の焼き方だな。自分とは関係のない余計な厄介事に首を突っ込んでいこうとしている。

康平はそう思いながらも、家の戸の鍵をあけた。

「遠慮なくどうぞ」

と言いながら振り返ると、多岐川志穂の息子夫婦はいなかった。

康平は路地を歩いて仲宿商店街へと出た。夫婦は商店街を地下鉄の駅のほうへと曲がっていくところだった。若い母親の持つ大きくて柔らかそうな革製の赤いバッグが、夫婦の現在の境遇を伝えていて、決して経済的に困窮してはいないのだなと康平は思った。

「そりゃあそうだよな。あの青年の母親は、九州では知られた女傑だ。ふたりの可愛い

孫にひもじい思いはさせないさ」

そうつぶやき、康平は、さっき夫婦が立っていた場所から少し上半身を突きだすようにしてカンちゃんのビルを見た。四階までよく見える。

ここに身を潜めて、なにを見ようとしていたのだろう。自分の父親が死んだことは知っているのだから、いつまでここで待っていても出てくるはずはない。

カンちゃんの妻がビルから出てきても、いったいなにを話すというのだ。カンちゃんの妻は、多岐川という青年のことはまったく知らないはずだ。

そのことも青年は知っているに違いない。母親がどんな説明をしたのか、それはわからないが、カンちゃんの妻にはなんの罪もないことくらいは承知しているであろう。

それならば、この路地に隠れて、いったいなにを見たかったのだろうか。

二歳の子と、生後五か月の赤ん坊をつれて、夫婦で福岡と東京を往復するのは大変な旅だ。若いからこそできるのであろう。

康平はそのときになって、やっと焼酎の四合瓶も突っ込んであるバックパックの重さを感じて、家に戻った。

リビングのテーブルにバックパックを置き、アオサの入っている五つのプラスチック容器を出すと、ほんの少ししか減っていない焼酎の瓶は自分の寝室にしまった。

焼酎は、ホテルの部屋にあったコップに三分の一ほど飲んだだけだった。

薬袋には布製のバンドが入っていた。

ああ、そうだ、これで右腕を肩から吊るすと痛みが軽減しますよと言って、板橋の外科医院の看護師が長さを調節してくれたのだと思いだし、康平はソファに仰向けに横たわった。

考えれば考えるほど、なぜ若い夫婦とふたりの幼子を自分の家に招き入れようとしたのかわからなかった。あまりにも自分らしくなさすぎる。

そうだ、あの青年の一瞬の目の動きが、カンちゃんにあまりにも似ていると感じたとき、俺のなかでなにかの判断力が働いたのだ。

どんな判断なのか、もう思いだせない。

俺は、あの青年になにかを語りたいと思ったのだが、それがなんなのかも忘れてしまった。それほどに刹那の閃《ひらめ》きに似た判断、もしくは衝動だったのだ。

康平は、七時前までソファに横になって、まどろんだ。

トシオから電話がかかってこなかったら、康平はそのまま深い眠りに落ちていたかもしれなかった。

「きょうはいやに忙しくてさ、さっきやっと一段落だよ。いまから行くよ。店がいいか？　家のほうにしようか？」

「店でビールでも飲めよ。俺はアルコールは禁止だけど。中華スープでおじやを作るよ。

ポテサラが残ってたら持って来てくれよ」

そう言って、旅土産のアオサを二パック持って、康平は店へと向かった。

トシオを待つあいだ、康平は凍らせてある中華スープを湯煎して溶かし、鍋に移すと「かえし」の醬油を加え、二合の米を洗わずにスープのなかに入れた。

トシオはポテサラ以外にも、売れ残った惣菜を三種持って来てくれた。

カウンターに腰掛けて、ビールを飲みながら、

「転ぶのはなぁ、足じゃなくて背筋《はいきん》が弱ってるかららしいよ」

とトシオは言った。

「うん、二年も遊んでたからなぁ。立ち仕事って、自分では気づいてないけど背筋を使うんだな。だから、立ち仕事ってのは疲れるんだ。まぁ、加齢もあるけどね」

そう言いながら、康平は、多岐川志穂の息子の件をトシオに話すべきかどうか迷った。

トシオは酔うと口が軽くなるのだ。

「おじやじゃなくて炊き込みご飯にしないか？　こないだ康平は、中華スープで炊き込みご飯を作ってみるって言ったろう？」

とトシオは米の入っている鍋を指差した。

「箸が使えないんだよ。だからスプーンで食べやすいおじやにしようと思って」

「ああ、そうかぁ。俺は炊き込みご飯を楽しみにしてたんだ。中華スープで炊いた炊き

込みご飯てのは、なんとなく想像がつきそうで、つかないんだ。こりゃあ大失敗だということになるのか、いままでどうして試してみなかったのかって驚くくらいにうまいものができるのか。だいいち、味そのものの想像もつかないんだよ」

「じゃあ、作ろうか。炊き込みご飯でも、スプーンで食べられるからな」

そう言って、康平は鍋のなかの中華スープの量を減らし、米を一合足した。ほとんど左手だけでの作業なので時間がかかった。

炊き込みご飯なら、このくらいの塩梅《あんばい》かなと見当をつけながら、鍋をコンロに載せた。

「試作だから土鍋で炊かなくてもいいよな。土鍋を家まで取りに行くのは面倒だし」

康平はカウンターのトシオの横に腰掛け、ポテサラを食べようとした。

「せっかく試作するんだから土鍋で炊こうよ」

とトシオに言われて、康平は裏口から出ると家へと戻った。多岐川志穂の息子夫婦が家の前に立っていた。

康平は無意識のうちに身構えたが、笑顔を作って、

「急にいなくなったから心配したよ。赤ちゃんのおむつ、取り替えてやったの？　まだだったら、うちを使っていいんだよ」

と言い、玄関のドアをあけると、なかに入るよう促した。

「大きな道路沿いの喫茶店で替えてきました」

と、まだ高校生にしか見えない母親は言った。

「おじさん、どうして俺が多岐川だって知ってるんですか？」

と青年は怪しむような目つきで訊いた。

「そんなところに立ってないで、遠慮なく上がりなさいよ」

と康平は勧めたが、ふたりは玄関口に立ったままだった。

二歳の子には、もう抱っこ紐は窮屈なのか、身をのけぞらせてぐずり始めた。

ここは知恵を使わなくてはならない場面だと思ったが、余計な作り話はしないほうがいいと考えて、康平は台所の吊り戸棚から片手で慎重に土鍋を出しながら、

「カンちゃんにそっくりだったし、ふたりの年恰好も、きみのお母さんが言ったことと一緒だったし」

「俺のオカンから聞いた？　いつ、どこで？」

「直接聞いたわけじゃないんだよ。カンちゃんの友だちからの又聞きだけどね」

「なにがなんだかわからんなぁ。俺のオカンがここに来たってことですか？　なにをしに来たんだよ」

標準語で話そうとしてはいても、福岡訛《なま》りはところどころで出てしまうので、それが青年の粗暴ぶっている言葉遣いや表情に稚気をもたらしていた。

「もう、帰ろう」

と妻が諫《いさ》めるように言って、夫の服の袖を引っ張った。

康平は、上の子をおろしてあげるように促し、テレビをつけてやった。

「きみ、なんて名前?」

康平の問いに、二歳の男の子は、

「ショウマ」

と答えた。

「弟さんの名前は?」

「アカリ」

まだよく回らない舌で答えると、ショウマはリモコンを器用に扱って、幼児向けの教育番組にチャンネルを合わせたが終わってしまっていた。いつも観ている番組なんだなと思いながら、康平は笑顔で若い夫婦を見つめて、名前を訊いた。ふたりは部屋にあがってきて、テーブルの椅子に坐り、シンノスケとユイだと答えた。

「新之助《しんのすけ》。こいつのユイは自由の由に衣。ショウマは翔《と》ぶ馬。アカリは灯台の灯」

と多岐川新之助は宙に指で漢字を書きながら教えてくれた。

灯台の灯?「灯」と書いて、あかりと読ませるのか。いい名前だな。

そう思って、康平はバンドで吊っている腕を少し持ち上げ、怪我の理由を説明した。

「その旅から、きょう板橋に帰って来て、近くの外科医院に寄って家に戻るときに、おふたりに会ったってわけだよ」

そんなことはどうでもいい。俺の母親は、板橋になにをしに来たのか。いったい俺についてなにを話したのか。

多岐川新之助はそう言いたそうな表情だったが、

「お夕飯」

と言いながら翔馬がしがみついてきたので、

「きょうはお夕飯はまだだ。あとで好きなものを食べさせてやるから」

そう耳元でなだめて、新之助は上の子を膝の上に乗せた。

このくらいの時間帯に夕ご飯と決めてあるのだなと康平は思った。

子供を可愛がって大切に育てていることも、「お夕飯」という言葉ひとつでわかった気がした。

「店で炊き込みご飯を炊いてみようと思って、この土鍋を取りに来たんだ。うちの中華スープで炊いたらどんなのができるかと思ってね。店に来ないか？　ポテサラもあるし、春巻きも出汁巻き玉子もあるよ」

そう言ってしまってから、そうだ、店ではトシオがビールを飲んでるんだと気づいた。

翔馬が、ポテサラを食べたいとねだった。

トシオには会わせないほうがいいと思ったが、もう仕方がない。

トシオも、多岐川志穂がなんのために板橋まで来たのかを、差し障りのない程度に息子に話したほうがいい。

康平はそう判断して、強引に若い夫婦を店へとつれて行った。アカリはよく眠っていた。

「遅いなぁ。俺の腹、ビールでチャポンチャポンだぜ」

とトシオは言い、夫婦とふたりの子を不審そうに見やった。

「多岐川新之助さんと由衣さん。こっちは翔馬くん。赤ちゃんはアカリちゃん。カンちゃんの息子さん夫婦とお孫さんだ」

「えっ」

と声をあげるなり、トシオはビールの入っているコップを持ったまま椅子から立ち上がって、若い夫婦にお辞儀をした。

「カンちゃんが入って来たのかと思ったよ。ＤＮＡ鑑定なんて必要ない。あなたは間違いなく倉木寛治さんの息子ですよ。目と眉のあいだが狭くて、鼻筋が通って、苦み走ったいい男。鼻の形もそっくり」

おい、余計なことを言うなよ、と康平は慌てたが、由衣がくすっと笑ったので、まあいいかと思い直して厨房に入ると、春巻きとポテサラを皿に入れて、テーブル席に置いた。カウンターは幼い子には高すぎて食べにくいだろうと思ったのだ。

由衣は、寝ているアカリを抱っこ紐から出して椅子に寝かせた。康平は二階から毛布を二枚持って来た。

新之助の目からは険が消え、食べてもいいかと父親の顔を窺っている翔馬に耳元でなにかささやいた。

「炊き込みご飯が出来るまで、ちょっと時間がかかるから、食べさせてやったらどうかな。お腹が空いてるみたいだね」

そう言って、康平は土鍋を洗い、あらためて米と中華スープとかえしの醤油の塩梅を調節して火をつけた。

「ぼくもほんとにわからないんだよ。あなたのお母さんが仕事で上京して、あなたのお父さんが生まれ育った板橋の商店街ってのがどんなところか、ちょっと見ておきたくなって、そのとき二十年前に福岡で会った山下登志夫って惣菜屋のことを思いだした、ってのはほんとだと思うよ。なにしろ突然の死だったからねぇ。息子の父親だもの。それも、そこいらのならず者じゃないんだ。あのまま会社にいたら、いまごろは重役になってた優秀な男だったんだよ。そっと家の前でお別れをしたあと、ぼくに会ったんじゃないかな」

トシオの話を聞きながら、ポテサラを翔馬に食べさせている新之助を見ているうちに、康平は、カンちゃんと多岐川志穂への怒りが湧いてくるのを感じた。

「俺のことはなんて言ってましたか？」

と新之助は訊いた。

「高校をやめたのは残念だ。あの子は勉強がよくできたのに、って」

「そりゃあ、小学生のときから家庭教師が三人もつきっきりで勉強させられたからね」

その新之助の言葉に、トシオはふたりの子を指差してから、

「あなたが生まれていなかったら、この子たちもこの世に存在しようがなかったんだね」

と言った。

康平は、コンロの傍《そば》に立ったまま、土鍋の蓋にある蒸気抜きの穴を見つめていたが、涙が目尻から伝い落ちてきて、カウンターのほうに向き直ることができなかった。

「三人もの家庭教師がついてたのは、いつまで？」

とトシオは訊いた。

「高校をやめるまで」

「それまでずっと勉強してきたことを捨てちゃったの？　勿体ないなぁ。一年間、腹をすえて勉強したら、行きたい大学に通るよ。高卒認定試験を受けて、それから大学を受けたら？　アメリカやヨーロッパでは、いろんな事情でいったん社会に出るしかなかったけど、三十とか四十になってから大学に入学して、博士号まで取る人がたくさんいる

そうだよ。あなたはまだ十八だぜ。三人の家庭教師のお陰で、勉強のやり方はわかってるんだ。やりなよ。金持ちのお母さんの財布を薄くしてやったらいいよ」

「あの人、冷たいんだよ。根っから冷たい人間なんだ。そうでなきゃあ、こんな子供の産み方をするかい？　俺の父親にはおろしたって言ったんですよ。そう嘘をついて、俺を産んだんだ。俺をどうするつもりだったんだよ。金さえあれば育つと思った女なんだよ」

「産んで育てると言おうもんなら、反対の嵐のなかに放り込まれたと思うよ。周りには中絶を強《し》いる連中だらけだったし、カンちゃんには黙って産むしかなかったんだろうって、ぼくは思うけどね」

康平は、トシオという人間を過小評価してきた自分を恥ずかしく思った。

いまトシオの言ったことはすべて正しい。おとなの知恵があちこちにちりばめられている。店に入ってきたのが多岐川志穂の息子だとわかった瞬間から、その知恵は動きだしていたのだ。

土鍋の穴から蒸気が噴き出てくると、康平は火力を強くし、五つ数えて消した。

それから五分ほど蒸らして、鍋敷きをカウンターに置き、そこに土鍋を載せた。

「珍客が突然あらわれたから、鶏肉とささがきごぼうを忘れたよ」

と笑顔で言って、土鍋の蓋をあけようとしたとき、アカリが目を醒まして泣きだした。

由衣はアカリを抱き上げ、トイレのなかでの授乳だったせいで充分に飲ませられなかったから、まだ飲み足りないのだろうと言った。

「店の二階にぼくの図書室があるんだ。ベッドもあるよ。シーツは新しいから、そこで飲ませてやったらいいよ」

康平はそう言って先に二階へと上がった。由衣はアカリを抱いて、あとからついてきた。

「寝ちゃったら、このベッドで寝かせとけばいいよ。由衣さんもお腹が減ってるんじゃないの？　下で一緒に食べよう」

康平が店に降りかけると、

「どうしてもお父さんの痕跡を見たいって言うんです。板橋に行ったって、もうシンのお父さんは死んじゃって、あるのは四階建てのビルだけだよって言ったんですけど、俺の親父が住んでた建物を見るだけでいいって」

と由衣は言った。

父親の痕跡か。板橋の仲宿商店街にはビルがあるだけで、倉木寛治の痕跡など、どこにもない。あるとしたら、倉木夫婦が暮らしていた四階の部屋に残った遺品だけだろう。

新之助は、それを知っていて、せめてビルだけでも見たいと思ったのだな。

無言で頷きながら、康平は階段を降りかけて、そうだ、カンちゃんが丹精込めて育てた薔薇の鉢植え二十数鉢が屋上には並んでいると思いだした。

　店では、翔馬までが康平を待っていた。

　サキちゃんはいるかな。カンちゃんが死ぬ前に俺に見にこないかと誘ったのは、以前から探していた薔薇の希少な品種だ。

　あれを、この新之助に引き継がせることはできないものだろうか。

「四階からの外階段をそっとのぼって、盗んでこようかなぁ」

　と康平は本気で考えたが、それこそ立派な犯罪行為だと思い直し、厨房に入ると、土鍋の蓋をあけた。

　トシオだけでなく新之助も翔馬も土鍋のなかを見つめた。

　見た目は、濃い色の炊き込みご飯に過ぎなかった。

「おこげもちゃんとついてるはずだけど、とにかく試食しよう」

　そう言って、康平はしゃもじで炊き込みご飯を切り、まず翔馬用の小さなご飯茶碗《ぢゃわん》によそった。まだ熱くて、翔馬には食べられそうになかった。

　由衣以外の茶碗によそうと、康平はカウンター席に移って、まず自分が味見した。

「どうだ？」

　とトシオは訊いた。

「うーん、中華スープで炊いたご飯だ。ただそれだけ。まずくはないけど、『まきの』

の中華スープで炊いた意味はないな。つまり、失敗。普通の炊き込みご飯のほうがはるかにうまいよ」

次にトシオが食べた。

「まずくはないよ。だけど、なにかが足りないな。なにかが多いのかもね。でも、多いはずはないよな。具はなんにも入ってないんだから」

だが、新之助が冷ましてくれるのを待ち切れなくて、口をあけて催促していた翔馬は、よほどうまかったのか、おかわりを欲しがった。

「こいつがこんなにご飯を食べるのは初めてですよ」

と新之助は言って、自分のぶんを食べた。

「うまいなぁ。おじさん、チャーシュウも入れたらよかったのに。もっとうまくなるよ」

「うん、チャーシュウを入れると、しつこくなり過ぎると思ったんだよ」

翔馬が、箸を使ってひとりで食べたがったので、新之助は二階へあがった。妻と次男の様子を見に行ったのであろうと思い、康平はさっきの自分の考えを小声でトシオに話した。

「父親の痕跡？　そうかぁ、そういうことだったのかぁ」

言うと同時にトシオは立ちあがり、店の裏口から出ていった。赤ん坊を二階のベッドに寝かせて、若夫婦はすぐに降りてきたが、トシオは戻ってこなかった。

由衣は、まだご飯が熱いうちに、さいころ状に切ったチャーシュウを混ぜたらどうかと言った。

「うん、やってみようか」

康平は由衣の提案どおりにして、土鍋に蓋をして、しばらく蒸らしたあと、それぞれの茶碗によそった。

「缶詰の筍《たけのこ》も入れたらいいよね。ささがきごぼうよりも筍が合うと思うな」

由衣がまた新しい提案をしたとき、トシオが戻って来た。薔薇の苗を植えてある鉢を持っていた。

土には三味線の撥《ばち》みたいな形の木の板が挿してあって、「モンシュ」とペンで書いてあった。カンちゃんの字だった。シュから下にも字がつづくのだが、薄い板は土色に染まって読めなかった。

「サキちゃんは、洗濯物を干す場所がなくなるって文句を言ってたんだ。だから、俺に分けてくれって頼んだら、三つでも四つでも好きなのを持って行ってくれってさ」

康平は、チャーシュウ入りの炊き込みご飯をべつの茶碗によそいながら、

「その薔薇の苗木は、カンちゃんが大事にしてたんだ。その字もカンちゃんのだよ。荷物になるけど、福岡に持って帰ったら？」

と新之助に言った。

「小さな子供をふたり抱いて、この鉢植えも持って飛行機に乗れるかな。羽田まで行くだけでも大変だぞ」

とトシオは言った。

新之助は黙って小さな苗から出ている新芽を見ていたが、

「このくらいは持って帰れます」

と聞こえるか聞こえないかくらいの小さな声で言った。

チャーシュウ入りの炊き込みご飯は、さっきのよりもはるかに味にこくがあった。

「このおこげにチャーシュウが合うよ」

トシオは言い、なんだかひどく機嫌のいい顔つきで、康平の怪我の話を面白おかしく若夫婦に話して聞かせていた。

「急に灯台巡りに目覚めやがって、きょうも伊勢志摩から帰って来たばっかりなんだよ。せっかく再開店が延びたのに、その手じゃあ車の運転ができないよ」

「運転ができるなら、見たい灯台がまだあるんだ」

と康平は言い、最後のおこげを食べた。

「まきの」の再開が遅れるのなら、そのあいだに青森の大間埼灯台を見たかったし、下北半島まで行ったのなら、本州最北東端の尻屋埼《しりやさき》灯台と、津軽海峡を挟んだ西側にある津軽半島の龍飛埼灯台にも足を延ばしたいなと、帰りの新幹線のなかで考えたということを康平は話して聞かせた。

だが、肝心の車の運転ができないとなると、医師の許可が出るまで、店の二階の図書室で本を読むしかない。他にすることがないからだ。

「津軽半島と下北半島かぁ。雪はいつくらいから降るんだろうなぁ」

トシオはそう言いながら、新之助が翔馬の口の周りに付いたポテサラを拭き取っている丁寧で優しい手つきを見ていた。

「初雪は十一月中旬くらいだって書いてあります」

由衣はスマホで検索して、そう教えてくれた。

「四月の半ばまでは雪が降るし、道が凍ってるところもあるそうです」

と言って、由衣は二階に上がっていき、まだ眠っているアカリを抱いて降りてきた。

「気が済んだ？」

と新之助に小声で訊く由衣の言葉が、かすかに康平に聞こえた。

「わからん」

と新之助は答えて、翔馬を抱っこ紐で器用に自分の胸に抱き、薔薇の鉢を持った。

「あと片付けもしないで失礼します。翔馬はいつも八時に寝るので、もう限界みたいで」

と由衣は言った。

「そんなこと、いいんだよ。あと片付けなんて、ぼくとトシオでぱぱぱっとやっちゃうから」

康平はそう言ってから、店の壁に掛けてある時計を見た。九時を廻っていた。

「今夜は東京に泊まるんだろう？」

康平の問いに、新之助は、豊島区にあるホテルを予約してあるのだと答えて、電話番号を教えてくれと言った。

康平は自分のＬＩＮＥも教えて、ふたりを王子新道まで送った。

「また近いうちに来ます。かまいませんか？」

と新之助は訊いた。

なんのためにまた板橋までやってくるのかわからないまま、康平は笑顔で頷いた。

親子四人を見送って「まきの」に帰ると、

「あの子の奥さんは料理が好きなんだな。どんなアバズレかと思ってたら、とんでもない。礼儀正しくて品があるから、びっくりしちゃった。美人だしなぁ」

トシオはそう言って微笑んだ。

「父親を憎んでたんじゃないんだな。父親を慕って、その痕跡を自分の目に焼きつけたくて、はるばる板橋までやって来たんだな」

康平はそう言い、あと片付けを始めた。

それを手伝いながら、トシオは首を左右に傾けた。いやに肩が凝ったという。

「気を遣っちゃって、首も肩もごりごりだよ。飲み直したいけど、もう満腹だしなぁ」

「焼酎なら飲めるかもしれないぜ。出そうか」

康平は戸棚を指差したが、トシオはいらないと断り、

「母親が正直に話したから、妻子がありながら転勤先で不倫して、俺を産ませっぱなしにしやがった男だっていう怒りはなかったんだろうな。父親は、自分の子がいるってことを知らなかったんだから、憎みようがないよ」

と言った。

「あの子に、それだけの度量があるからだよ。ワルぶってるだけで、父親はいなくても、ちゃんと育てられてきたからさ」

康平は、洗い物を手伝うために厨房に入ってきたトシオを制して、

「俺が洗うから、飲み直しをしろよ」

と言って、戸棚から焼酎の一升瓶を出したが、トシオは無言で洗い物をして帰っていった。

十一月四日の夕刻に、腫れがあらかた引いた右手を本物のギプスで固めて、康平が病

院から帰ってくると、店の横の路地に、背広にネクタイ姿の多岐川新之助が立っていた。

「あれ？　九州へ帰ったんだろう？」

康平が訊くと、いったん帰って、今朝いちばんの飛行機で東京に来たのだと新之助は言った。

「ひとりで？　由衣さんは留守番かい？」

「今回は仕事と家探しだから」

午前中に東京に着いて、母親の会社で開発部の部長を務めている男と一緒に北区の東のはずれにある千二百坪の土地を見に行った。荒川沿いの団地が並ぶところだ。開発部長はそのまま羽田へ行き、福岡に帰った。俺は、由衣や子供たちと暮らすための家探しをして、何社かの不動産屋に案内されてマンションを見て廻ったが、タキガワ興産東京支社も兼ねた住居に適した物件は決まらなかった。

新之助がそこまで話したとき、つづきは「まきの」の二階で聞かせてくれと言って、康平は店の裏口のドアをあけた。

「茶色に染めた髪をばっさり切って、襟足を整えただけで、背広にネクタイ姿がよく似合うねぇ」

そう言いながら階段をのぼり、二階の図書室の窓をあけた。康平はベッドに腰を降ろし、新之助には読書用の椅子を勧めた。

「三日前に、この部屋に入ったときも思ったけど、凄い本の数ですね。これ、全部読んだんですか？」

と新之助は訊いた。

「うん、一冊だけ読んでないのがあるけどね。二十四歳のとき、カンちゃんに罵倒されなかったら、この書架にぎっしり詰まってる本の一冊も読まないまま六十二歳になってたよ。カンちゃんに叱られて、俺の人生は変わったんだ。そういう意味で、彼は恩人なんだ。でも、この話はまたあらためて詳しく話すとして、シンちゃんの家探しの理由はなんだい？」

康平は、机の上にあった『神の歴史』を自分の膝に置いて、そう訊いた。

「俺は福岡から離れたほうがいいからね。仲間には暴力団予備軍みたいなのもいるんだ。大物ぶってるだけで、いなかの半グレだけど、甘く見るわけにもいかないし。五年も福岡から消えたら、忘れてくれるよ。俺はトシオおじさんが言ったとおりにしようって決めたよ。俺は高二のときには、志望大学の試験に通る点数は取ってたんだ。まだ、ぎりぎり合格くらいだったけどね。高卒認定試験を通るのはそんなに難しくないはずなんだ。一年みっちり受験用の勉強をしたら大学にも通るよ。合わせて五年。オカンは、東京の土地に手を出す気はなかったんだけど、俺が大学に行く気になったとわかって、北区の土地に目をつけたんだ」

「話が早いなぁ。シンちゃんが福岡に帰ったのはおとといだろう？　中一日おいて、もうきょうはその土地を開発部長さんと見に来たのかい？」

と康平は驚きの表情で訊いた。

「冷凍食品メーカーの下請け会社が倉庫を増やしたがってるんだけど、新たに土地を買って冷凍倉庫を建てるのには二の足を踏んでるんだ。この話を持って来たのは、オカンがタキガワ興産を継いだころからお世話になってる人だよ。ほんとならその人が買うんだろうけど、もう高齢で、これ以上の土地を持ちたくないらしいんだ。タキガワ興産は、その土地の持ち主になって冷凍食品会社に貸すだけ。倉庫はその会社が建てる。もし、倉庫が要らなくなったり、他の場所に移ったりするときは、更地にして返してもらう。更地にする費用も借主がすべて負担する。うちは賃貸料で土地購入の資金を回収する。五年ごとに契約更新だけど、最初の十年間は賃貸料の値上げはしない」

康平は、新之助を制して、

「どうして東京支社を作らなきゃいけないんだ？　賃貸料なんて銀行振り込みで済むだろう？」

と訊いた。

「だって、俺の給料への大義名分が要るだろう？　俺は、きょうからタキガワ興産の東京支社長代理になったんだから」

「はぁ、なるほど。つまり、シンちゃんに給料を払うためには東京に支社が必要ってわけか。幽霊支社じゃなくて、本物の支社がなけりゃいけないってわけだ」

それをたったの一日で決めてしまう多岐川志穂は、やはり肝の据わった女傑だ。カンちゃんに嘘をついて内緒で子供を産むくらいは平気でやってのける女性なのだ。

康平はそう思った。

「で、康平おじさんに会いに来たのは、あしたから津軽半島と下北半島の灯台を見る旅の運転手をさせてもらおうと思ったから」

「えっ？　あした？」

「俺は、十一月の七日に福岡空港に家族を迎えに行かなきゃいけないんだ。さっさと逃げださないとね。俺は家には戻らない。空港で由衣たちと待ち合わせて、東京までひとっ飛び。ろくでもない連中とはおさらば」

小心者の俺には、この多岐川新之助は手に負えないかも、と康平は思った。

店に降りて、やかんに湯を沸かし、熱い茶を淹れながら、いま二階にいる新之助は三日前と同じ人間だろうかと康平は不思議な思いで考え込んだ。

あまりに違い過ぎる。髪型を変え、背広にネクタイ姿だといっても、同一人物とは思えないほどの変わり様だ。

福岡に帰ったあと、母親とのあいだでなにかが起こったのだろうか。新之助の容貌までを別人に変えるような大きな変革をもたらすなにかが、内面で起こったとしたら、その種子は俺やトシオが蒔いたとは考えられないだろうか。

いや、俺などはたいした役にはたっていない。トシオだ。トシオのさりげない言葉のどれか。あるいはそのすべてが、多岐川新之助を一瞬のうちに変えたのかもしれない。

人は決意によって一瞬で変わるという。俺はその見事な例をいま目の当たりにしているのかもしれない。

「罪なことをしやがって」

と康平は言った。

多岐川志穂と倉木寛治に向かって言ったのだ。

俺たちの想像以上に、新之助は自分の出自について苦しみつづけてきたのかもしれない。思春期を迎えて、それはねじ曲がった自己卑下や父と母への憎悪へと方向を変えて、さらに新之助を苦しめたのかもしれない。

多岐川志穂は、ある日、倉木寛治の死を知って、真実を話して聞かせた。

お前の父親は、お前という息子がこの世にいることを知らない。私は、お前という子を中絶したと嘘をついて産んだのだ、と。

それは、妻子持ちの男が赴任先で浮気をしてできた子を捨てて東京へ帰ってしまい、それきり別れたままだと言われるよりも衝撃が大きかったのではないだろうか。

新之助のなかでは収拾のつかない混乱が生じたことであろう。

きっと新之助は賢い若者なのだ。簡単な言葉で言えば「人情の機微」がわかる若者なのだ。トシオの言葉が、その機微を知る心に沁みとおっていったのだ。

そう考えたとき、康平は、俺には手に負えなくても、新之助とふたりで旅をすれば、人間の心の不思議に触れることになるかもしれないという気がしてきた。

淹れたばかりの茶を盆に載せて二階に上がると、新之助は書架に並ぶ本の題名を一冊一冊食い入るように見つめていた。

「開発部の部長はね、初めて会ったのが俺が小学三年生のときで、九州大学の学生だったんだよ。俺のお袋がしつこく誘って、タキガワ興産の社員になってもらったんだ。一浪して一年留年したから、ことし三十二かな。俺の元家庭教師。俺につきっきりで勉強を教えたから留年したんだって」

椅子に戻ると、新之助は言った。

「で、東京支社の事務所はどうするんだい?」

と康平は訊いた。

「三つ、候補を選んだけど、なにも倉庫の近くでなくてもいいから、仮事務所になるだろうな」

「そこがシンちゃんたちの住まいになるんだな」

「由衣が気にいらないと決められないけどね」

「どこの不動産屋に行ったんだ？」

「JRの板橋駅の近く。そこの親父さん、俺を学生と思って、ワンルームマンションばっかり紹介するんだ。女房とふたりの子がいると知ってから、いやに警戒しやがって。でも、2DKのマンションでも、福岡市内よりも家賃が少し高いくらいだから、かえって俺のほうが心配になったよ。板橋って思ってたより家賃が安いんだなぁ」

康平が熱いうちにと茶を勧めると、新之助は背広を脱ぎ、ネクタイも外した。

「ほんとに車を運転してくれるのかい？　そうだ、免許証はあるんだろうな」

「無免許運転はもうやめたよ。煙草もね。酒は俺の体質に合わないってことが十七のときに判明したんだ」

康平は笑い、茶をゆっくりと味わってから、

「よし、行こう。飛行機とホテルの予約をしないとなぁ。あ、レンタカーも」

と言った。

新之助はスマホを持った手を小さく振った。どれももう済ませたという。

「龍飛崎にはホテルは一軒きり。到着した翌日、フェリーで陸奥《むつ》湾を横断し下北半島に行って、大間埼灯台を見て、そこから一路東へ走って尻屋埼灯台も見てたら、青森市内に戻るのは夜遅くになるよ。どっちかはパスだね」

新之助は、背広のポケットに入れてあった地図を出した。パソコンからプリントしたらしく、四つに折り畳んである。

手回しのいいやつだなぁ。仕事が早いよ。でも二人分の旅費は、俺にはつらいなぁ。

康平は、名古屋の小料理屋で雄太が言った言葉を思い浮かべ、雑用を骨惜しみせずに正確に迅速に処理できる若者がここにいると思った。

「ここが青森空港。津軽半島はこっち。津軽海峡沿いの道を北上して龍飛崎に行って、翌日は同じ道を下って蟹田《かにた》港からフェリーに乗る。下北半島って斧《おの》みたいな形だろう？この斧の刃の下側の脇野沢《わきのさわ》っていう港で降りて、斧の刃に沿って北上したら大間。もし大間埼灯台をパスするなら、脇野沢から東への道を行ってむつ市から尻屋埼灯台への道に入る。尻屋埼灯台から青森市内のホテルまでは百三十キロ。約三時間弱。大間からホテルまでは百五十キロ。大間から尻屋埼灯台までは六十五キロはあるよ。ということは、どっちかをパスしないと、青森市内に着くのは夜の九時近くになるんだ。康平おじさん、大間埼灯台は大間の沖合の島にあるんだ。その島に一般の人は簡単には渡れないらしいよ。灯台関係者しか行けない島だから、あきらめたほうがいいね」

なんだよ、初めからこいつは自分の作った行程表に俺を従わせる魂胆だったんだ。

康平はそう思い、なんとなく癪《しゃく》だった。

いや、尻屋埼灯台をパスして大間埼灯台を見る。そう言いかけたとき、

「尻屋埼灯台は煉瓦造りでは日本一高い灯台だよ。地元で焼いた煉瓦で建てたんだって。威風堂々たるたたずまいってネットに書いてあったよ」

と新之助は地図と一緒に折り畳んであった写真を見せた。尻屋埼灯台を遠くから撮った写真だった。

威風堂々か。俺はその言葉に弱いんだ。

康平はなんだかおかしくなり、小さく声をあげて笑いながら、

「じゃあ、大間埼灯台はあきらめるよ」

と言った。

してやられたという気持ちはあったが、康平は新之助が地図をほとんど見ずに、灯台からホテルまでの距離や、要する時間を口にしたことに驚いていたのだ。

「その恰好で行くのかい？　青森は東京よりもはるかに寒いはずだよ」

康平の問いに、

「そのつもりでバックパックに入れて防寒用の服やジーンズを持ってきたんだ。スニーカーもね。板橋駅の近くの不動産屋さんに預かってもらってるよ」

そう答えるなり、新之助は背広を持って、階段を降りていった。

「あしたの朝九時に、空港の航空会社のカウンターのところで待ってるよ」

という新之助の声を聞きながら、康平は虚脱状態といった体でギプスで固められた右

手を見ていた。仮ギプスのときは小指も動かないようにしてあったが、いまは小指は自由だった。親指と人差し指と小指はギプスで固められていない。

俺、初めて飛行機に乗るんだな。六十二歳の男がそんなこと、恥ずかしくて新之助に言えないな。

ぼんやりと考えごとをしているうちに、龍飛崎から函館は見えるのだろうかと新之助が置いていった地図を見た。

地図では津軽海峡は指一本ほどの距離だが、実際には広大な海で阻まれているはずだった。

石川杏子……。蘭子の母方の叔母。蘭子と一年間、出雲の家で一緒に暮らした時代があると雄太に話した女性だ。函館に住んでいる。

青森まで行くのだ。函館まで足を延ばすくらいどうということはない。もう四十年以上も昔のことなのだ。いまなら知っていることを話してくれるかもしれない。

日頃、交遊はないのに、わざわざ函館から通夜と葬儀に参列してくれるほどだから、蘭子に好意を持っていたはずだ。嫌っていたなら来ないだろう。

石川杏子に会って、出雲時代の蘭子のことを訊きたい。

康平は家に戻ると、蘭子の通夜や葬儀に来てくれた人が、それぞれの氏名や住所を書いた芳名帳を探した。それは蘭子が使っていた箪笥の上段の抽斗にあり、石川杏子の住所も携帯番号もすぐにわかった。

会いに行くかどうかは青森で決めようと康平は思い、あわただしく決まってしまったあしたからの二泊三日の旅支度を始めた。三泊になるかもしれないので、着替えはバックパックに多めに入れた。


青森行きの飛行機は午前十時に羽田空港を離陸した。新之助が窓際の席で、康平は通路側だったので、席に坐るときに替わってもらったのだが、離陸してしばらくすると、

「景色を見たいの？　きょうは雲が多いから、青森までずっと雲ばっかり見ることになるよ」

と言われて、理由を正直に話した。

「えっ！　飛行機に乗るの初めて？」

驚き顔とあきれ顔が混じった新之助の表情には、少年から青年へと移るわずかな時期だけに見られる濁りと清潔さがあった。

この若者がふたりの子の父親だとは誰も想像もできないだろうと思いながら、

「うん、これが俺の処女飛行だよ」

と康平は眼下の雲海に目をやったまま言った。

「処女飛行……。それって飛行機が初めて空を飛ぶときに使う言葉だろう？　船だと処

女航海だよね。人間が初めての乗り物に乗るときに使う言葉かなぁ」

こいつ、理屈の多いやつだな。人間に使ったっていいじゃないか。

そう思ったが、康平は雲海の美しさに見惚《みほ》れて、首が痛くなるまで窓の外を見つめつづけた。

新之助は、着古したデニムのジャンパーを着て、ポケットの大きなチノパンを穿き、ピンク色の真新しいスニーカーを履いていた。

ジャンパーの下は黒地に赤い髑髏《どくろ》のイラストが描かれたTシャツで、「取り扱い注意」という字が入っていた。

Tシャツは、きのう泊まった浜松町のビジネスホテルの近くで買ったのだという。

着陸の前、機体は上下左右に大きく揺れた。

「大丈夫、大丈夫」

と言いながら、新之助は康平の背中をさすった。

「こんなの揺れのうちに入らないよ」

「そうか？　いまにも落ちそうだけど」

康平は本気でそう思ったのだ。

飛行機は時間どおりに青森空港に着いた。

「ねっ、怖くなかっただろう？」

と新之助は訊いた。

「怖かったよ」

康平は掌の汗をズボンで拭いた。

空港のすぐ横にあるレンタカー会社では、係員が車のタイヤをスタッドレスに交換する作業に追われていた。初雪が降る可能性があるという。去年は十一月六日だったから、あしたあたりに初雪が降るかもしれないので、念のためにいまタイヤ交換しているのだ。

待っているあいだに、康平は薄手のダウンジャケットをバックパックから出した。

四輪駆動のワゴン車を新之助が運転して、空港前から出発したのは十二時だった。

「いま昼飯を食っとかないと途中に食堂はないかもしれないよ」

と新之助は言った。

三叉路の信号で停まり、前を見ると蕎麦屋《そばや》の大きな看板があって、矢印が左を指していた。龍飛崎までのナビの指示とは反対方向だったが、日が落ちるまでに着けばいいのだと思い、

「俺も腹が減ったなぁ。蕎麦でも食おう」

と康平は言った。

「道が広いなぁ。なんだか北海道みたいだな」

新之助はそう言いながら、看板の示す方向へと車を走らせた。蕎麦屋は一軒だけでは

なかった。数軒が並んでいて、食堂街と呼んでもいい一角が道の右側にあって、家族連れの客で混んでいた。

朝、寝坊したのでなにも食べていないという新之助は、天麩羅蕎麦とおにぎりを註文した。康平はにしん蕎麦を頼んだ。

テーブル席に坐り、茶を飲みながら、

「由衣ちゃんは料理が好きみたいだね。どこで知り合ったの？」

と康平は訊いた。

「俺が働いてた鶏料理の専門店でバイトをしてたんだ。夜の六時から閉店まで。あいつの家は、ややこしいんだ」

「なにがどうややこしいんだい？」

「由衣が中学生になったときに両親が離婚して、あいつは母親と一緒に家を出たんだ。妹は父親のほうに引き取られたけど、すぐに逃げてきて、一緒に暮らすようになって……。父親は酒乱だよ。酒を飲んでないときは、この世にこんな理想的な父親がいるのかって思うほどだけど、酒が一滴でも入ると、女房を殴る、娘を殴る……。ジキルとハイドだね。由衣のお母さんは、このままだと殺されるって思ったんだ」

青森空港に着いたときは小雨だったが、レンタカーに乗って走りだしたら雲が切れて青空が見えた。だが、蕎麦を食べながら新之助の話を聞いているうちに、霧のような雨が風に乗って北のほうへと動き始めたようだ。

新之助は北海道に似ていると言ったが、俺は軽井沢の別荘地に似ていると思う。といっても軽井沢にも行ったことがない。テレビで夏の軽井沢を散策するという番組を観たにすぎない。

諏訪湖《すわこ》から蓼科《たてしな》を通って軽井沢に入るルートを放送していたが、あの樹木の多い道のたたずまいに似ているような気がすると、康平は蕎麦屋の窓から外の景色を眺めながら思った。

——由衣のお母さんはいま四十だが、異常なほどの美人で、三十三、四にしか見えない。

夫と別れると、たちまち生活に困るようになり、福岡の有名なクラブのホステスになった。そういう世界の人間が放っておかなかったからだし、ふたりの娘を育てるためには、それがいちばん手っ取り早かったのだ。

そのクラブで、由衣の母親はいまの亭主と知り合った。奥さんとは六年ほど前に死に別れて独身だったし、商才があるらしく博多で居酒屋チェーン店を五軒経営していた。

二十代の息子がふたりいた。どちらもチェーン店をまかされて、家を出て独身生活をしていたので、由衣たちは新しい父親の住む家に移った。

お互い干渉しない家族だったが、兄弟は月に一、二度遊びに来た。ちゃらちゃらしたろくでもない兄弟で、由衣はなにかいやなことが起こりそうな気がして、その義理の兄弟とは距離を取りつづけた。

やがて、由衣が心配したとおりのことが起こった。どんなことが起こったのか、俺はあえて訊かなかった。由衣は妹をつれて熊本の叔母さんのところへと逃げた。しかし、十日もすると、叔母さん一家はふたりに冷たく接するようになり、遠回しに、福岡に帰ってもらいたいとほのめかし始めた。叔母さんの家もらくではなかったのだ。

仕方なく、由衣は福岡に戻り、友だちの家に身を寄せて、タキガワビルの二階にある鶏料理店でウェイトレスのアルバイトを始めた。手に職をつけるためにお金を貯めようと思ったそうだ。

俺たちは、そのとき知り合ったのだ。知り合ってすぐに、由衣は妊娠した。

由衣の本当の父親は、去年の春頃、全身が黄色くなって病院に入院した。もう長くないだろう。アルコール性肝炎から肝硬変、そして肝臓ガンというコースに入ってしまうと片道切符だ。治ることはないという。

由衣は、妹を一日も早く引き取ろうとしているが、母親が手放そうとしない。それは当然だと思う。ふたりの孫の父親は、高校を中退して半グレの仲間になった札付きなのだ。

由衣の母親は、いまの生活を失いたくないので、亭主の馬鹿息子が由衣と妹に良からぬちょっかいを出していたことを口にできないでいる。

由衣の妹は、ことし中学二年生になった。俺たちが東京での住まいを見つけたら、母親に内緒で上京する手はずになっている。そうなると、2DKでは狭いのだ。

由衣は、料理の専門学校に入学して和食の料理人になることをあきらめていない。その夢をすぐに実現するのは、現実問題として困難だとわかっている。二歳と、五か月の子を育てる大変さを日々経験しているからだ。由衣は四十歳で自分の夢を実現すると決めて、それまでのスケジュールを大きな紙に書いた。俺の、大学に行くという決心が固く、タキガワ興産を継ぐという覚悟も揺るぎないと知ったのだ。──

康平は、新之助がほとんど完璧な標準語で話しつづけるのを聞きながら、初めて会った日のことを思い浮かべていた。

あのとき、母親を「オカン」と呼んでいたが、常日頃は、どう呼んでいるのだろう。

康平はそんなどうでもいいことに興味を持ち、新之助に訊いた。

「母ちゃん、だね。ぐれてたときは、ずっと多岐川さんて呼んでたよ。きのうの朝、出かけるときに、ちょっとケンカになったんだ。東京でのこれからの生活について意見が違って。そしたら、母ちゃんは俺をなんて呼んだと思う？　『倉木さん』だぜ。俺、背中を向けて靴を履きながら、笑っちゃったよ」

康平は笑い、新之助の母親は安心したのだと思った。心配させることばかりしでかしてきたし、この先どうなるのかと案じつづけてきたが、それは一瞬で解決した。新之助の心の転換で氷解したのだ。

目がくらむほどに高い吊り橋を渡らなければならないと暗澹《あんたん》たる思いを抱きつづけたが、渡ろうと決めて吊り橋を歩きだしたら、ほんの一歩か二歩で向こうに着いてしまった。

新之助の母親は、そんな魔法にかかったような心持ちのなかにいたことであろう。

新之助も同じ心持ちかもしれない。

やろうと決めたら、人間はなんでもやれる。それが人間と他の生き物との違いだ。

いや、若い鳥にも飛ぼうと決心して巣から飛び立つ瞬間が来る。猫の子も高い梯子《はしご》から降りるときが来る。昆虫にもそんな瞬間があるに違いない。

――宇宙における一瞬は、地球時間では百年――

ホーキング博士の説が正しいならば、地球における一瞬は、宇宙時間では数十億分の一瞬ということになる。時間の単位ではどうにも表現できないくらいに短い。

それほどに短い時間であらゆる物事は変化しているというのに、人間はだらだらと迷いつづけ、考えつづけ、逡巡《しゅんじゅん》しつづけ、なにもせずに一生を終える。俺なんて、その最たる見本だ。

そう思ったとき、康平は、あの葉書を新之助に見せたくなった。なぜそんな衝動に駆られたのかわからなかったが、もし函館に行って石川杏子に会ったら見せようと思って、康平は額に入れた葉書を持って来ていたのだ。

延々と北に延びる広い道には風を遮るものがなかった。道と広大な畑とを区切るように、ところどころに防風壁が設けられていたが、まもなくやってくる本格的な冬のために、それらはいま修理点検中らしかった。

「津軽半島といっても、人間が住んできたのはほんの少しの場所なんだなぁ。ここから北は、ほとんど原生林のままだったんじゃないかなぁ」

康平が言うと、ナビを指差して、この舗装された道は新しい道のようだと新之助は答えた。

さっきまでわずかに右側に見えていた灰色の海は消えていた。道は少しずつ内陸部へと延びている。

康平は車を停めてくれと新之助に言い、後部座席に置いたバックパックから葉書入りの額を出した。

それを新之助に見せて、なぜ自分が灯台に興味を持ったのかを話して聞かせた。蘭子が島根県出雲市で生活した時代を隠していたことは黙っていた。そこまで新之助に話す必要はなかったからだ。

「ここがどこかを探してるんじゃないんだ。ただ、どう言ったらいいのかなぁ、こいつがある日突然俺を招き始めたんだな。『神の歴史』からはらりと落ちた瞬間からね」

新之助は無言のまま、額のなかの葉書を横にしたり、さかさまにしたり、斜めにしたり、さまざまな角度から眺めつづけた。

「よくこんな細い字と線が描けるなぁ。ここに曲げた人差し指みたいな線があるよ。引き金を引く形で。その斜め下にある黒い点は灯台だろう？」

と新之助は言った。

「たぶんね。こんな海岸線は日本中にあるよ」

そう言いながら、地図のいちばん上にあたる部分の線を、引き金を引く右の人差し指に似ているというふうには考えなかったなと康平は思った。リアス式海岸特有の曲線にしか見えなかったのだ。

「うん、たしかに右の人差し指を曲げたような形に見えないこともないなぁ」

「康平おじさん、六十二だよね。老眼鏡はかけないの？」

と新之助に訊かれて、昔から目が良くて、眼鏡のお世話になったことがなかったが、去年ついに老眼鏡を作ったのだと康平は答えた。

「よく見てよ。ほかの海岸線は適当なギザギザなのに、ここだけははっきりと曲げた人差し指の形になるように描いてあると思わない？」

言われてみれば、その部分の線だけ意図的な描き方にも見えてきた。

今回の旅にもバックパックに眼鏡ケースを放り込んできたことを思い出し、康平は中身を出して探した。

「あっ、ちゃんと老眼鏡が入ってたよ」

康平は眼鏡ケースから老眼鏡を出してかけた。

どうせ度は進んでいくのだから、少しきつめのを作っておこうとけちなことを考えたのが間違いだったのだ。

せっかく作った老眼鏡なのに、作ったばかりの頃はかけると余計に字が見づらくなり、父のお古のほうが目に合うので、たまにそれを使っているうちに自分の老眼鏡はしまいっぱなしになっていたのだ。だが、父のお古は度が弱すぎて、近ごろではまったく使わなくなっていた。

康平はそう思いながら、葉書を見た。

「よく見えるよ。うん、この線だけ、ほかのギザギザとは違うね」

「北側に海があるから、日本海だね」

と新之助は言い、ガムを口に放り込むと空を指差した。黒い雲が速い流れで東へと動いていた。

「雨どころか雪でも降ったら、龍飛埼灯台をゆっくり見られないよ。傘も雨合羽もないんだぜ」

そう言って、新之助は車を発進させた。停めていたあいだに、向こうからやってきた車はなかったし、追い越していくのもなかった。

「まさか雪は降らないさ。今日はまだそれほど冷え込んでいるわけじゃないし」

と康平は言い、これまで見た灯台と岬は、太平洋側にあろうとも、海岸線の形によっては北側へと突き出た場所にもあったのだと説明した。

「ほとんどの地図は上が北になるように作られてるんだ。上を西にしたり南にするやつは、よっぽどの方向音痴か根性曲がりだぜ。俺が今晩、ここがどこかを見つけてやるよ。そんなのすぐに見つかるよ」

そう言って、新之助は康平のギプスの上にガムを置いた。

それを口に入れて、簡単に見つかるわけがないだろうと康平が思っていると、道は左へと曲がり、深い樹木に挟まれた小暗い集落の横へと入った。

「あれ？ 道を間違えたかな」

と新之助は言ったが、そのままナビの指示どおりに走りつづけた。

ほんのちょっと前までは、このあたりは人跡未踏の地であったのではないだろうかという気がして、康平は津軽半島のどこからどこまでが町と呼ばれる地域なのかと、スマホのグーグルマップのアプリをタップした。

津軽半島で検索すると、レンタカーのナビは青森空港から最も時間がかからないルー

ト を選んだらしいとわかった。

「そうか、日本海側は中泊《なかどまり》とか小泊《こどまり》って漁港で町は終わりだし、陸奥湾沿いは外ヶ浜から三厩《みんまや》にかけてが最北の町だよ。俺たちは県道二八一号線で北上をつづけたんだ。あじさいロードって書いてあったよ。外ヶ浜からそのまま海沿いの道を行っていれば、こんな原生林のなかを走ることはなかったんだな。でもこの道でよかったよ。原生林を縫ってる舗装された道なんて、他じゃあ走りたくても走れないもんな」

その康平の言葉には応じず、新之助は外気温度を示す計器のデジタル表示を指差した。八度五分だった。

「これって寒いのかなぁ」

康平が言うと、新之助は車を小さな橋の近くで停めた。

「外に出てみたら？」

と新之助は言った。

「セーター、脱ぎたいくらいだけどね」

「俺が暖房を入れたの。一時間ほど前にね」

康平は車から出て、橋を渡った。川は細かったが、流れは豊かだった。西からの風は強くて、それが束《つか》の間やんでも樹林の傾きは変わらなかった。つねに強い西風を受けつづけて傾き、それが樹木たちの立ち姿になってしまったのだと康平は知った。

「寒い！　体感温度五度ってとこだぜ」

康平は小走りで車に戻り、そう言った。

「あと十五分ってナビに出てるよ」

新之助は言って、龍飛埼灯台へと車を走らせた。

「おお、着いた。ごらん、あれが竜飛岬、北のはずれと、見知らぬ人が指をさす、だなぁ」

誰もいない、一台の車も停まっていない駐車場の向こうの、長い階段の先に龍飛埼灯台の先端が見えていた。

「それを歌うと思ったよ」

新之助はうんざりしたように言って、土産物店の前に車を停めた。

なにもかもが濃い灰色で、どこが空で、どれが雲なのかわからなかった。

康平は車から降りて、灯台のほうへとゆっくり歩を進めながら、新之助がやってくるのを待った。

「体感温度五度どころか、これは一、二度だよ」

そう言いながら、新之助は康平に追いついたが、灯台の真ん中から上が見えるところまで歩くと、急に走りだして、そのまま階段を駆け上っていった。

白いものが周りで舞ったが、康平はそれが霰《あられ》だとすぐには気づかなかった。

灯台の近くで転ぶというのがお前の定めだなんてトシオに笑われたくないなと本気で思い、康平は階段を注意深くのぼった。

灯台の向こうの、半島の突端に立って、新之助は津軽海峡を見ていた。

なんだかずんぐりむっくりとした灯台だった。

「でぶで短足なおっさんて感じじゃないか。そろそろ外壁くらいは塗り直してやってほしいな」

と康平は声をはりあげて言ったが、十メートルも離れていないのに、新之助には聞こえづらいようだった。

立っていられないほどの風は、津軽海峡の流れと同じ方向に吹いて、康平の体を揺らした。恐怖を感じて、康平は新之助の近くに行って柵につかまった。柵の向こうには別の建物があり、レーダーのようなものや、通信用アンテナとおぼしき尖塔《せんとう》が何本も突き立っていた。

案内板には「ようこそ外ヶ浜町」と書いてある。

「へぇ、ここも外ヶ浜町なんだ」

康平がそうつぶやいたとき、新之助は眼下の海を指差しながら、

「海面から灯火まで百十九メートルだって。灯台そのものは十四メートル」

と言った。

「でぶで短足のおっさんでないと、ここでは踏ん張り切れないよ。十一月の初めでこれだぜ。真冬はどうなるんだよ。灯《あかり》、頑張れよ。いまから体を鍛えとこうぜ」

その新之助の言葉に笑みを浮かべて、康平は別の場所にある石碑の前に移った。海峡の向こうの函館の、さらに北側にある連峰の名が書かれてあった。

「このまままっすぐ行くと函館かい？」

と新之助は訊いた。

「ああ、そうだよ。函館のあたりって二股に分かれてるだろう？　その二股の両端は、津軽半島の端から下北半島の端までと同じくらいの距離があるんだ」

と康平は言った。

ふいに風の向きが変わって、東側の景色がひらけた。オレンジ色の屋根が眼下に一瞬見えた。

「あれが今夜泊まるホテルじゃないかな」

康平は言って、龍飛埼灯台をスマホのカメラで撮った。

ずいぶん長く灯台の近くにいたつもりだったが、車に戻ると三十分もたっていなかった。風の強さは、ときに人間を吹き飛ばしかねないほどで、康平は身の危険を感じて、まだ離れがたいといった表情の新之助を促して駐車場への階段を降りた。

途中、大きな赤いボタンが取り付けてある石碑があった。それを見るなり、

「康平おじさん、もしあのボタンを押したら、俺はおじさんを残して、ひとりで車に乗って帰るからね」

と新之助が言った。

赤いボタンを押すと、石川さゆりの「津軽海峡冬景色」が大音量で流れ始めるのだ。

車に乗ってから、

「そう言われると、余計にあの赤いボタンを押したくなるなぁ」

と康平は言った。

「いいよ。どうぞご勝手に。俺は青森空港に帰る。引き返してこないからね」

「そんなにいやかい？」

「いやだよ。パチンコ屋に来たんじゃないんだ。灯台が建ってるところは神聖なんだ」

「ベートーヴェンだったらどうなんだい？　ブラームスだったら？」

「駄目だ。灯台のあるところは、音楽を聴く場所じゃないよ。生死を預かってる場所だろ？　灯台にとったら戦場だよ。陣中に戯言《ざれごと》なし、だろ」

凄いことを言いやがる。陣中に戯言なし、なんて言葉をどうやって知ったのだろう。

この若者は侮れないぞ。

康平は、なんだか嬉しくなってきて、

「よし、暖かいホテルへゴー」

と言った。

だだっ広い駐車場には新之助が借りたワゴン車以外に車はなかったし、そこから灯台は見えなかった。灯台とホテルとはかなりの高低差があるらしい。

康平はフロントで宿泊手続きをしながら、係員に、このホテルは冬のあいだは休業なのかと訊いた。

「真冬でも営業してますよ。ただ、四月の終わりにホテル全体のメンテナンスをしますので、そのあいだは休業です。春を迎えるためのメンテナンスですね」

と係員は言った。

夕食は一階の奥の食堂で摂《と》るらしい。

三階の自分の部屋に入り、康平は小さなソファに坐って、濃くなった霧を窓から見つめた。

「霧なのか雲なのかわからないな」

とつぶやき、隣りの新之助の部屋の前に行った。ドアをノックしようとすると、新之助の声が聞こえた。福岡の由衣と話しているのだなと思い、康平は自分の部屋に戻り、ベッドに仰向けに寝転んで、ギプスで固められた右手を動かしてみた。

仮ギプスとは違って、手首までも固定されているので、康平は家からフォークを持って来たのだが、それは青森空港の近くの蕎麦屋で早速役にたったのだ。

「たったあれだけのひびで、こんなに固定しなきゃあいけないもんかねぇ」

と言って、康平は狭い浴室でフォークを洗った。

霰はもう降っていなかった。龍飛崎周辺は一気に暗くなり、駐車場の向こうの低い丘も見えなくなった。

客室電話で、いまから部屋に行っていいかと新之助が訊いてきたので、康平はドアをあけて待った。

「板橋の不動産屋さんが電話をかけてきて、あんたたちはみんな未成年者なのかって訊かれたよ。一緒に住む人のなかに成人した人がいないというのは周旋するほうとしては困る。保証人もいないなら残念だけど貸せないって」

と新之助はベッドの端に腰を降ろして言ったあと、男は十八歳にならないと結婚できないので、まだ婚姻届は出していなかったが、東京へ行く前々日に提出して、正式な夫婦になったのだと説明した。

「ふたりが若すぎるから貸し手としては心配なんだろうな」

と言って、康平は不動産屋の名を訊いた。新之助は財布から名刺を出した。中学で同じクラスだった男の名が印刷されていた。

康平は、ちょっと作戦を練る時間をくれと新之助に言って部屋に帰らせると、名刺を見ながら、自分のスマホで不動産屋に電話をかけ、社長の竹内郁夫《たけうちいくお》に事情を説明した。

「俺が身元保証人になるよ。それでも駄目かい？」

「あの子、康平の知り合いかい？」

「俺の親父の代からお世話になってきた人の息子さんなんだ。福岡の大金持ちの御曹司だぜ。親切にしといて損はないぜ。親の会社の東京支社を預かりながら、大学にかようために家探しをしてるんだよ。イクちゃん、頼むよ」

「あの子の奥さんから、どんどん荷物が届いてるんだ。俺の会社、段ボール箱で足の踏み場がなくなりつつあるんだぜ。きょうも五つ届いたよ」

「イクちゃんとこの二階は物置だろう。段ボール箱の五つくらい、どうってことないよ」

「勝手に決めるなよ。二階はいま娘夫婦が住むようになったんだ」

康平が粘りつづけると、竹内は承諾してくれて、

「変な小僧どもが出入りするようになったら、康平が責任を取れるか？」

と訊いた。

「ああ、取るよ。そんな連中は出入りしないさ。ちゃんとした家の子だぜ」

「十八歳の夫婦で、ふたり子供がいるなんて、ちゃんとしてるか？」

「江戸時代は、そんな夫婦があっちこっちにいたよ」

竹内郁夫は一瞬黙り込み、

「あんた、ほんとに牧野康平かい？　なんか違う人みたいだなぁ。これはオレオレ詐欺か？」

と言った。

「金を振り込めなんて、ひとことも言ってないぜ」

「俺はおととい『まきの』に中華そばを食いに行ったんだ。再開するっていう噂を聞いてな。だけど、店主が怪我をしたため再開は延期するって書いてあった。その怪我の理由を説明してみろ」

こいつ、ほんとにオレオレ詐欺と疑ってやがる。康平はあきれながらも、惣菜屋のトシオに訊いてみろと言った。

竹内はトシオの名が出たことで、やっと信用したようだったが、それならばとあらたまった口調で、

「多岐川さんとは、さっき電話で話したんだけど、福岡に住むお母さんが一緒に来て賃貸契約書に判を捺《お》してくれたら、それで済むことなんだよ。だけど、母親は忙しくて来られないって言うから、俺も怪しみだしたってわけさ。遠方から俺の会社まで来るのは大変だろうけど、その場合は入居者全員の住民票を添えて、署名と捺印《なついん》をした契約書を送ってくれたらいいんだよ。地方から東京の大学に進学してくる学生がワンルームマンションを借りるときは、たいていそうしてるんだ。だけど、多岐川さんが借りたがって

るのは3LDKなんだぜ」

と言った。

ああ、なるほどそういうことかと思い、康平は、多岐川新之助にそれをちゃんと説明するからと言って、いったん電話を切った。

隣室のドアをノックして、いま不動産屋の社長と話した内容を新之助に伝えた。

「うん、きのうの朝、家を出がけに母ちゃんとケンカをした理由は、そのことなんだ。お前たちは結婚したとはいえまだ若いんだから、この部屋を貸して下さい、はい、どうぞってわけにはいかない。由衣ちゃんと子供たちが東京に行くときに、私も一緒に行くのがいちばんいい、って」

とベッドに仰向けに寝たまま、新之助は言った。手にはスマホを持っていた。

「うん、お母さんの言うとおりだよ。それでなんでケンカになるんだい?」

と康平は訊いた。

「俺と由衣だけで新しい出発をしようと思ってたから。だけど、結局は母ちゃんの世話にならなきゃいけない。それが癪だったんだよ。マンションの敷金も家賃も、母ちゃんの世話にならなきゃ一銭も払えない。そんな俺たちが、ふたりの子の親なのかって思ったら、なさけなくなって、腹が立ってきて」

康平は笑みを浮かべ、七日にはお母さんにも東京へ来てもらえと言った。

「七日、あいてるかなぁ。いま訊いてみるよ。べつに七日でなくてもいいよね」

新之助はベッドから身を起こし、康平にスマホを貸してくれと言った。なぜ自分のスマホで電話しないのかと思いながら、康平は自分のを渡した。

新之助は康平のスマホで母親に電話をかけようとしたのではなかった。画面をタップして、なにかを操作していたが、

「ここを見つけたよ」

と言って、スマホを返し、ベッドサイドに置いてあった葉書入りの額も康平に渡した。

「えっ？　見つけた？」

「うん、九十九パーセント、間違いない。このイラストは島根県出雲市の日御碕を描いてるんだ。イラストの黒い点が日御碕灯台だと思うよ。百パーセントって言えないのは、日本中の海岸線を辿ってみたわけじゃないから」

新之助が喋り始めたときから、康平は腕や首筋が粟立《あわだ》ってくるのを感じていた。

康平は自分のスマホと葉書を持って、心臓の強い鼓動を感じながら部屋に戻ると、左手でバックパックのなかをかき回すようにして老眼鏡を探し、大きく震える手でそれをかけた。

グーグルマップは、これ以上拡大できない大きさで引き金を引く右の人差し指の形を描きだしていた。康平は、少し地図を縮小し、葉書のイラストと見比べた。そこで初め

て、小坂真砂雄がリアス式のギザギザの海岸線をいかに正確に描き写したかを知った。地図をさらに縮小し、葉書のイラストとほとんど同じ大きさに合わせると、人差し指の近くのリアス式海岸のさまざまな形状は、イラストとほぼ同じだったのだ。

新之助が「島根県出雲市の日御碕」と言ったときから、すでに康平の二の腕に鳥肌が立っていたのだが、出雲市内のほうへと地図を移動させていくと、その鳥肌の範囲はいっそう拡がっていった。

出雲大社前駅からはさほど遠くはない。出雲市駅からでも、バスで一時間ほどしかからないようだった。

――大学生活最後の夏休みに灯台巡りをしました。見たかった灯台をすべて見て満足しています。旅のあいだじゅう早起きをつづけたので、いまはただ眠りたいです。一九八七年九月四日――

康平は、額に入れた葉書の文面を何度も読み返し、蘭子に話しかけた。

蘭子、お前、見事に俺を騙《だま》してくれたなぁ。あっぱれな騙し方だよ。いったい出雲でなにがあったんだい？

第六章

翌朝、ホテルをチェックアウトすると、康平は新之助と一緒にもういちど龍飛埼灯台を見に行ったが、天候はきのうよりも悪くて、断崖に近いところにある柵に近づくのも危険な気がした。

「凄い風だなぁ。フェリーは運休しないだろうなぁ」

と新之助は長いストールを首に巻きつけながら言った。

「ここは特別に風が強いんだよ。岬だからね。陸奥湾を行き来するフェリーは、この時期の航行には慣れてるから運休しないと思うよ」

と康平は言って、駐車場へと引き返した。

新之助の母親は、八日に新之助たちの住民票を持って上京することになった。康平がそれを不動産屋に伝えると、３ＬＤＫのお勧めのマンションがあると教えてくれた。そこならタキガワ興産東京支社の事務所も兼ねることができるのではないかという。

決めるのは、あさっての午後、とりあえず物件を見てからと返事して電話を切った。

康平の家からは東側の、春には花見客で賑わう石神井川沿いの築三年のマンションだったが、その3LDKだけがあいたままだった。分譲マンションだが、賃貸でもいいという。環境が良くて、一般の賃貸マンションよりも天井が高く、家賃も高い。

新之助は遅くまで由衣や母親と電話で話をしていたので、康平は早めにパジャマに着替えて、ベッドに横になり、何度も島根県出雲市の地図をスマホの画面で眺めていたが、函館の石川杏子に電話をかける勇気が湧いてこなかった。

突然、姪の蘭子の亭主から電話がかかってきて、四十数年前のことを訊かれたら、石川杏子は驚くだろうし不審に思うに決まっている。

康平としては、なぜ蘭子の出雲時代のことを知りたいのかを、相手が納得するように説明しなければならない。だが、どう説明すればいいのか。

もし、小坂真砂雄からの葉書について話さなければならなくなるとしたら、大昔の出来事をいまだに詮索している悋気《りんき》な亭主と軽蔑されかねない。石川杏子はあきれて、もう忘れたわと言って電話を切ってしまうかもしれない。

そう思うと、電話をかける決心がつかず、スマホをベッドに放り出したとき、隣室の新之助が部屋にやって来たのだ。

「北のはずれの風は、旅情も吹き飛ばすよね」

と言って、母親や不動産屋との話し合いのことを事細かく説明したあと、新之助はバスタブに湯を溜めて、康平を風呂に入れようとした。髪を洗ってやるという。

「だって、その手で髪は洗えないだろう？　背中なんて無理だよ」

康平は驚き、怪我をして以来、ちゃんと背中を洗えていないのだと言った。

新之助に髪や体を洗ってもらっているうちに、康平は葉書についての自分の疑問を正直に話し始めた。

部屋の窓のところには畳三畳ほどの小上がりの座敷があって、窓は十センチくらいあけられるようになっていた。

バスルームから出ると、新之助は窓をあけて外の空気を吸いながら、

「生まれたときから父親がいない子が、どれほど自分の父親について想像するか、わかる？」

と康平に訊いた。

康平の返事を待たず、新之助はつづけた。

「子供は、自分のお父ちゃんとお母ちゃんがすべてだぜ。世界のすべてだよ。翔馬と灯を見てるうちに、俺はそれに気づいたんだ」

その瞬間、康平は、いつのまにか俺には蘭子がすべてになっていたのだと知った。いつのころからなのかわからない。もしかしたら、蘭子が急死したときからかもしれない。

蘭子の死によって、蘭子は俺のなかで真に生き始めたとも言える。

蘭子は出雲時代につらいことを経験したのだという確信は、あるいはあの死に方と無

関係ではないのかもしれない。ひとりぼっちでコンクリートの床に倒れていた姿は、ひどく寂しそうで、頑なに殻に閉じこもってしまった小動物に見えた。俺のなかからは、あの姿が消えない。

康平がそう考えていると、

「知りたいんだろう? 出雲時代に蘭子さんになにがあったのかを。俺なら、まず小坂真砂雄に会って訊くよ」

と新之助は言った。

康平は、昨夜の新之助との時間を思い浮かべて、この十八の若者の性格であろうが、父親の死を教えられて、父親とはどんな人であったのかを知りたいと強く希求し、妻とふたりの子をつれて飛行機に乗ったのだなと思った。

そして、なんの計画も企《たくら》みもなく、その痕跡をたとえわずかでも見たいという衝動に駆られて板橋の仲宿商店街までやって来たのだと思った。

昨夜のそんなやりとりに思いをめぐらせながら、康平が車の助手席に坐ると、

「これ、霰かな。あ、雪だよ。雪だ、雪だ。レンタカー会社の人の言葉が当たったよ。これは龍飛崎の初雪だよ」

そう言いながら、新之助は真横に降っている雪のなかを走り廻った。

「早い初雪だなぁ。まだ十一月の六日だよ」

新之助は運転席に坐ると、ナビを蟹田港に設定した。

陸奥湾沿いの道には、防波堤と小さな漁村がつづいていて、きのうの原生林のなかの道とはまったく趣きが異なっていた。

「由衣ちゃんのお母さんのことを、シンちゃんは異常なほどの美人だって言ったろう？異常なほどの美人てのは、どういう美人なんだい？」

と小粒な雪を見ながら康平は訊いた。

新之助は、うーんと言って考え込み、五人のタレントや女優の名をあげた。康平の知っている女優もいれば、まったく知らないタレントもいた。

その五人の、目元や鼻梁《びりょう》の形や唇や顎の線などの最も美しい部分を集めると、由衣のお母さんの顔になるのだと新之助は言った。

余計に想像しづらくなったが、

「それって気持ち悪い顔にならないか？」

と康平は言った。

「気持ち悪さと、息を呑むほどの美しさとの紙一重のところで踏みとどまってる顔だよ。その紙一重が、一日に何回も入れ替わるんだ。だから、異常な美人って由衣は言ったんだと思うよ」

「なんだ、由衣ちゃんがそう言ったのかい？」

娘というのは、ある年齢に達すると、母親に対して辛辣になると康平は思った。

「うん。だけど、異常な美人だって俺が言うのは由衣のお母さんに失礼だと思って、異常なほどの美人て言い換えたんだ。やっぱり『ほどの』っていう三文字は余計だったな」

「ひらがなでたったの三文字なのに、意味が少し変わってくるんだなぁ。その少しが、じつは大きな違いなんだろうな。シンちゃんは、いろんな言葉や表現を知ってるんだなぁ。話してると感心することが多いよ」

手押し車で体を支えて小さな漁村を歩いている老婦人は、長袖のブラウスの上に割烹《かっぽう》着《ぎ》を着ていた。

初雪が降ろうとも、この程度の寒さで防寒着なんて着ていられるか、という顔つきだなと康平は思った。

蟹田港のフェリー乗り場に着くと、雪は烈しくなって、陸奥湾の白波をいっそう白くさせているようだったが、フェリーは予定通りに出航するという。

フェリーはすでに港に停泊していたが、車は康平たちのものが一台きりで、乗船客もいなかった。

チケット売り場は港から少し離れたところの建物のなかにあった。

康平はチケットを買い、熱いコーヒーも買って、それを新之助に渡した。フェリーの出航時間までまだ四十分近くあった。

康平は、建物から出て、堤防に沿って歩きながら、ええい、適当に誤魔化せばいいと意を決して、石川杏子に電話をかけた。

石川杏子の声が聞こえると、突然お電話をかけて申し訳ないと謝罪してから、

「いま津軽半島の蟹田港ってところにいるんです。石川さんのご都合に合わせますが、あした函館にお訪ねしてもいいでしょうか。蘭子の出雲時代のことでお訊きしたいことがあるんです。お手間は取らせません。早々に失礼しますので」

と康平は言った。

「牧野康平さん？　あらまぁ、おひさしぶりです。蘭子ちゃんのお葬式以来ですねぇ」

「あのときは遠路はるばるありがとうございました。ぼくも気が動転してて、ゆっくりとお話しする時間もなくて」

「あらまぁ、せっかく近くまで来て下さったのに、私、いま出雲にいるんですよ。もう三、四日は、こっちにいなければいけないんです」

と石川杏子は言った。

その喋り方からは、康平の突然の電話に不信感を抱いているようには感じられなかった。

「きのう、こっちへ来ましてね。入れ違いでしたねぇ」

石川杏子は、俺が自分に会うために来たと思っているのだなとわかったが、津軽半島という言葉が聞こえなかったのかもしれないと康平は思った。堤防は風を遮ってくれてはいたが、大型トレーラーが三台到着したので、そのエンジン音がうるさかった。

「夫が親から相続した家のことで出雲に来たんですよ。誰も住まないし、空き家のままにしておいても固定資産税は払わなきゃいけないし、使わないと家ってのは傷んでいくばっかりですしねぇ。固定資産税といっても、たいした金額じゃないんですけど、私にとったら無駄なお金を払うことになるんですから」

「出雲にご主人の実家があるんですか？」

と康平は訊きながら振り返った。新之助が手招きをしていた。いつのまに着いたのか、観光バスが二台停まって、団体客らしい老人たちが乗り込むのを待っていた。乗船の時間になったようだった。

「私は、主人と出雲で知り合ったんですよ」

石川杏子は笑いながら言い、夫の死後、ずっと厄介な遺産だった出雲の家に借り手があらわれて、この機会を逃したくないと思い、話を決めるために函館から出向いてきたのだと説明した。

康平はスマホを耳にあてがったまま、車へと歩き、

「蘭子があんな急な死に方をしたので、気になってることがあるんです。石川さんなら

なにかご存じじゃないかと思って」

と言った。

「そうねえ。蘭子ちゃんが出雲にいたのは、四十数年前のことじゃないかしら」

「ええ、そうです。蘭子が高校一年生くらいのときです。石川さんは小坂真砂雄って人をご存じですか？」

新之助が早く早くとせかしていなければ、決して電話では訊かなかったであろう問いを口にして、康平は車の助手席に乗った。

石川杏子の声がしばらく途絶えたので、康平は電波の弱さで電話が切れたのかと思ったが、やがて聞こえてきた石川杏子の応答には、あきらかに変化が生じていた。

「四十数年前のことなんて、よく覚えてませんよ。そんな大昔のことを、康平さんはどうして知りたいのかしら？」

と石川杏子は訊いた。

「蘭子をちゃんと弔ってやりたいんです。あした、ぼくは出雲へ行きます。出雲に着いたら石川さんにお電話をかけます。そのとき、詳しくお話しします。決して石川さんに御迷惑がかかるようなことではありません」

「あした？　いま函館なんでしょう？」

フェリーの係員に誘導されて、車は船内に入った。電話は切れてしまった。

「何年も会ってない蘭子さんの友だちに突然電話したのかい？　強引だなぁ」

船室への階段を上りながら、新之助はあきれ顔で言った。

「シンちゃんに言われたくないな」

康平は不機嫌な口調で言って、船室の窓側に坐った。

蘭子をちゃんと弔ってやりたいなどとは考えていなかったのに、石川杏子に咄嗟にそう言ったことで、なぜかそれが本心であるかのような気がしてきた。

「いまの電話の相手は誰かって訊いてもいい？」

と新之助は言った。

「函館の石川杏子さん。蘭子の叔母さんだよ」

「函館に行くんなら青森から新幹線がいいよ。津軽海峡の海底トンネルを走ったら、すぐだぜ」

「いや、石川さんはいま出雲にいるんだってさ。だから、あした俺は出雲へ行こうと思うんだ」

フェリーが出航すると同時に、新之助は、

「雪はやんだね」

と言った。

空も海も雪も暗い灰色なので、どれもが混じり合っていて、康平は目が慣れるまで雪がやんだことに気づかなかった。

チケット売り場に置いてあったパンフレットには、イルカの群れが船の近くを併走する姿を見ることができると書いてあった。

初雪の降る季節にもイルカは姿をあらわすのだろうかと新之助は話しかけてきたが、石川杏子はあした会ってくれるだろうかと考えていて、康平は返事をしなかった。

小坂真砂雄を知っているかという問いに、石川杏子は答えなかった。それは、知っているということだ、と康平は思った。

甲板に出た新之助は戻ってこなかった。

陸奥湾を東西に横切るフェリーの窓から、かすかに下北半島が見えてきたとき、新之助は口や鼻にストールを巻きつけたまま、船室に坐っていた康平の肩をうしろから叩き、

「軍艦が向こうから攻めてきたぜ」

と言った。

「軍艦？」

「ロシアの軍艦だ」

「ここは青森県だぜ」

そう言いながら、康平は新之助と一緒に甲板に出た。冷気が目に沁みるようで、康平はダウンジャケットの襟を立てて、新之助が指差す方向を見た。

まだ人差し指ほどの大きさではあっても、あきらかに漁船ともタンカーとも異なった船影で、大きなレーダーや数本の長いアンテナが操舵《そうだ》室の周囲を囲んでいる。

「自衛隊の護衛艦だよ」

と新之助は言った。

なんだ知ってたのか。でも確かに遠くからは軍艦に見える。ああ、護衛艦も軍艦だな。

康平は苦笑しながら、向こうから近づいてくる護衛艦がフェリーとすれ違うまで寒い甲板に立ちつづけた。

「下北半島の付け根には自衛隊の基地があるんだ。その基地内の滑走路はアメリカ空軍と共同使用なんだって。日本の民間機も離着陸してるらしいよ。海上自衛隊の基地も陸奥湾沿いにあるから、訓練航行の護衛艦とよくすれ違うんだって」

「スマホで検索したのかい？」

「観光バスの添乗員さんに教えてもらったんだ」

「ロシアに近いからなぁ」

鼻水が垂れてきて、康平は船室に戻った。

蘭子をちゃんと弔ってやりたいという言葉は正しくないなと思った。ねぎらってやりたいというほうが近い。

俺は、出雲時代の高校生の蘭子に、なにか人に言えないつらいことがあったと思っている。蘭子は、それを俺に話したかったに違いない。だが、話さなかった。それどころか、小坂真砂雄などという人は知らないと嘘をつき、彼に手紙まで書いたのだ。このような葉書が届いたが私はあなたをまったく知らない、と。それはなぜだろう。

俺なら、そんな薄気味の悪い葉書なんか放っておく。

――もしあなたが誰かと間違えたのなら、葉書をお返ししなければならない。――などと親切な手紙を出したりはしない。

だが、蘭子は俺の見ている前で手紙を書き、わざわざ俺に投函させて、その後に『神の歴史』という学術書に小坂真砂雄からの葉書をそっと挟んでおいたのだ。

康平がそんな考えにひたっているうちに、下北半島の脇野沢港が近づいてきたので下船の用意を始めた。

新之助は先に車に乗っていた。

「お腹減ったね」

と新之助は言い、スマホのグーグルマップを見せた。むつ市にトンカツ屋があるという。

「トンカツが食いたいなぁ。康平おじさんは？」

「うん、トンカツ、いいな。きのうから炭水化物と魚と漬物ばっかりだもんな。俺はローストンカツ」

「俺も」

新之助は言って、フェリーが着岸する前に、ナビをむつ市内のトンカツ屋に設定した。大間埼灯台をパスしたので、尻屋埼灯台までは下北半島の南西から北東へ斜めに横切る道を進めばいいのだ。

フェリーから道へと出て、腕時計を見ると十時半だった。トンカツ屋に着くころには昼になっているだろうと康平が思っていると、港近くの信号で停まり、

「ねぇ、蘭子さんは、なにかを康平おじさんに知ってもらいたかったんじゃないの？」

と新之助は言った。

「うん、俺もそんな気がするけどね。でも、知ってもらいたいことがあれば、俺にそれを喋ればいいだろう？　あんなまわりくどいことをしなくても」

「ねぇ、蘭子さんと小坂真砂雄の歳の差は八、九歳だよ。高一ってのは十五か十六。その年頃の女子と七つか八つの男の子とのあいだに恋愛感情なんて絶対ないよ。十八歳の俺が、六十二歳の康平おじさんにわざわざ言うことじゃあないけどね」

「でも、俺よりもシンちゃんのほうが、世の中の酸《す》いも甘いも知ってそうだな」

康平は本気で言った。

新之助はやっと動きだした車の列の向こうを見ながら、くすっと笑い、

「俺が見たり聞いたり経験したりしたことは、所詮ガキの世界だよ。でもね、俺がつき

合った半グレ連中に共通してるのは、たったひとつ。可哀相な家庭に育ったってことだな」

と言った。

信号を渡って、しばらく行くと、道路工事中で片側通行になっていた。

「可哀相って？」

と康平は訊いた。

「愛人の子だとか、虐待を受けて育ったとか、家が貧しくて、親はしょっちゅうケンカばっかりしてたとか、親父か母親が酒浸りだとか……。俺も、つまりは愛人の子だろ？」

どう答えていいのかわからず、康平は言葉に詰まった。

「でも、そんな家庭に育っても、まっとうなやつは、まっとうなんだけどね。ただ、心のなかに、なにかの悩みや鬱屈はかかえてると思う。それが表に出るか出ないかだけなんだ。家庭って、ものすごく大事なもんだぜ。その人間の一生を決めるよ。俺はこの二年で、それをいやというほど思い知ったよ。そんな可哀相な家庭で育ってる子は想像以上に多いんだぜ。毒親っていうのがいるだろう？　虐待する親ってのもいる。こういう親に育てられた子は、おとなになったら似たようなことをしてしまうやつだって出てくるかもしれない」

新之助は、それきり口を閉じて、ナビが指示する道を走りつづけた。

康平はふいに『渋江抽斎』の一節を思いだした。

――しかし抽斎の祖父清蔵も恐らくは相貌《そうぼう》の立派な人で、それが父允成《ただしげ》を経由して抽斎に遺伝したものであろう。この身的遺伝と並行して、心的遺伝が存じていなくてはならない。わたくしはここに清蔵が主を諫めて去った人だという事実に注目する。――

人間の心身の特徴がすべて遺伝によって形成されるとするのは行き過ぎていると康平は思うのだが、明治や大正の時代に西洋医学を学んだ鷗外は、その端的な思想に沿って抽斎という人間の特徴を描いたのだ。

康平はそう思った。遺伝しているものも環境によって方向を変えると康平は心のなかで言った。

むつ市の中心部に入ったのは十二時だった。トンカツ屋は市の外れにあった。駐車場から歩いてトンカツ屋に行く道で、康平は『渋江抽斎』のさっきの一節を新之助に聞かせた。

あとでそれを書いてくれとポケットから手帳を出して、

「康平おじさんの記憶力は凄いね」

と新之助は言った。

「十数回も読んだから、自然に覚えちゃっただけだよ。記憶力が良かったら、二、三回読んだだけで覚えるだろう？　俺の記憶力は普通だと思うよ」

康平は、いま俺は字がうまく書けないんだと思いながら、笑みを浮かべて言った。

トンカツ屋にはもう六人の客がいた。

ローストンカツ定食を註文して、康平は『渋江抽斎』の一節を手帳に書いた。手帳の革表紙には「タキガワグループ」と金箔《きんぱく》で捺されてあった。

新之助は、トンカツを食べながら、

「青森から福岡行きの便はないんだ。だから、俺はあした羽田で福岡行きの便に乗り換えなきゃいけない。福岡行きがないんだから、たぶん出雲行きもないと思うよ」

と言った。

スマホで調べると、たしかに出雲行きはなかった。

「俺も羽田で乗り換えだな」

康平のスマホの扱い方があまりに悠長なので、新之助は康平に代わって飛行機のチケットを予約してくれた。

羽田までは新之助と一緒に行く。空港内で別れて、俺は十時過ぎの出雲縁結び空港行きに乗る。着くのは十一時半過ぎ。

スマホの画面で確認していると、

「なんだい？　この縁結び空港って」

と新之助は言った。

「出雲大社は縁結びの神様が集まるところなんだよ」

「だからって、縁結び空港なんて名前をつけなくてもいいだろう？　出雲空港のほうがよっぽど出雲空港らしいよ」

「うん、そりゃそうだ。出雲空港なんだもんね」

新之助はトンカツ定食をたいらげて、康平を見て笑った。

「いまの俺たちの会話って、なんか間が抜けてるよね」

食べ終わった新之助は、康平が苦労して書いた『渋江抽斎』の一節を読み、顔をしかめて手帳をテーブルに置いた。

「読めないよ。字は震えてるし、大小まちまちだし」

「だって、ギプスで固めたこの手だぜ。親指と人差し指と小指でどうやってうまくボールペンを持つんだ？」

新之助は納得したように頷くと、康平に確かめながら自分で書き写した。

トンカツ屋から出たときはまた雪が降っていたが、大間と尻屋埼方面との道が分岐するところに来た頃にはやんでしまった。

幾つかの町を通り過ぎ、少しずつ樹木が多くなり、間違いなくこのあたりは原生林であったに違いないと思える地域に入ると、自衛隊や米軍用らしい高いアンテナが目立つようになった。

「かなり降ってたみたいだけど、雪はどこにも積もってないね」

と新之助は言った。

「風で吹き飛ばされるんだろうな。ここも信州の高原の道に似てるよ。テレビで観ただけだけどね。常緑針葉樹が多いんだな。本州の北の果てって感じがしないな」

その康平の言葉に、

「このあたりから尻屋埼灯台まで、ずっと原生林がつづくとしたら、小さな地図からは想像できないくらいに広大な原生林だってことになるよ」

と新之助は言った。

「また来たいな。ここは素晴らしいドライブウェイだよ。走りながら森林浴をしてるようなもんだ」

尻屋埼灯台まであと二十キロほどのところに来た頃、康平は、マンションが決まっても、その日からすぐに住めるわけではないのだと気づいた。

「住めるようになるまで、シンちゃんたち一家はどこで寝泊まりするんだ？」

康平の問いに、そういう家族のための長期滞在用のホテルがあるのだと新之助は答えた。短期住まい用のマンションと言ってもいいかもしれない、と。

海外赴任から帰国したとか、急な転勤で東京暮らしを始めるとかいう一家は多いので、自炊ができるように台所も付いているという。

「そのことも、母ちゃんに言われないと気づかなかったよ。あの小さな子供ふたりと一緒に十日間もシティホテル住まいなんて贅沢過ぎるし、狭いビジネスホテルの部屋で赤ん坊が泣いたら、廊下にまで響くからね」

新之助の言葉を聞きながら、康平はスマホで自分たちがいまいる位置を調べた。下北半島の北、太平洋と陸奥湾のあいだ。

道はゆったりと右へ左へと曲がりながら、尻屋埼灯台の西側に向かっている。翌檜《あすなろ》に似た木が並んでいるのは植林であろうが、それ以外は昔から自生している自然林だと康平は思った。

「ねぇ、石川杏子さんは蘭子さんの叔母さんだって言ったよね」

と新之助は言った。

「叔母さんなのに、歳が近いの？」

「うん、蘭子のお母さん、つまり母方の祖母は結婚が早かったんだ。花枝《はなえ》さんて名前だよ。たしか二十三歳で蘭子の母親を産んだはずだ。蘭子の母親も結婚が早かったんだ。蘭子を産んだのは二十二歳のときだよ。そのうえ、杏子さんと蘭子の母親とは歳が離れてた。その花枝さんは、もう自分には子供はできないって思ってたんだ。ところが四十一歳で杏子さんが生まれた。えーっと、つまりそんなわけで、杏子さんは蘭子にとっては四つ年上の叔母さんてことになるんだ」

康平は答えながら、これらの数字は合っているだろうかと心もとなくなっていた。

ふーんと返事をしたきり、新之助は黙ってしまった。前方に海が見え始めたのだ。

樹林は広い草地に変わった。道は津軽海峡へとまっすぐ延びていた。

「あ、馬だ」

と新之助は言って、車を停めた。

「馬？　そんなのいないぜ」

「いまそこにいたよ。あれは間違いなく馬だぜ。絶対に牛じゃなかったよ」

新之助は再び車を走らせた。津軽海峡の断崖の手前で道は右に曲がった。セメント工場らしい建物があり、そこを過ぎると、遠くに灯台が見えたが、同時に脚の太い薄茶色の馬も見えた。

「あ、ほんとだ、馬だ」

そう康平が叫んだとき、

「尻屋埼灯台だ。すげえ高いよ」

と新之助も同時に大声で言った。

灯台のためだけに設置したと思われる幾本もの電柱が海岸沿いに立っていた。岩だらけの海岸は、すぐそこに見えた。

売店はあったが、人の気配がなかった。

「煉瓦造りでは日本一高い灯台らしいけど、たしかにすーっと屹立《きつりつ》してて優美だなぁ」

車から降りて、売店から灯台に少し近づいたところにあるベンチに坐ると、康平はそう言って、真っ白な灯台を眺めた。なかに入れるのかどうかわからなかったが、康平はこのベンチから眺めているだけで充分な気がした。

小さな看板に「寒立馬《かんだちめ》」と書かれてあり、灯台の周辺も寒立馬の放牧地で、ダニが生息しているので注意するようにという注意書きもあった。

尻屋埼灯台の明かりは海よりだいぶ高い所にある。明治九年に初点灯された尻屋埼灯台が、津軽海峡を航行する船にとってどれほどありがたいものであったかは、康平にも理解できた。

「なかに入ってみたらどうだい？　上にのぼれるかもしれないよ。螺旋階段で、きついだろうけどね」

隣りに坐った新之助に言うと、

「いや、俺もここで見てるほうがいいよ。ここからだと全体が見えるから。周りの海もね」

そう新之助は言って、康平が持ってきた『ニッポン灯台紀行』の目次をひらき、尻屋埼灯台のページを読んだ。

「地上から頂部まで三十三メートル、水面から灯火まで四十七メートル。塔形白色煉瓦造、だって。霧で霞《かす》んでるけど、きれいな灯台だなぁ。俺、次男に灯って名前をつけてよかったよ。灯台なんて考えないでつけたんだけど、いつかあいつをここにつれて来て、これはお前だって言ってやる」

寒立馬の放牧地の西側に碑が建っていた。新之助はそこへ歩いて行った。碑の近くで、新之助が康平の視界から消えた。霧が濃くなったのだ。

康平はスマホで寒立馬を検索した。電波は微弱で、画面のアンテナマークは消えたり、現れたりした。

寒立馬は青森の天然記念物らしい。南部馬の系統で、一時は九頭まで数が減ったが、いまは四十頭くらいまで増えたという。

競走馬よりも体は小さいが、脚ははるかに太いので、力仕事に適していたのであろうと康平は思った。

新之助のことが心配になってきて、石碑のほうへと歩きだすと、霧のなかからデニムのジャンパーがあらわれた。

石碑には津軽海峡で遭難した犠牲者の名が刻まれていたと新之助は言った。

「あれも犠牲者の碑だな。もっと向こうにもあるよ」

と狭い海岸のほうを指差しながら康平は言ったが、新之助はもとのベンチに戻って、尻屋埼灯台を再び見つめた。

「俺も大学を卒業する前の年の夏休みに灯台巡りをするよ。バックパックを背負って、ひとりで、電車やバスを乗り継いで」

と新之助は言った。

「由衣ちゃんや子供たちはつれて行かないのかい？」

「四年後か五年後だろう？　翔馬は六歳か七歳。灯は四歳か五歳。つれて行ったって、なんにも覚えてやしないよ。俺も七歳のときに、母ちゃんがハワイにつれてってくれたけど、どこかの浜辺で遊んだことくらいしか覚えてないもんね」

そう言って、新之助は灯台を背景にして康平をスマホのカメラで撮った。

「さっき、石碑のところで調べたら、日本一高い灯台は出雲日御碕灯台だったよ。康平おじさんは、あした日本一高い灯台を見るんだぜ」

『ニッポン灯台紀行』の出雲日御碕灯台のページを開き、

「明治三十六年初点灯。地上から頂部まで四十四メートル、水面から灯火まで六十三メートル。精緻を極めた日本の石工技術が無ければできなかった大灯台だって」

と新之助は言った。

「灯台を見に行くんじゃないよ。石川杏子さんに会いに行くんだ。どこまで話が聞けるかわからないけど、あしたの最終便で羽田に帰ろうと思ってるんだ」

その康平の言葉に、

「小坂真砂雄は、葉書にわざわざ『謎かけ』みたいに日御碕灯台を描いたんだぜ。きっと、なにかあるんだよ」

と新之助は言い、そろそろ帰路につかないと青森市内に着くのが遅くなると促した。

康平は、立ち去り難いものを感じた。もっと白亜の尻屋埼灯台を見ていたかった。霧のなかに建つ優美と言ってもいい姿は、ひとりの人間の長い過去からの物語が醸し出されているかに思えたのだ。

動かず、語らず、感情を表さず、海を行く人々の生死を見つめてきた灯台が、そのとき康平には、何物にも動じない、ひとりの人間そのものに見えていた。

空の色と海の色と霧の色によって、灯台はみずからの色を消してしまったかに見えるが、びくともせずに、日が落ちると点灯して航路を照らしつづける。

多くの労苦に耐えて生きる無名の人間そのものではないか。

あれは祖父だ。あれは祖母だ。あれは父だ。あれは母だ。あれは蘭子だ。あれは俺だ。あれは、これからを生きる俺の子供たちであり、またその子供たちだ。

それぞれに多彩な感情があり、勇気があり、口をつぐんで耐えつづける日々があり、ささやかな幸福の積み重ねがあり、慈愛があり、闘魂がある。灯台は、すべての人間の象徴だ。

見ろ。これが人間であり人生だと灯台は語りかけているが、誰もそれに気づかない。蘭子、お前が秘めていたものを俺が見つけだして正しく検証してやる。俺はあした出雲へ行くよ。きっとお前はなにかを出雲に残して、その後を生きたはずだ。

康平は、これは感傷ではないと自分の心に言い聞かせて、車の助手席に乗った。

「寒立馬は、どんな吹雪にも耐えて、雪まみれになったまま立ちつづけるんだって」

とスマホの画面を見ながら言うと、新之助は車を発進させた。

灯台に着いたときから、その場を去るまで、康平と新之助以外の人間はあらわれなかった。しかし、振り返って、後方に遠ざかっていく灯台に見入りながら、康平は夥しい人生と遭遇したような感慨のなかにいた。

「威風堂々と生きたいな。焦ったって、怖がったって、逃げたって、悩みが解決するわけじゃないんだからな。こつこつと、ひとつひとつ、焦らず怯えず、難問を解決していく。俺はそういう人間になるために、いまから努力するよ」

康平はそう言って、原生林のなかのまっすぐな道を見つめた。


翌朝、早すぎるほどに早起きして、康平と新之助はホテルの朝食バイキングで食事をとると、青森空港から羽田行きの便に乗った。

新之助とは羽田空港で別れて、康平は出雲縁結び空港行きの飛行機の搭乗口へ行った。

「生まれて初めて、ひとりで飛行機に乗るんだ」

と胸のなかで言い、康平は石川杏子に電話をかけようとしたが、そのとき搭乗開始のアナウンスが聞こえた。

出雲に着いたのは十一時半過ぎだった。

空港ロビーに出て、ＪＲ出雲市駅行きのバス乗り場へと歩きながら、青森とのあまりの天候の違いに体がついていかないのを感じた。空は真っ青で、遠くの山並みには紅葉した木々が見えた。

バスに乗る前に、康平は石川杏子に電話をかけた。

「あらまぁ、ほんとに来たんですか？　私、半信半疑で、あのあと電話をかけ直そうかと思ったんですよ」

と石川杏子は言った。

「突然で申し訳ありません。ぼくはどこへ行ったら石川さんとお会いできますか？」

「わかりやすいところといったらどこかしら……。ＪＲの大社駅なら見つけやすいですよ。いまは使ってない駅ですけど、建物やホームは記念に残してあるんです。いま空港ですか？」

「そうです。ＪＲ出雲市駅行きのバス乗り場です」

「じゃあ、出雲市駅のバス停で待ってます。白い軽自動車に乗ってます」

「いえ、ぼくがタクシーで大社駅まで行きますので」

そう言って、康平は慌ててバスに乗った。

三十分ほどで出雲市駅に着き、康平はタクシーで旧大社駅へ行った。

いつ頃まで使われていたのか、康平は知らなかったが、木造瓦屋根の大きな建物は風情があり、掃除が行き届いていて、文化財として大切にされていることだけはわかった。

「道後温泉のあの木造の建物に似てるなぁ」

とつぶやき、康平は駅前の広い駐車場を見たが、まだ石川杏子は来ていなかった。

駅舎に入り、かつて出雲大社参詣のための人々で賑わったであろうプラットホームに出ると、線路は敷かれたままだった。

駅舎に戻り、昔の大社駅前に並んだ十数台の観光バスとバスガイドたちの写真を見ていると、駅前に白い軽自動車が停まった。

康平は、軽自動車を降りてくる婦人が石川杏子であることを駅舎の中から確かめると、

「威風堂々」

と自分に言い聞かせて、駅舎から出た。心臓が速く打ち始めるのを感じた。

「あらまぁ、遠くから。お疲れになったでしょう」

石川杏子は深く頭を下げながら、そう挨拶した。康平も笑顔で挨拶して、突然の来訪を詫《わ》びた。

石川杏子の顔すら明瞭に思いだせなかったのに、会ってみると、ああこの人だと康平はすぐにわかった。いつも年齢よりも若作りで、化粧や髪型も、身につけているものも垢《あか》抜けしている。

どちらからともなく駅舎のなかに入り、プラットホームに出たが、いったい何用かといぶかしんでいる様子は石川杏子にはなかった。

「廃線になると途端にレールの周りは雑草だらけになるんですけどね、この旧大社駅はきれいでしょう？」

「ええ、いまでも使ってるみたいですね」

「あそこに大きな鳥居が見えるでしょう？　あの大鳥居から五百メートルくらい行くと、出雲大社の本鳥居なんです。この駅で、よく蘭子ちゃんと待ち合わせをしました。ホームじゃなくて駅の入口でね」

そう言うと、石川杏子は軽自動車のほうへと戻り、康平に乗るように促した。

「無人の家ですから、あばら家ですけど、二間ほどは使えるようにしてあります。私の家でお話ししましょう。出雲蕎麦の出前を頼んであります。出雲の名物を召し上がっていって下さい」

石川杏子が長く夫と暮らしたという家は、旧大社駅をJR出雲市駅のほうへと少し戻ったところにあった。バス通りから住宅地へと入ると、賃貸マンションもあったが、立派な瓦屋根の木造住宅が並んでいた。

蕎麦の製麺所の隣りに、間口は狭いが奥に長い家があった。石川杏子はその横の空地に車を停めた。

石川杏子はすぐに台所で茶を淹れ、四人掛けのテーブルに運ぶと、康平のギプスを見て、それはどうしたのかと訊いた。

「平坦な道を歩いてて、転んだんです」

と康平は苦笑しながら答えて、小坂真砂雄からの葉書をバックパックから出した。きのうの夜、額から出してノートに挟んでおいたのだ。

石川杏子は康平と向かい合って椅子に坐り、葉書の表と裏を交互に丁寧に見つめたあと、それをテーブルに置いた。

この婦人が俺よりも二歳上だなんて思えない。せいぜい五十半ばくらいにしか見えないなと思いながら、康平は蘭子が書いた返事の内容も伝えた。

石川杏子は茶を静かに飲み、なにか考え事に浸るような表情をしたあと話し始めた。

――この家は築二十年でしたから、あちこち改築しました。一階の部屋からは見えませんが、植込みの向こうの東隣りの二階建てに蘭子ちゃん一家は住んでました。

いかにも昔風の木造の家で、一階を蘭子ちゃんの両親が使ってました。

蘭子ちゃんとふたりの兄妹は二階の二間を、もう一間をわたしが使ってたんです。

蘭子ちゃん一家がこの島根の出雲市に引っ越してきたのは、蘭子ちゃんが中学三年生の夏です。

わたしはその年、大学生になっていて、川崎市の家から高田馬場にある学校にかよっていましたが、夏の初めに、あまりに体の具合が悪いので診てもらったら、肺門のリンパ節が腫れてるってわかったんです。

わたしは子供の頃から体が弱くて、いわゆる「腺病質な子」で、風邪を引きやすくて、すぐに熱を出して、しょっちゅう学校を休みました。

まだ肺結核には進んでいないが、体を根本から丈夫にしなければ長生きできない、なんてお医者さまに脅されて、両親は大学をやめさせようとしました。けれども、わたしは教師になりたかったんです。

大学の担当教授に相談すると、一年間の休学を許可してくれました。ゆっくり休んで肺門リンパ節の腫れを治したらいいと勧めてくれました。空気のいい田舎暮らしをしろと勧めてくれたのは蘭子ちゃんのお父さんでした。

俺たちは三、四年の予定で出雲市に引っ越すから、杏子も一緒に来い、って言ってくれたんです。借りた家は町にあるが、海に近いし、あそこは東京なら郊外のようなところで、家も大きい。一年の休学期間を出雲でのんびり暮らせば丈夫になる、って。

たぶん、わたしはそのとき少し厭世的《えんせい》になってたんだと思います。建造《けんぞう》おじさんの言うとおりにしようと決めて、蘭子ちゃん一家と一緒に、出雲に来たんです。

いまでも、このあたりはのんびりしてますが、四十数年前は出雲大社への参詣客がいなければ、幾つもの狭い道に囲まれた古い家々がひっそりと並んでいるだけの町でした。なんにもすることがないので、わたしはよくひとりでバスに乗って日御碕灯台へ行き、夕方まで海の空気を吸っていました。

そうすることが、わたしの体を丈夫にすると建造おじさんに言われたからです。——

石川杏子はそこで話をやめて茶を飲み、再び葉書を手に持った。

「とにかく四十数年前のことですからねぇ。こまかいことは覚えてないんですよ。でも、小坂真砂雄ちゃんのことは覚えています。ええ、あの垣根の向こうの平屋の家に、お母さんとおばあさんと三人で暮らしてたんです。葉書を蘭子ちゃんに送ってきたのは、あの頃小学生だった小坂真砂雄ちゃんでしょうね。だって、この絵は間違いなく出雲日御碕ですし、この黒い点は日御碕灯台ですよ」

石川杏子がそう言ったとき、蕎麦屋の出前が届いた。康平は、青森空港で買ったお土産を渡すのを忘れていたことに気づき、それをテーブルに置いたが、魚の干物セットとはなんと気が利かない土産だろうと我ながらあきれた。

ここは島根県で、二、三日後には、石川杏子は函館に帰るのだ。島根の沿海部も函館も干物には事欠かない。珍しくもない代物を土産に貰って、石川杏子の荷物が増えるだけではないか。

康平は土産物をバックパックに戻してしまいたくなった。

「きょうは、ほんとにいいお天気ですね。最高気温は二十一度だって昼のニュースで言ってましたよ」

そう言って、石川杏子は盛り蕎麦と天麩羅のセットを康平に勧めた。

蕎麦を食べながら、大きなガラス窓から見える周囲の景色を指差して、石川杏子は、あそこにはイチジクの木があった、こっちには梨の木があった、と説明した。

「ご馳走さまでした」

食べ終わって、康平はそう言うなり、土産物を渡した。

「青森空港では時間がなかったもんですから、御迷惑になるかもしれないものを買ってしまいました。ぼくのすることは、なにかにつけて間が抜けていまして」

と康平は言った。

石川杏子は、礼を言って土産を受け取り、話をつづけた。

――四十数年前を思いだしながらの悠長な話し方ですので、聞いている康平さんはいらいらなさってるんじゃありませんか？　でも、ほんとに断片的にしか覚えてないんです。

真砂雄ちゃんのお母さんは境港《さかいみなと》の人でした。ご主人が酒乱で、ふたりの子供のうち次男の真砂雄ちゃんを引き取って別れたばかりだそうでした。

出雲大社の周りには蕎麦屋さんが並んでるんです。その一軒で働いてたと思います。別れたばかりで、生活の心配が絶えなかったんでしょう。真砂雄ちゃんは、お母さんによく叱られて、そのたびに叩かれてました。

蘭子ちゃんは転校先の中学では卓球部に入って、すぐに主戦力になったんです。小学生のときからお父さんの卓球の相手をしてたんだそうです。建造おじさんは中学高校と卓球部員で、素人の域を超える腕前だったんですよ。

だから、高校生になっても、蘭子ちゃんは卓球部には目をつけられていて、勧誘されたんです。

わたしは、この出雲での生活がすっかり好きになって、元気になっても東京や川崎に戻りたくなくて、大学の先生には、もう一年の療養が必要だなんて嘘をついて、のんびりと遊んで暮らしてました。

出雲市に引っ越して一年くらいだったでしょうか、仰天するような事件が起こったんです。

蘭子ちゃん一家の借家と真砂雄ちゃん一家の借家のあいだに住田《すみた》さんっていう当時七十歳くらいの婦人が住んでたんです。蘭子ちゃんと真砂雄ちゃんの家の家主さんです。

とにかく蟬《せみ》がうるさかったことだけは覚えています。

日本海沿いにはフェーン現象が起こりやすいそうですが、あの日はまさに例年にないひどい暑さだったと記憶しています。

昼下がりの油照りのなかでは、近所の人の声もせず、わたしもその日はバスに乗って日御碕灯台まで行く気力はなくて、涼しい一階の縁側で、手紙を書いていました。

姉の里美《さとみ》は、もう台所で夕飯の支度を始めていました。出来あがったばかりの茄子と挽き肉の煮物を鍋に入れて、これを住田さんに持って行ってくれとわたしに言いました。作り過ぎたから、御迷惑でなければ召し上がってくださいって言ってね。

姉は、そう言ったと思います。

わたしは書きかけの手紙や万年筆を持って二階の自分の部屋に行きました。

部屋からは、低いブロック塀越しに住田さんの家の玄関と、その横の狭い庭がよく見えます。

下に降りようとすると、姉が、

「杏子、蘭子が帰って来たから、蘭子に持って行ってもらうわ」

と階段のところから言いました。

夏休み中でしたが、蘭子ちゃんは日曜日以外は毎日卓球部の練習で学校に行ってたんです。

はーいと返事をして、わたしは窓際の机に坐り、手紙のつづきを書き始めました。大学の先生へのお礼の手紙でした。肺門のリンパ節の腫れは、三種類の薬を半年間服用して、もうすっかり治っていました。嘘をついている後ろめたさもあって、もう一年間の休学を許可してくれたことへのお礼を書いていたのです。

窓からは、アルミの鍋を持った蘭子ちゃんが、近回りをして垣根の隙間から住田さんの家の玄関のほうへと歩いていくのが見えました。

数分もたたないうちに、

「真砂雄ちゃん」

と呼ぶ蘭子ちゃんの声が聞こえて、わたしは住田家の玄関を見ました。真砂雄ちゃんが裸足で玄関から走り出てきて、すぐにまた住田家へと戻りました。

何事だろうと見ていると、真砂雄ちゃんは、こんどは自分の運動靴を手に持って、自宅のほうへ走って行きました。

そのとき、住田さんが帰ってきたんです。

いままでお留守だったんだなとわたしは思いましたが、なんとなく気になって、姉に気づかれないようにして階段を降りて、わたしも垣根の隙間から住田家の庭に入りました。台所の窓はあいていました。

「あんた、それなんなの？」

と言う住田さんの声が聞こえました。

「それはお仏壇のところに置いといたお金よ。それがなんであんたの手のなかにあるの？」

わたしは、血の気が引いていくのを感じましたが、住田家の台所の窓の下に身を隠すようにして、蘭子ちゃんの言葉を待ちました。

でも、蘭子ちゃんの声は聞こえてこないのです。

「この封筒に一万円札を一枚入れて、お仏壇に置いといたのよ。封筒はそこにあるし、一万円札は、あんたの手のなかにある。誰が考えても、あんたが盗もうとしたってわかるでしょう」

と住田さんは声を荒らげて言いました。

わたしは、真砂雄ちゃんが先に住田さんの家のなかにいたのを知っています。わたしの部屋の窓からは、鍋を持って住田家に向かう蘭子ちゃんが見えていましたが、真砂雄ちゃんが住田家から出てくるところしか目にしていません。

ということは、蘭子ちゃんよりも先に真砂雄ちゃんは住田さんの家に入っていたことになります。

「あんた、黙ってたら、わたしが盗もうとしましたって言ってるようなもんなのよ。それがどういうことなのかわかるの？　わたしがあんたを警察につれてったら、どうなると思ってるの？　そうしてもらいたいの？」

それからとても長い沈黙の時間があったような気がします。蟬の鳴き声がやんでいたからかもしれません。蘭子ちゃんの弁明の言葉は聞こえてきませんでした。

蘭子ちゃん、なんとか言わなきゃ泥棒にされちゃうよ。早く、わたしじゃありませんて言わなきゃあ。住田さんの家のなかでなにがあったのか知らないけど、わたしではないって言わなきゃあ。

わたしは心のなかでそう言っていたと思います。

「ふてぶてしいわねぇ。あんた、わたしをほんとに怒らせる気なの？　じゃあ、もういい。その一万円札を手から離すんじゃないよ」

そう言って、住田さんは蘭子ちゃんの手首を摑んで玄関から出てきました。

わたしは慌てて垣根の隙間から家に戻り、二階に上がって、階下の物音に耳を澄ませていました。姉は、裏庭に干した洗濯物を取り入れていたと思います。

住田さんは、軽率に蘭子ちゃんを警察につれて行ったのではないという気がしたのですが、気の強い人ですから、きっと蘭子ちゃんの母親に事の顚末《てんまつ》を話すつもりで、こっちへ歩いてきているに違いないと思ったのです。

蘭子ちゃん一家の借家の引き戸があいて、

「奥さん、いるの？」

という住田さんの声が聞こえたとき、わたしは安堵《あんど》して、部屋の壁に凭れて坐りました。これで、蘭子ちゃんは警察に突き出されなくて済むと思ったのです。

階下での、姉と住田さんの会話は、ほとんど覚えていません。それでも、一時間近く、姉が謝りつづけるくぐもった声は、蒸し暑い家のなかに低く響いていました。

途中、蘭子ちゃんのお兄ちゃんと妹が帰ってきましたが、姉は、一時間ほど外で遊んでいなさいとすぐにふたりを追い出しました。

住田さんが帰っていったのは三時半くらいだったと思います。

「どうして黙ってるの。なんか言ったらどうなの。蘭子、あんたほんとに盗もうとしたの？」

姉の悲鳴に似た声が聞こえました。

それでも、蘭子ちゃんは口を開こうとしないのです。母親とふたりきりなのに、なんの弁明もしないというのは、ひょっとしたら本当は蘭子ちゃんは住田さんの仏壇に置いてあった封筒のなかの一万円札を盗もうとしたのかもしれないと、わたしは思いました。

でも、蘭子ちゃんは、そんな子ではない、絶対に、他人のお金を盗むような子ではないという確信がありました。

その夜、仕事から帰ってきた建造おじさんは、蘭子ちゃんをつれて住田さんの家に行きました。

建造おじさんは温厚な人ですから、住田さんと争うために行ったはずはありません。

事を穏便に収めてもらおうと平身低頭して謝罪しつづけたに違いないのです。

わたしは、住田さんの家から裸足で駆け出てきた真砂雄ちゃんの姿を何度も脳裏に描きました。

というよりも、スローモーションのモノクロ映像のように、自然にわたしのなかで甦《よみがえ》りつづけるのです。

時間的に考えても、真砂雄ちゃんが蘭子ちゃんよりもあとに住田さんの家に入っていったはずはありません。真砂雄ちゃんは、蘭子ちゃんよりも先に住田さんの家のなかにいたのです。

わたしは、お金を盗もうとしたのは真砂雄ちゃんだと思いました。いまでもそう思っています。

でも、蘭子ちゃんは自分が泥棒扱いされてまで、真砂雄ちゃんをかばうでしょうか。まだ高校一年生の女の子が、そこまでの一種の俠気《きようき》を抱いて、沈黙しつづけられるものでしょうか。

わたしたちは、みんな真砂雄ちゃん一家の事情を知っていました。家賃の支払いが滞って、住田さんから家を出ていってくれと催促されていることも知っていたのです。

蘭子ちゃんは真砂雄ちゃんをかばっているのだ、というわたしの推理が確信に変わったのは、建造おじさんだけが出雲に残って、蘭子ちゃんたちはお盆までに八王子に帰ることが決まった日でした。

八月五日です。どうして日にちを覚えているのかというと、その日はわたしの誕生日だったからです。

朝、建造おじさんの口からそのことを聞いて、わたしもいよいよ川崎の両親の家に帰らなければならなくなったと思いました。そうなると、大学からは休学の許可を得ていたのですが、わたしは夏休みが終わったら復学しようかなどと考えました。

その頃、川崎市は大気汚染が社会問題化するほどにひどくなっていましたので、わたしはまだ出雲を離れたくなかったのですが、建造おじさんひとりが残って、別の小さなアパートへ引っ越すとなると、わたしも一緒に暮らすというわけにはいきません。姉もそれは望まないだろうと思いました。

急な引っ越しは、蘭子ちゃんのお兄ちゃんの大学受験のためと、建造おじさんは説明しました。

たいした荷物があるわけではないのですが、わたしはその日から引っ越しの準備を始めました。ひどく億劫な、気だるさがつきまといました。

自分の部屋の窓から見ていたことも、住田さんの台所の窓の下で聞いていたことも、決して口にすまいと決めていましたが、わたしは蘭子ちゃんのような強い心の持ち主ではなかったので、黙っていることそれ自体が苦しくなっていたのです。

それともうひとつ、わたしは夏休みに家業を手伝うために大阪から帰省していた大学生と親しくなり、好意を抱くようになっていました。

その人が、五年前に亡くなったわたしの夫です。実家は、ここ出雲でした。お父さんは水産加工品の卸売業を営んでいて、出雲大社から南西に十五分ほど歩いたところに事務所兼倉庫がありました。

わたしは、その人と別れ別れになることがつらかったのです。若かったですからね。八月五日の昼下がりに、わたしは彼に会うために出雲大社とこの家とのあいだの道を東に歩き始めました。川崎に引っ越さなければならなくなったことを直接伝えたかったのです。

すると、うしろから蘭子ちゃんがわたしを呼びました。蘭子ちゃんも、その日、転校することを卓球部の仲間に伝えるために学校に行っていました。

「どこ行くの？」

と蘭子ちゃんはバス通りに立ったまま訊きました。その表情には、屈託というものがまったくありませんでした。

「散歩よ」

とわたしは答えました。

そして、わたしは蘭子ちゃんが日御碕灯台へ一度も行ったことがないのを思いだしました。

それから蘭子ちゃんがバスに乗るまでのあいだ、なにを話したのか、いまでもはっきり覚えています。

とにかく、日がないのだから、日御碕灯台を見に行け、と勧めたのです。バスの停留所で一緒にバスがやって来るのを待ちながら、わたしは蘭子ちゃんに往復のバス代と、それ以外に五百円ほどを渡しました。

バスがやって来るのが見えたとき、わたしはとうとうこらえきれなくなって、

「真砂雄ちゃんをかばってるんでしょう？　わたし、真砂雄ちゃんが住田さんの家から裸足で駆け出してくるのを見たのよ」

と言ってしまいました。

蘭子ちゃんは驚き顔でわたしを見つめましたが、そうだともそうではないとも言いません。

「また黙秘権の行使ね。でも、わたしは、蘭子ちゃんが人のお金を盗もうなんて考えもしない人間だってことくらいはわかるわ」

わたしはそう言いました。

バスが停まり、蘭子ちゃんが乗ろうとしたとき、わたしは言ったのです。

「わたしも真砂雄ちゃんのことは誰にも言わないわ」

ドアが閉まり、バスが動きだした瞬間、蘭子ちゃんは、わたしに投げキッスを送ってきました。

わたしも返しました。――

話し終えると、石川杏子は大きく溜め息をつき、笑みを浮かべて小坂真砂雄からの葉書を両手で持って、

「こんな葉書が届いたのに、それでも、『私はあなたをまったく知らない』って返事を送るなんて、康平さんの奥さんは、まったくなんと言ったらいいのか……」

とつぶやいた。

康平は、背筋を伸ばし、

「ありがとうございました」

と礼を述べた。

意味不明の感情がせりあがって、声が震えた。

「四十数年前のことで、こまかいことは覚えてないなんて言ったのに、記憶を辿って話してると、すっかり忘れてた情景までが浮かんでくるものですねぇ」

そう言いながら、石川杏子は茶を淹れ直すために台所へ行った。

時計を見ると四時前だった。

出雲空港から羽田への最終便は七時半頃だ。これからJR出雲市駅まで戻り、そこからバスに乗ると、空港に着くのは六時頃になるな。

康平はそう計算して、お茶をいただいたらおいとましようと思った。

「蘭子ちゃん一家が住んでた家をご覧になりますか？　ここが蘭子ちゃんの家、ここが住田さんの家、ここが真砂雄ちゃんの家って、ご案内しますよ。警察の現場検証みたいに」

と言いながら茶を運んで来て、石川杏子は笑みを消した。

「不謹慎な冗談でしたね。教師上がりの上から目線てやつですね」

石川杏子はそう言って、また葉書に見入った。

「教師は何年くらいお務めになったんですか？」

と康平は訊いた。

「定年まで務めましたから、三十五年以上を小学生たちとすごしたんです」

マナーモードにしておいたスマホが点滅していた。ＬＩＮＥが届いていた。長男の雄太からだった。

――悪い友だちができて、一緒に遊び廻ってるそうだけど、道を踏み外さないようにね。――

康平は苦笑して、朱美が余計なことを教えやがったんだなと思った。

そのままスマホをポケットにしまい、いい香りのほうじ茶を飲むと、案内するという石川杏子を制して、何度も何度も礼を述べたあと、康平はいったんバス通りへと出て、蘭子一家が住んでいた家へと歩いた。

石川杏子の話を聞いているときに康平の心に浮かんでいた映像は、建物の大きさや造りとは不釣り合いな立派な瓦屋根が並ぶ家並みに、ひまわりや朝顔やイチジクや梨の木が日の光に照らされている土の道だった。

そこを蘭子が歩いていく。真砂雄ちゃんが走り逃げていく。夥しい蟬の声が、いっせいに湧きあがり、いっせいに消えていく。

だが、実際にバス通りから細道に入ると、アスファルトの道が延びていて、イチジクも梨の木もなかった。

一分も歩かないうちに、右手に石川杏子の家の裏側の二階部分が見えた。その斜め向かいが、かつての蘭子一家の借家のはずだった。

蘭子が住んでいた家の二階を康平は立ち止まって長いこと見つめた。

ブロック塀で仕切られたこちら側の家には、いまは古田《ふるた》という表札がかかっていた。

台所の窓は石川杏子の話そのままの場所にあり、住田家の裏のブロック塀までの幅の狭い庭には古い軽自動車が停めてあった。

この台所の窓の下で、石川杏子は息を詰めて、住田さんの言葉を聞いていたのだなと植込みで仕切られた隣りの家にも「古田」という表札がかかっていた。小学生の小坂真砂雄が母親と祖母との三人で暮らしていた家に違いなかった。

康平は、風の通りのいい道にたたずみ、三軒の家を眺め入り、

「蘭子、俺はお前が頑固で偏屈な人間じゃないってことを知ってるよ」

と言った。

「お前は、女房としても母親としても、大きな人間だったよ。おおらかで働き者の、すばらしい妻であり母だったよ。俺はお前の口から愚痴というものを聞いたことがない。栴檀《せんだん》は双葉より芳《かんば》し、だなぁ。板橋の仲宿商店街の小さな中華そば屋の女房なんかさせて申し訳なかった」

康平は、アスファルトの道を行ったり来たりして、かつての蘭子一家の借家の二階を見つづけた。十九歳の石川杏子が窓際から見ているような気がした。

いつまでもそこにいたかったが、空港には余裕をもって到着しておくようにという新之助の言葉を思い出し、康平はバス通りへと歩きだした。そのとき、

「あっ」

と言って歩を止めた。

「私はあなたをまったく知らない」という一行こそが、小坂真砂雄への明瞭な返事だっ

たと気づいたのだ。

小坂真砂雄も、蘭子からの手紙でそれを悟ったのだ。

「俺を騙してまで、十五歳のときの誓いを貫きとおしやがって。お前はなんて凄いやつだろうなぁ」

康平はそうつぶやき、苦笑しながら、

「蘭子、お前はあっぱれな女だよ。たしかにあの葉書は『神の歴史』だ」

とブロック塀の上で寝そべっている猫に言った。

石川杏子は軽自動車の運転席に坐って、バス通りで待っていてくれた。ＪＲ出雲市駅まで送ると言ってきかないので、康平は軽自動車に乗った。

第七章

十一月の二十日に病院へ行くと、医師は、カレンダーを見ながら、ギプスを取るのは三十日にしようと言った。

だが、ギプスを外したからといって翌日から「まきの」の再開店ができるわけではないという。

「その理由は、ギプスを外した瞬間にわかるよ。右手の筋肉は硬くなって動かないし、握力はほぼゼロに近くなってる。リハビリの期間は、だいたい一か月だから、『まきの』の再開店は来年だね」

「一か月？　そんなにかかるんですか？」

康平は驚いて訊いた。

「右の皿に入れた大豆を箸でつまんで、それを左の皿に移す練習をする前に、リハビリの専門家に硬直してる右手を柔らかくするマッサージをしてもらうんだけど、これが痛いんだなぁ。まぁ、焦らず、気長にやるんだね」

康平は、たかが三ミリのひびだと甘く考えていたので、来年まで「まきの」の再開店ができないことを知って、伊良湖岬灯台で転んだ瞬間のことを思い浮かべた。

あの恋路ヶ浜の遊歩道に一か所溜まっていた砂の上を避けていれば、転びはしなかったのにと腹がたってきたが、家への帰り道、十年ほど前に蘭子が健康診断を受けたときに、肺ガンの可能性が高いと告げられたのを思い出した。

「煙草も吸わない、お酒も飲まない私が、どうして肺ガンなの？」

と言ったが、蘭子はいやに恬淡《てんたん》としていた。

「お前、平気な顔してるなぁ。俺なら、もっと動揺して、早く精密検査をしてくれと頼むか、他の病院で診てもらうか、とにかくうろたえて、仕事なんて手につかないよ」

康平が言うと、

「そりゃあ、私だってもっと長生きしたいけど、いつ死ぬかは、私には決められないもの。どうしてこんな病気にかかったのかって考えないほうがいいでしょう？　考えたってわからないんだもん。治療に専念して、駄目だったら死ぬ。でも、私が死んだ瞬間にガン細胞も死ぬ。相打ちね」

蘭子はそう答えて、夕方からの商売の準備を始めた。

精密検査では肺の影は消えていて、ガンではなかったという診断が下された。

康平は、そのときの蘭子の言葉には、含蓄があったような気がした。

仲宿商店街の手前まで帰ってくると、康平は道を左に曲がって、石神井川に沿って歩きだした。

予定では、新之助一家の引っ越し作業はきょうの午後にいちおう終わることになっていたので、マンションを見に行こうと思ったのだ。

しかし、いま行っても邪魔になるだけだと考えて、途中にある細道を家のほうへと曲がりかけた。

うしろから呼ばれて振り返ると、トシオが翔馬と手をつないで立っていた。

「ひさしぶりだな。お前、旅から帰って来たっていうのに、俺に電話一本よこさないなんて、ちょっと冷たいんじゃないか？」

と道を渡ってきたトシオが言うと、

「コーヘイ」

翔馬は康平を指差して、そう言った。

「こら、康平おじさんって呼ばなきゃ駄目だぞ」

とトシオは翔馬に言った。

なんだかおじいちゃんと孫みたいだなと思いながら、出雲から帰って以来、迷いつづけていることを相談しようかと考えた。

だが、新之助がトシオにはなにも話していないことを知ったので、康平は青森から出雲へ行ったことを黙っているために、トシオには連絡をしなかったのだ。

翔馬を真ん中にして細道を並んで歩きながら、

「とてもじゃないけど、引っ越し作業なんて今日中に終わらないよ。この子がうろちょろして邪魔だから、子守り役を買ってでたけど、もうへとへとだ」

とトシオは言った。

「六十二歳と二歳とではエネルギーが違うんだ。二歳にもなると目を離せないしな」

と康平は笑顔で言った。

康平は、出雲から帰るとすぐに石川杏子に礼状を書きたかったが、いまの自分の右手では無理だと思い、朱美に代筆してもらおうかとも考えた。だがそれは、蘭子が泥棒だと思われようとも口外しなかったことを、娘に明かしてしまわなければならないはめになる。

康平はそう考えて思いとどまったのだが、もう一通、どうしても投函しなければならない手紙は、どんなに大小不揃いな金釘《かなくぎ》文字であっても自分で書きたかった。小坂真砂雄への手紙だ。

康平は、蘭子が住田さんの家に入ってからの、ほんの一分か二分のあいだに、一万円札を盗もうとしていた小学二年生の小坂真砂雄といかなるやりとりがあったのかを知りたかった。

単なる同情だけで、蘭子が罪を被ろうと決めて、それを頑なに実行するはずはない。

どんなに恩義を抱いたとしても、小坂真砂雄が、日御碕灯台を暗示する線画とともに、自分が来年大学を卒業すると伝える葉書を送ってくるはずもない。

小坂真砂雄にとっては遠い過去の忌まわしい思い出など忘れてしまいたいはずだし、葉書を送るという余計な行為によって、蘭子に昔の出来事を甦らせてしまうという愚をわざわざ犯したくはないであろう。

あの一分か二分のあいだに、なにかがあったのだ。それを知りたい。知ったからとて、なにがどうなるものでもない。だが、蘭子は泥棒の汚名をみずから被って十五歳から六十歳の手前までを生きたのだ。

小坂真砂雄に、蘭子が二年前に死んだことを伝えたい。そして、あの葉書を『神の歴史』というぶ厚い学術書に挟んで逝ったことも伝えたい。

康平は出雲から帰ってから、ずっとそう考えつづけてきたのだ。

二階屋が並ぶ細道を歩いているうちに、康平は、トシオがいざとなると頼りになる男であることを思いだした。

朱美に手紙を代筆してもらうためには、その理由を詳しく説明しなければなるまい。蘭子が死ぬまで隠しとおした秘密を娘が知ることになる。かえって他人のほうがいいのではないか。

ふとそんな気がして、康平は家の手前で仲宿商店街への路地へと曲がり、「まきの」

の裏口のドアをあけた。

「お前に頼みたいことがあるんだ。二階で話をしようか」

と康平は言った。

トシオは頷き返して、

「翔馬を三時まで預かるって約束したんだ。この子、やんちゃだぜ。おとなしくしてないぞ」

そう言いながらも、トシオは翔馬の手を引いて二階へとあがった。

「二歳児用の絵本でもありゃあいいけど、そんなものはないからなぁ」

康平は言って、厨房の冷蔵庫に入れてあるトマトを洗った。朱美がおととい得意客からもらった青いトマトだった。広い庭に菜園と温室を持っているという。

冷蔵庫に入れずに置いておけば自然に熟して赤くなると言われたそうだが、朱美は青いトマトが好きなので、あえて冷蔵庫に入れたのだ。

四十数年前の出来事を、どこからどう話したらいいのかと考えていたので、康平は青いトマトを切るのを忘れて、そのまま翔馬に手渡した。翔馬は、珍しそうにかぶりついた。

「そうだよ、それが正しい食べ方だ」

とトシオは翔馬に言った。

酸っぱいと言って口から出してしまうかと思ったが、翔馬は鼻から下をトマトの汁だらけにして食べつづけた。

トシオは自分のハンカチで翔馬の口の周りを拭いてやり、

「話を聞くぜ」

と言った。

「お前、いやにのんびりしてるな。仕事は大丈夫か？」

「女房がダウンだ。日頃の疲れが一気に出るんだ。三月《みつき》にいっぺんくらい、こういう日があってね、そういうときは山下惣菜店は臨時休業。マッサージ師さんに来てもらって、一時間揉んでもらって、ぬるい湯につかりながら風呂場で映画を観て、そのあと、二、三時間寝るんだ。そしたら元気になるんだよ」

「風呂場で映画？」

「ＤＶＤだよ。風呂場でも使える再生機があるんだ」

翔馬は幼児用の小さなショルダーバッグを肩から提げていて、そこから折り紙を出すと、なにかを折り始めた。

「そうじゃないよ。兜《かぶと》は、こっちから先に折るんだ」

と言い、トシオは模範を見せてやりながら、さぁ話せよという表情を康平に向けた。

「うーん、どこから話そうかなぁ」

と言って考え込み、やはり小坂真砂雄の葉書から始めなければなるまいと思って、康平は『神の歴史』を本棚から出した。

出雲から戻った日に、康平はその葉書をもとの場所に戻したのだ。

ひととおり話し終えたころには二時半を廻っていた。石川杏子から聞いたことも、ほぼ正確に語り、康平は話をはしょるどころか、九月からきょうまでの自分の心の変遷までもトシオに明かした。

その間、トシオは自分の考えを一切口にせず、翔馬の求めるままに折り紙を折りつづけ、眠そうな目をし始めるとベッドに横にしてやった。

いま翔馬はトシオの折った蛙《かえる》さんを握りしめて眠っていた。

トシオは翔馬のショルダーバッグから色鉛筆を出した。2Bの鉛筆も入っていた。

「便箋、あるか？」

とトシオは訊いた。

「口述筆記だ。康平が手紙の文面を喋ってくれ。それを俺があとで清書するよ。ゆっくり喋ってくれよ」

「うん、まず『拝啓』だな」

康平は正座して文章を考えたが、「拝啓」の次は出てこなかった。

「拝啓の次は敬具か？　あいだはなし、なんて手紙が蘭子さんの亭主から届いたらいやがらせかと小坂真砂雄は思うぜ」

とトシオは笑いながら言った。

「急に手紙の文章を言え、って言われても、出てこないよ」

「お前、これだけたくさんの難しい本を読んできて、手紙ひとつ書けないのかよ。翔馬が起きないうちに下書きを書いてしまおうぜ。思いつくままになんか喋れよ。あとで消したり足したりしたらいいじゃん」

「うん、そうだな」

康平はトシオの言うとおりに、思いつくままを喋り始めた。

――突然、手紙を差し上げるご無礼をお許し下さい。私は牧野蘭子の夫の牧野康平と申します。

蘭子は、おととし、二〇一五年九月にくも膜下出血により急逝いたしました。

その二年後、ことしの九月に、小坂真砂雄さんから三十年前に頂戴した葉書が、私の蔵書に挟まれているのを見つけました。『神の歴史』という学術書です。

小坂さんからの葉書については、私もよく覚えています。蘭子が、それを受け取るなり、この人はいったい誰だろう、小坂真砂雄という人にはまったく心当たりがないと不思議そうに言ったからです。

そして、その由を手紙に書いて小坂さんに送ったからです。蘭子の手紙は私が家の近くのポストに投函しました。宛先不明で戻って来なかったのですから、蘭子からの手紙は小坂さんに届いたものと思っています。――

そこまでは、さしてつっかえることなく口にすることができたが、康平は、なぜ自分が突然灯台に興味を持ち、灯台巡りをするようになったかを喋っているうちに、もっと単刀直入に蘭子の出雲時代のことを訊かなければならないと思った。自分の灯台巡りのことなど、どうでもいいのだ、と。

「いまの全部ボツにしてくれよ」

「えっ？　どうして？　必要な前置きだと思うよ。小坂真砂雄を怯えさせないために必要だよ。だって、お前からの手紙の書き出しで、小坂真砂雄は身構えたはずだからな。あんたを責めるのでも脅すのでもない。出雲のあの空白の数分間に、小坂さんと蘭子さんとのあいだでどんなやりとりがあったのかを知りたいだけで、他になんの魂胆もないってことを小坂真砂雄に信じさせなきゃいけないんだからな」

トシオの言うとおりだと思い、康平はそのままつづけることにした。

石川杏子の名を出そうかどうか迷ったが、小坂真砂雄がそのことによって甲羅のなかに身を隠した亀のように閉じこもってしまっても、それはそれで仕方がないと思った。

――四十数年前の、もう過ぎ去ってしまった出来事を、なぜそんなに知りたいのかと思われるでしょうが、板橋区の旧宿場の、中華そば屋の女房として生きた蘭子が、夫にまで隠し通した真実を、私は私の心のなかだけで検証してやりたいのです。

しかし、小坂さんが、そんなことは思い出したくもないし、いまさら話したくもないと思われるのなら致し方がありません。

私は、小坂さんのあの葉書を『神の歴史』に挟んで、一切を私の胸の内に納めてしまうつもりです。

ですが、もし小坂さんが、住田さんの家でほんの一分か二分のあいだに起こったことを話してもいいと思われたなら、その由を葉書なりお手紙なりでお知らせ下さい。私の携帯電話の番号も記しておきます。敬具――

トシオは乱雑に書いた自分の字を見ながら、だるそうに手首を廻した。

「清書は万年筆でした方がいいかなあ。俺、長い文章を万年筆で書いたことなんかないんだ。ボールペンじゃ駄目かい？」

「こういう手紙は万年筆のほうがいいと思うんだ」

「俺も女房も万年筆は持ってないんだ。お前のを貸してくれよ」

とトシオは言った。

康平は、机の抽斗からケースに入ったままのドイツ製の万年筆とインクを出し、それをトシオに渡して、

「俺もこれを買ってから使ったのは三回だけなんだ。十年で三回きり」

と言った。

「康平、お前、文章うまいなぁ。これだけの書物を読んできただけはあるよ。表現とか文章のめりはりとかが、書物を読んでるうちに自然に身についたんだぜ。俺、口述筆記しながら、涙が出てきたよ。何十四もの蟬の声が聞こえてきたよ。父ちゃんとケンカして泣き腫らした顔のまま家出した母ちゃんを追いかけて行ったとき、蟬がいっせいに鳴きだしたなぁ、なんて思い出してさ。あのとき俺は幼稚園児だったなぁ、なんてね。十五歳の蘭子さんが石川杏子さんにバスのなかから投げキッスをしたのを、俺も見てたような気になったよ」

トシオは下書きを四つに折ってシャツの胸ポケットに入れながら、そう言った。

石川杏子のことには触れずにおこうと思ったのに、彼女から聞いた話なしでは小坂真砂雄への手紙は成り立たなくなったのだ。

「俺、文章がうまいなんて言われたの、生まれて初めてだよ。ほんとにそう思うか？詩を書くつもりでノートを買うんだけど、一篇の詩も書けたことがないんだぜ」

「俳句みたいに『お題』を貰ったら書けるんじゃないか？」

「お題？」

「うん、俺が『お題』をやるよ」

トシオはそう言って、万年筆の先をインクに浸し、しばらく考え込んでから、折り紙の裏に「美女」と書いた。

「美女？　俗な題だなぁ」

「美しい詩は俗のなかから生まれるんだ、って誰かが言ってたよ。誰だったかなぁ」

「詩心が刺激されないよ」

康平がそう言ったとき、ふいに翔馬が目を醒まして、誰かを探し始め、トシオを見て泣きだした。

「こうなるとママでないと駄目なんだよ」

と言って、トシオは翔馬のショルダーバッグに万年筆とインクをしまった。そして翔馬を抱き上げた。

「さあ、おうちに帰ろうか」

トシオは手紙の清書に三日くれと言いながら、階段を降り始め、途中で立ち止まった。

「カンちゃんだ。カンちゃんが言ったんだ。美しい詩は俗のなかから生まれるって。『あざみ』で飲んでたときだよ。五年くらい前かなぁ」

「あざみ」は、板橋という橋から石神井川沿いに行ったところにある古い居酒屋だった。

「手紙のお礼に『あざみ』で奢るよ」

康平の言葉に笑みを返し、トシオは翔馬を抱いて裏口から出て行った。

翔馬が正しく折れなかった折り紙が散乱するベッドを片づけ、康平はそこに横たわる

と、

「そろそろ焼酎タイムかな」

と言った。

手紙は小坂真砂雄に届くだろうか。あの葉書は三十年前のものだ。小坂真砂雄は当時は武蔵野市吉祥寺に住んでいたが、いまでも同じところで暮らしているとは限らない。あのときはまだ大学生だった。卒業して就職し、どこか別の地に引っ越さざるを得なくなった公算は大きい。

いまは五十一、二歳。転勤の多い職種についたかもしれず、そのままそこに住みついてしまう場合もあるだろう。

三十年前と同じ場所に住んでいる確率のほうが低いのだ。まあいい。手紙が戻って来たら、それはそれで仕方がない。終わりとしよう。

康平はそう思い、押し入れから蒲団を出して被った。急に冷え込んできたような気がしたのだ。

少し横になるだけのつもりだったのに、朱美の声で目を醒ますと七時を廻っていた。

「早いなぁ。晩飯はまだだろう?」

ちゃんと覚醒しないまま、康平はベッドの上に坐った。朱美の姿はなかった。階段の下から呼んだのだ。

「ボーナスが出たのよ。今夜はご馳走するわ」

康平はベッドの周りに散乱している折り紙を屑籠《くずかご》に捨ててから階段を降りると、

「もうボーナスが出たのか？　早いなぁ」

と言った。

組合は福利厚生の充実とか女子社員の地位向上とかの要求を出していたのだが、社は準備期間を与えてくれるようにと頼んだ。数年前からの要求だったので、組合はもう待てないと譲歩しなかった。それで、社は引き換えに、ボーナスの増額と支給日を早める案を出してきたのだ。

朱美はそう説明し、

「増額と言っても微々たるもんよ。でも、早く貰えるのはありがたいから」

そう言って、裏口から路地へ出ると、仲宿商店街の人混みに立ち、何をご馳走してもらいたいかと訊いた。

「そろそろおでんのうまい季節だぜ。『あざみ』はどうだい？　あそこのおでんはうまいぜ。刺身もいいものを出すしなぁ」

「じゃあ『あざみ』に決定。私はあそこのお寿司が好きなの」

「酢飯じゃなくて、普通のご飯で握ったやつだな。うん、あれはうまいな」

板橋は、もとは頑丈な板で造られた橋で、それは江戸時代から何度も架け替えられてきたという。あちこちから江戸へとやってくる旅人が渡った、その板の橋にちなんで、この宿場町を板橋と呼んだ。

石神井川に架けられた板橋のたもとにある説明板にはそんな意味のことが書かれてある。

「きのうは日曜日だったから、井上さんとこのコジローを散歩させてあげてたらシンちゃんたちに会ったわ」

と朱美は言った。

「井上さんはもう八十……」

「五よ。犬の散歩はもう無理よ。コジローも人間なら井上さんと同い年くらいだから、百メートルも歩いたら、坐り込んじゃって梃子《てこ》でも動かないの。由衣ちゃんがコジローを抱いてウンチをさせに行って、私はそのあいだアカリちゃんを抱いてたの。コジローのほうがはるかに重いんだもん」

「シンちゃんが、高校をやめて福岡の半グレになったなんて思えないだろう？」

と康平は笑いながら言った。

「話を聞いてたら、半グレ予備軍の、そのまた見習いってとこね」

石神井川の桜並木が始まるところに、創業昭和十三年と染め抜かれた暖簾がかかる居酒屋があり、老夫婦とその息子夫婦が営んでいる。

焼き物は若い夫婦が、酒の燗《かん》つけは母親が、魚をおろして刺身にさばくのは父親が、というふうに分担しているが、四人の調理場での動きに無駄はなくて、つねに一定のリズムのなかにいると感じさせる。

ちろりに酒を移すときに使う一合升は、もう二十年間も使い込んで、角が丸くなっている。一合升ではあったが、先々代が特別に作らせたもので、一合二勺《しやく》入るようになっている。

どの料理も品物がいいので、他の居酒屋よりも値段が高いが、蘭子は月に一度、「あざみ」で鯵のなめろうとおでんを食べるのを楽しみにしていたのだ。最後はいつも赤だし味噌汁とおにぎりだった。

「ここに坐るとお母さんを思い出すから、私、ほんとは来たくなかったんだ」

と朱美は小声で言った。

お通しの小鰭《こはだ》と卯の花の和え物を味わいながら、康平は焼酎のお湯割りを、朱美はビールを飲んだ。

「子供たちに話したっていいのよ。私、なにも悪いことなんかしてないんだから」

と蘭子が言った。

「うん。でも黙ってたほうがいいような気がするんだ」

「どうして？」

「なにか大事なものがシャボン玉みたいに弾けて飛んでっちゃうような気がしてね」

「大事なものって、なに？」

康平は蘭子の問いになんと答えようかと考え込んだ。そして、言葉にできないことが、俺たちの人生にはなんと多いことだろうと思った。

「大事なものってのは、高校生のお前からの投げキッスかな」

と康平は言った。

「あなたに投げたんじゃないのに？」

「いや、日御碕灯台へのバス停に立ってたのは、俺だ。あ、そうじゃないな。俺だったらいいのにな、が正しいよ。高校生の美女がバスのなかに立って、日盛りのバス停にいる俺に投げキッスを送ってくるんだ」

そう言ったとき、康平は「美女」という詩のほとんどが出来たと思った。

刺身三点の盛り合わせを註文すると、店主の息子が、その手では箸は使いにくそうだからとフォークをカウンターに置いてくれた。

「牧野さん、そのギプス、いつ外れるんです？」

と息子は訊いた。

「十日後らしいよ。だけど、それからリハビリの期間があるらしいんだ」

「リハビリは大変ですよ。わたしも自転車に乗ってて転びましてね。歩道と車道の段差のところにここをぶつけたんです。頭や顔でなくてよかったですよ。下手したら死んでたかもしれません」

「あざみ」の四代目となるであろう息子は、自分の右手の甲を軽く叩いた。

「机に十円玉を置いて、怪我をしたほうの指でそれを裏返すことから始めたんですがね、これができないんです。なさけなかったですね。その次は箸で大豆をつまむんです」

「あっ、ぼくもそれをやらされるらしいよ」

「これがまた難しい。箸を放り投げてやろうかって何回癇癪《かんしやく》を起こしたかしれません。牧野さんも気長にやって下さい」

店主の息子は笑顔で言った。

「そうかあ、リハビリをしなきゃあいけないんだぁ。じゃあ、『まきの』の再開は来年ね」

と言って、朱美は熱燗《あつかん》を頼んだ。

康平の心のなかには、バス停に立っている自分の姿があった。蘭子は消えてしまっていた。

病院から帰る道で、翔馬の手を引いたトシオと会ったことを話しているうちに五人の客が入ってきたので、ふたりは席を横に移した。「あざみ」のカウンター席は十人掛けで、入口に近いところには三人の客がいたのだ。

康平と朱美は、カウンター席のいちばん奥に移ることになってしまい、そのために茄子や胡瓜や海老芋を盛った竹籠で調理場の家族から顔が隠れてしまった。

内緒話にはおあつらえ向きの席だなと思ったとき、康平は、やはり子供たちにも話しておこうという衝動に駆られた。

自分たちの母親が、どんな人間であったかを知っておいてもらいたくなったのだ。

すべてを話し終えたとき、康平は焼酎を四杯も飲んでしまっていた。

朱美は聞き終えても、カウンターの向こうのおでんの四角い鍋をぼんやりと見つめたままで、なにも言わなかったが、

「お父さん、もう駄目よ」

と焼酎のコップを取りあげて、自分は四合目の熱燗を註文した。

「お前こそ、もうやめとけ。飲み過ぎだよ。おでんかおにぎりにしろ」

康平の言葉に素直に従って、朱美は熱燗をキャンセルしておでんの厚揚げと牛すじと海老芋を頼んだ。

「それで、青森から突然出雲へ行ったのね。杏子おばさん、よく話してくれたわね」

「蘭子が生きてたら、杏子さんも口をつぐみつづけたんだろうな」

「小坂真砂雄さんへの手紙、山下のおじさんに頼まなくても、私が清書してあげたのに」

康平は、四十数年前の出雲での出来事を子供たちには黙っておこうと思った理由を、うまく説明できなかった。

「函館の杏子さんへの礼状は、お前が代わりに書いてくれよ」

康平が頼むと、朱美はなんだか力なく頷いて、

「お母さんがどんな人だったのか、私には、なんにも見えてなかったのね。客席と厨房とをコマネズミみたいに行ったり来たりしてる中華そば屋のおばさんにしか見えなかったわ。中学生のときは、もうちょっとかっこいいお母さんだったらいいのになぁ、なんて思ってたの」

と言った。

トシオが清書した手紙を持って来てくれたのは、康平の手のリハビリが三日目に入った日だった。

三日で書けると思っていたが、書いては破り、書いては破りしているうちに二週間もかかってしまったとトシオは言った。

「仕事で疲れて帰って来て、それから清書してくれたんだろう？　感謝するよ」

「いや、女房に怪しまれちゃいけないから、昼の忙しい時間が過ぎたあと、あいつが家に帰ってから店の調理場で書いたんだ」

トシオは封筒に小坂真砂雄の住所氏名と康平の住所氏名も書いてくれていた。

康平は、便箋で八枚にも及ぶ手紙を読み、それを封筒に入れると、トシオと一緒に商店街にあるポストの前に行って投函した。

小坂真砂雄からの返事を十日待ち、さらに十日待ったが、その間に康平のリハビリは順調に進んだ。

ギプスを外したときに測定をしたが、医師の予想よりも握力は落ちていなかったし、筋肉の硬直も少なかったのだ。それでも、朱美と腕相撲をすると赤子の手をひねるように簡単に負けた。骨折前の三分の一くらいの握力しかないのだ。

「あざみ」の跡取りの言葉どおり、箸で大豆をつまむのが最も難しかった。

重さ一キロのバーベルから握力と手首の筋力を回復させる運動を始めたが、クリスマスイブの日には、その重さを三キロに増やし、病院でのリハビリは終了ということになった。

あとは家で自分でリハビリをつづけてください。とにかく右手を意識して使うことで、次第にもとに復していくでしょうと医師に言われて帰路につくと、康平は、右手を握ったり開いたりしながら板橋の商店街を歩き、店に帰ってすぐに麺の湯切り用の平ザルに濡れタオルを載せて、湯切りの練習に没頭した。

怪我の前を十とすると、まだ八程度の動きだと康平は思い、中華そばを入れる鉢に水を入れて、それを盆に載せてカウンターに運んでみた。ひっくり返しそうで、これでは客に火傷《やけど》をさせかねないと思い、店の再開を来年の一月五日からと決めた。

六日は土曜日で、「まきの」は土日に家族連れの客が多い。五日を再開一日目にして、中華そば作りの勘を実践で取り戻し、翌日と翌々日に備えよう。家族連れは「まきの」にとっては大事な客で、平均すると四人が多い。それが三組同時にやって来たら、いまの右手の回復状態ではさばけない。

正月三が日も含めて、きょうから十日間あれば、元通りの右手に戻るだろうと康平は計算したのだ。

リハビリを兼ねた湯切りや、包丁使いや、出来あがった中華そばやチャーシュウを盆に載せて運ぶ動作を何度も繰り返しながらも、康平の神経は外の商店街へと注がれつづけていた。郵便配達のバイクに似た音が聞こえると、店の裏口から出て、小走りで家へと向かった。

しかし、小坂真砂雄からの返事は郵便受けに入っていなかった。

「いつかきっと来るわ」

と蘭子は言った。

康平は右手の開閉を繰り返しながら店への路地を引き返しつつ、

「確信があるのかい？」

と蘭子に訊いた。

「あの子は根性があるのよ。それは三十年前の葉書でわかるわ」

「あの葉書だけで、どうしてそれがわかるんだ？」

蘭子は返事をしないまま消えてしまった。

康平は、店に帰ると、厨房用品の卸問屋に電話をかけ、客にセルフで水をコップに入れてもらうための機械を註文した。トシオの意見に従うことにしたのだ。

それから、製麺所と各卸問屋に電話して、麺とワンタンの皮、丸鶏、鶏ガラ、豚骨、鶏ミンチ肉などの食材を持って来てくれと頼み、再開店は来年の一月五日にすると伝えた。

野菜専門の卸問屋にも連絡して、夕方に配達してくれと頼み、いったん家に帰って休憩した。

そろそろ食材が届き始めるころだという時間になり、白いトレーナーの上から同色の調理服を着て、頭に巻くための白い手拭いを肩にかけると店に戻った。

きょうもリハーサルではあったが、営業するときと同じいでたちになりたかったのだ。

寸胴鍋三個を所定の位置に置き、チャーシュウ作りの準備も整えて、康平は新之助に電話をかけた。中華そば用のスープやチャーシュウが出来あがるのは夜の十時ごろだが、味見にこないかと誘いたかったのだ。

新之助はすぐに電話に出て、

「いま行くよ」

と答えると同時に裏口から入ってきた。

「なんだ、そこにいたのか」

「神田にある予備校に行って、来年の入校のために必要な手続きなんかを訊いてきたんだ。で、地下鉄を降りて、『まきの』の前まで来たら、小坂真砂雄さんが入口の戸から店のなかを覗いてたから、俺は邪魔だなと思って、そのまま素通りしたんだ。振り向いて様子を見たら、小坂さんは地下鉄の駅のほうへ歩いて行ったよ」

と新之助は言った。

康平は、狐《きつね》につままれたような心持ちで新之助を見つめた。

「その人が小坂真砂雄だって、どうしてわかったんだい？」

康平の問いに、

「歳は五十過ぎ。髪は少し白いものが交じってる。背は百七十センチくらい。ぱんぱんに膨れてるブリーフケースを持って、ベージュのコートを着てて、ボタンはかけてない。紺の背広に青いストライプのネクタイ。革靴はゴム底だけど上等で歩きやすそう。中小企業の経営者じゃなくて個人事業主って感じ。ガラス戸から『まきの』の店内を覗く姿は、なにかの営業に来たんじゃないし、中華そばを食べに来たんでもない。『まきの』

の様子を観察に来たって感じ。小坂真砂雄以外、考えられないんじゃないの？」

と新之助は答えた。

ベテランの刑事でも、初めて見る男をそこまで分析して、ああ、あいつだと直感できないだろうにと康平は思った。

「なんだ、推測かよ。俺は小坂真砂雄がシンちゃんに名乗ったのかと思ったよ。探偵ごっこはやめろよ。俺は、小坂真砂雄からの返事を待ちつづけて、心ここにあらずって気分なんだぜ。ことし中に返事がなかったら、すっぱりあきらめようと思ってたんだ」

その康平の言葉を聞きながら、「まきの」の入口の戸の向こうに目をやっていた新之助は、無言で仲宿商店街を指差した。夕方近くになって人通りの多くなった商店街に、五十過ぎの男が立っていた。

「俺は家に帰ってるよ」

と言って、新之助は裏口から出ると仲宿商店街へと出た。そして、男になにか言った。男は新之助に小さくお辞儀をして路地へと入った。

康平は、慌ててカウンターを布巾で拭いた。そのとき、空の寸胴鍋のひとつに膝がしらが当たり、鐘のような音が店中に響いた。康平は、それが闘いのゴングのような気がした。

裏口のドアをノックする音が聞こえた。なにかを売りにきた営業マンだったら、新之助の尻を蹴ってやると思いながら、康平はドアをあけたが、立っていたのは鶏肉の卸問屋だった。そして干物卸問屋と野菜の卸問屋もつづいた。

「厨房に入れといてくれる？」

と言って、康平はテーブル席の椅子に坐った。気が抜けてしまって、立ち上がれなかった。

さっきの闘いのゴングはなんだったのかと思ったとき、男がドアから上半身だけ突っ込むようにして康平を見つめた。どことなく剽軽《ひょうきん》なものが容貌の奥に潜んでいた。

「牧野康平さんでしょうか」

と男は訊いた。

闘いのゴングはやはり鳴ったのだと心のなかで言い聞かせ、康平は、そうですと答えた。

「お手紙を頂戴した小坂真砂雄です。お忙しいときに来てしまったようで」

「いえ、ぜんぜん忙しくないんです。どうぞお入りください」

康平は、テーブル席を指差し、厨房に移って電気ポットのスイッチを入れた。

「どうかおかまいなく。すぐに失礼しますので」

店に一歩入ったところで立ち止まり、小坂真砂雄は言った。

すぐに？　すぐに終わる話ではないだろう。康平はそう思ったが、笑みを浮かべて、

「あんな手紙を受け取られて、びっくりなさったでしょう。ぼくも、手紙を出すべきかどうか迷いつづけて」

さらに言葉をつづけようとしたとき、小坂真砂雄は康平を制して、

「出雲へ行くお時間を取っていただけないでしょうか」

と言った。

「出雲へ?」

「ええ、手紙には、日御碕灯台には行かないまま東京へ帰ったとお書きになってましたね。わたしと一緒に行きませんか」

「いつです?」

「あさってか、しあさってはいかがですか。それだと年末の帰省ラッシュに遭わずに済みます。わたしはきょう中に仕事で大阪に行かなければなりません。大阪からそのまま出雲に行きます。あさって、出雲で待ち合わせるというのはいかがでしょうか」

「あさって……。十二月二十六日ですね。出雲のどこで待ち合わせましょうか」

「昔、蘭子さん一家が住んでいた家の前というのはいかがですか。わたしが何時に着けるか、電話でお知らせします。大阪からの最初の出雲行きに乗るつもりですが」

康平は頷き、自分の携帯電話の番号をあらためて教えた。それを手帳に控え、小坂真砂雄は裏口から店に一歩入ったところからまったく動かないまま帰って行った。

まだなにも話さないうちに、俺を日御碕灯台に誘うとは、どういう魂胆なのだろうと考えて、康平はしばらくテーブル席に腰掛けたまま動けないでいた。

小坂真砂雄には悪びれたところがなかったが、それは蘭子の夫からの手紙にまったく邪気のようなものが感じられなかったからかもしれない。

さらには、あれから四十数年もたったうえに、現場にいた蘭子は死んでしまった。小坂真砂雄にとっては、案じる材料はなにもないのだ。だから強気に出て、俺に日御碕灯台を案内しようという余裕の誘いを投げかけてみたのだ。

なぜ俺は、わざわざ出雲まで足を運ぶことを承諾してしまったのか。

康平は、小坂真砂雄の誘いに簡単に応じてしまった自分に腹が立った。

しかし、十分ほど坐っているうちに、石川杏子に会うためにせっかく出雲まで行きながら、日御碕灯台を見ずに東京へ帰ってしまったことに幾分かの無念さを抱きつづけている自分に気づくと、康平は厨房に入った。

卸問屋たちが、まるで時を合わせたように裏口から運び入れてくれた食材を康平は袋から出し、肩に掛けていた手拭いを頭に巻き、中華そば用のスープ作りを開始した。

「俺は勘違いしてるな」

と康平は言った。

「小坂真砂雄を悪者扱いしてるよ。彼は蘭子に罪をなすりつけた大悪党じゃないんだ。

蘭子は自分から泥棒の汚名を着て、まだ八歳の小坂真砂雄を守ってやったんだ」

そう言った瞬間、康平は作業の手を止めた。八歳の小坂真砂雄が泥棒をしようとしたというのは、石川杏子の話から推測したものであって、本当は蘭子が一万円札を盗もうとした張本人かもしれないと思ったのだ。それを目撃した小坂真砂雄こそが、見て見ぬふりをして口をつぐみつづけたという推測も成り立つではないか、と。

その考えを打ち消すために、康平は頭を強く左右に振った。

「蘭子は人のお金を盗むような人間じゃない」

と強い口調で言い、康平は蘭子が答えてくれるのを待って、虚空に耳を澄ませた。蘭子の声は聞こえてこなかった。

皮つきのニンニク三片、たまねぎ五個、ざく切りキャベツ二個、長ネギ三本、にんじん五本、生姜二個、そして豚骨を入れた寸胴鍋に水を満たし、コンロに火をつけると、康平は別の寸胴鍋に丸鶏、鶏ガラ、もみじを入れた。

もうひとつの寸胴鍋の水には、すでに煮干しと鯖節と利尻昆布を浸してある。三時間たったら昆布だけを先に取り出して、弱火で出汁を取るのだ。

康平は、蘭子が母親に頼まれて、住田さんに茄子と挽き肉の煮物を届けに行ったという点が重要だと思った。

煮上がったばかりで熱く、その大きなアルミの鍋は片手では持てなかった。蘭子の両手はふさがっていたのだ。

住田さんの家に入り、仏壇にあった封筒を見つけて、その中身を見るためには、重い鍋をどこかに置かなければならない。それから、封筒を手に取ってなかを見て、一万円札を取り出したとき、小坂真砂雄がやって来る。

康平は、自分ならこう動くだろうと考えながら、一連の動作を何度もやってみた。

蘭子が住田さんの家に入ってから一万円札を手に持つまで、三分から五分ほどかかった。

「やっぱり蘭子じゃないよ」

と言ったあと、石川杏子の記憶も正確ではないのだと思った。

俺だって、四十数年前に二階から誰かを見ていたとしても、その人が隣りの家に入って何分後に出て来たかなど覚えているはずがないのだ。

石川杏子の話によると一、二分程度だったと思われるが、五、六分だったかもしれないではないか。

「あれ？　俺はほんとに蘭子を疑いだしてるぞ。小坂真砂雄の飄々《ひょうひょう》とした顔つきのせいだ。盗《ぬす》っ人《と》猛々《たけだけ》しいってのは、あいつのことだ」

康平は、もし小坂真砂雄が、じつは住田さんのお金を盗もうとしたのは蘭子さんなんです、なんて言いやがったら、強烈なボディーブローをかまして、顔に唾を吐きかけてやると思った。

「でもなぁ、俺、ケンカなんかしたことないもんなぁ。そのうえ、いまの俺の利き腕にパンチ力はないよ。朱美と腕相撲したって簡単に負けるんだぜ」

ひとりで喋りながら康平がスープを完成させたのは、夜の十時だった。

こんな時間だから、トシオも新之助も晩飯は済ませてしまっただろうと思いながら、康平はまずトシオに電話をかけてみた。

電話からは近くを走っている車の音が聞こえた。

「いまどこだい？」

と康平は訊いた。

「あてもなくほっつき歩いてるんだ」

とトシオは機嫌の悪そうな口調で言った。

またお袋さんのことで腹を立てているのだろうかと思いながら、「まきの」の中華そばを食べに来ないかと康平は言った。

「リハーサル開始か？　俺は腹が減って死にそうだから試食者としては失格だよ。いまなら誰が作った中華そばでもうまいだろうからな」

「機嫌が悪いんだなぁ。きょうはワンタンも作ったんだ。日本酒も焼酎もあるぜ」

「いまはお前に会わないほうがいいんだ」

なぜなのか理由を訊かないまま、康平は、きょう、小坂真砂雄が訪ねて来たのだと言った。

「いまから行くよ。十五分で着くと思う」

そう言って、トシオは電話を切った。

康平は、次に新之助に電話をかけた。電話に出るなり、

「あの人、小坂真砂雄さんだった？」

と新之助は訊いた。

「うん、シンちゃんの眼力は凄いな。どんぴしゃ。小坂真砂雄だったよ」

そう言ってから、もしまだ中華そばが食べられそうだったら来ないかと誘った。

「俺、いま受験生だからね、晩飯は夜の十時からって決めてるんだ。だから、腹ぺこ」

「じゃあ待ってるよ。もうじきトシオも来るんだ」

朱美にも電話をかけると、家に帰っていた。

「中華そば、食べに来ないか？　いまからトシオもシンちゃんも来てくれるんだ」

「今夜はもう無理。後輩の女子社員の相談事を聞く代わりにパスタとジェラートをご馳走になったの」

「小坂真砂雄が、きょう店に来たよ」

朱美はしばらく無言でいたが、

「いまお風呂からあがったばっかりなのよ。ちょっと遅れるけど、行くわ」
と言った。

最初に自転車を漕《こ》いでやって来たのは新之助だった。由衣はふたりの子供を寝かしつけながら一緒に寝てしまったという。

「来年、受験だなぁ」

康平は麺を茹でるための大鍋に水を入れて、コンロの火をつけた。

「来年は高認の試験だよ。まずそれに通らないとね」

「ああ、昔の大検だな」

「高認の試験は年に二回なんだ。八月と十一月。だから大学受験は一年待たなきゃいけない。予備校にも高認のためのコースがあるから、いまはそっちを受講してるんだ」

「その高認の試験、通りそうかい？」

「通るに決まってるじゃん」

三つの寸胴鍋に分けて取ったスープは、味を調整しながら、すでに別の寸胴鍋に混ぜて入れ、わずかに沸く程度の温度にしてあった。

由衣の妹は、あした東京へやって来ることになったと新之助は言った。

福岡の母親は頑なに同意しなかったが、先週やっと説得に応じた。

転校しなければならないので、この校区の中学校に相談に行ったが、いろんな書類が必要で、最も困ったのは、東京での同居人がみな未成年という点だ。

そしたらトシオおじさん夫婦が身元引受人になってくれた。その中学には、山下惣菜店の夫婦を知っている人が多かったのだ。

いちばんの難問が解決して、ほっとしていたら、冷凍倉庫を建てる予定だった会社の事情で、計画は一時保留になってしまった。

タキガワ興産はすでに土地を購入してしまった。その土地を二年も三年も遊ばせておけない。

あさって、その打ち合わせで福岡から常務が来る。ビジネスというものは、なにが起こるか予測不能だとわかった。俺が背広にネクタイ姿で話し合いに行っても相手にしてくれない。悔しいが仕方がない。相手も、十八歳の小僧と大事なビジネスの話をしようとは思わないだろう。ただ正式な賃貸契約書を交わしてある。俺も交渉の場に同席して勉強するつもりだ。

康平は、新之助の話を聞きながら、ワンタンを二十五個用意した。トシオがやって来たので、康平は、小坂真砂雄の思いがけない提案と、自分がそれを了承したことを話した。

康平は小坂真砂雄が去ったあとに自分の心に生じた疑念を語った。朱美が来ないうちにと思ったのだ。蘭子を疑いだしたことは、娘にだけは言うわけにいかなかった。

「康平の悪い癖だよ」

とトシオは言った。

「先読みというか、無駄な邪推というか、とにかく余計な心配ばっかりするんだ。お前、中学生のときから、そういうことが多かったぜ。性分だろうけど、康平の人生を小さくしてる悪い性分だよ」

そう言いながら、厨房に入って酒類を並べてある棚から日本酒を出して封を切り、コップにつぐと、トシオは言葉をつづけた。

今夜、惣菜店のシャッターを降ろし、大川《おおかわ》水道工事店に残った惣菜をすべて持って行った。大川のやっちゃんが、五人の従業員たちの慰労会をするから、残っている惣菜を全部持って来てくれと頼んできたからだ。

きのうの昼、やっとボーナスを支給できて、大川のやっちゃんがほっとしていることを知っていたので、俺は惣菜を多めに作っておいたのだ。

すると、大川水道工事店に悦子《えつこ》が来ていた。旧姓江川《えがわ》悦子、いまは佐治《さじ》悦子。高校生のとき、牧野康平は臭いと言いふらした、あのクソ意地の悪い女だ。

どんな用事で大川のやっちゃんの会社に来ていたのか知らないが、相変わらずチャラチャラと媚《こび》を売るように口を挟んできた。みんな迷惑そうだった。大川のやっちゃんも、早く帰ってくれないかといった表情で、悦子の愚にもつかない話の相手をしていた。

「トシオ、まだ惣菜屋なんてやってるの？」

って言いやがったから、俺の癇癪玉が破裂した。

「悦子、康平がどうして高校を中退したか知ってるか？　お前が、牧野康平は臭い、体から変なにおいがするって言いふらしたからさ。康平は朝早くから親父さんを手伝って、中華スープを作ってたからな。だけど、いまのお前のほうが百倍臭いぜ」

って言ってやったよ。

そしたら、そんなことを言われたくらいで登校拒否になって学校をやめるようなやつだから、いまも時代遅れの中華そばを作ってるのよ、って言い返してきやがった。

大川のやっちゃんがたしなめたので、悦子はふてくされて帰っていった。

トシオは言い終わると、コップの酒を飲み、ポケットからスマホを出した。

フード付きのトレーナーを着た朱美がやって来て、

「寒いわねぇ」

と言って新之助の背中を軽く叩き、カウンター席に坐った。

「康平、羽田発出雲縁結び空港行きの最初の便は七時二十五分だよ。着くのは八時五十分。大阪伊丹《いたみ》空港発は七時二十五分。着くのは八時二十分。チケットの予約をしとけよ」

スマホの画面を見ながら、トシオは言って、ワンタン麺を註文した。

康平は、チャーシュウを五ミリの厚さに切り、それを五枚皿に載せて、

「俺の仇を討ってくれて、ありがとうよ。俺も、悦子になにかひとこと言いたかったんだけど、おっかなくて言えなかったんだ。あいつ、高島平に住んでて、たまにこの商店街で出くわすんだ」

そう言って、トシオの肩を抱いた。

「なにがおっかないんだよ」

とトシオは朱美の隣りに坐って訊いた。

「悦子にひとこと言ってみろよ。百くらい返ってくるぜ。罵詈雑言《ばりぞうごん》の集中砲火を浴びせられて、俺はたちまち黒焦げだ」

康平は笑いながら言い、四人分の中華麵をほぐして煮立っている大鍋に入れた。

「お父さん、私は半玉でいいわ」

と朱美は言った。

「残った半玉は俺のほうに廻してよ」

新之助はそう言って、康平のスマホで航空券の予約をした。

「あれ？ 俺のスマホのパスワード、なんで知ってるの？」

康平の問いに、

「長いつきあいだからね」

と新之助は答えた。

「指紋認証にしなさいよ」

朱美は新之助の言葉に笑いながら言った。

「俺、最初の設定のとき、五本の指全部をその丸いところにあてがおうとしてたんだよ。だから、何回やってもエラーになるんだ」

康平は、中華鉢にかえしを入れ、スープを注ぎ、麺を湯切りした。やはり右手の力が弱くて動きはぎごちなかったが、チャーシュウと茹でたワンタン、それにメンマとほうれん草を並べると、なんとか恰好はついた。

康平はトシオの隣りに坐り、これからなにかの厳粛な儀式に臨むかのような心持ちで言った。

「それでは試食会を始めます。みなさん、忌憚《きたん》のない意見を聞かせて下さい。ご飯はないので、若くて腹を減らしてるシンちゃんには、あとで別にワンタンスープを作ります。トシオにはもう一杯日本酒を飲ませてあげます。どうかよろしくお願いいたします。では、始め！」

康平以外は、みな下を向いて笑いをこらえていたので、最初に中華そばを口に入れたのは康平だった。

うん、死んだ親父が苦労に苦労を重ねて作り上げた味だ。親父の中華そばと寸分の違いもない。俺と蘭子の工夫も入っているが、それは少々の補いでしかない。親父のスープあっての補いなのだ。

どこにでもありそうで、どこにもない澄んだ滋味深いスープと、卵を混ぜた中細麺がよく調和している。うまい。掛け値なしにうまい。

チャーシュウも柔らかくて、醬油辛くもなく薄味過ぎるということもない。火加減が親父の教えどおりだった証拠だ。

ワンタンは挽き肉とネギの塩梅がいいし、具を包む皮の羽衣と呼ばれる部分も長くもなければ短くもない。

メンマもうまく炊けた。湯掻《ゆが》いて長さを五センチに揃えたほうれん草も、ほうれん草の香りが立っている。

まったく親父の味だ。厨房に親父がいるのかもしれない。

康平はそう思いながら、一心不乱に味わいつつ「まきの」の中華そばを食べつづけた。食べ終わったときには来年の一月五日が待ち遠しくなっていた。

一玉半の中華そばと五つのワンタンと五枚のチャーシュウをまだ食べきれないでいる新之助のために、さらに五つのワンタンの入ったワンタンスープを作ろうと厨房に入ったとき、父に会いたくてたまらなくなってきた。

なにもかも父が作って残していってくれたものなのだという感謝の思いを、これほど強く感じたのは初めてだったのだ。

この一杯の中華そばのなかで、俺が作ったものなんかひとつもない。それなのに、俺は親父に反発ばかりしていた。

乾燥しているメンマを戻すときに、少しズルをして、早めに味をつけようとすると、寸胴鍋のなかのスープばかり見ていたはずの父に、まだ早いと叱られた。

スープの鍋を見ているふりをしながら、じつは息子の仕事ぶりを観察していたのか。なんと意地の悪いことをするのだろうと俺は腹を立てて、

「じゃあ、自分でやんなよ」

と言い残して家へ帰った。

父は迎えにこなかったし、ふてくされて店に戻って来た俺を叱らなかった。

それがかえって俺の癇に障るのだ。俺は叱られることをしたんだから、どうしてちゃんと叱ってくれないのか。俺に見込みがないからか。見込みがないなら辞めてやる。

俺はそう思って、わざと中華鉢を落として割ったりした。それでも、父は怒らなかった。

父がそんな俺に対してなにをしたか。

徹底的な無視だ。目を合わさない。俺がなにかを訊いても、必要なことしか答えない。ときには聞こえていないふりをして返事をしない。

三日や四日なら、無視という叱責もあるだろうと思えるのだが、半年もつづくとさすがにこちらは耐えられなくなる。

蘭子にも子供たちにも喋ったことはないが、俺は十九歳のときから三年間、親父に無視されつづけた。

三年間、まるで石かゴミを見るような目で用事を口にするだけで、俺を人間として扱ってはいなかった。

直接、言葉や態度で叱られるほうが耐えられる。無視されつづけることの辛さは、経験したことのない人にはわからないであろう。

だが、あるとき、俺は息子を無視しつづける父のことに思いを致してみたのだ。ひょっとしたら、無視しつづけるほうが、されるほうよりもはるかに強靭《きょうじん》な精神力と包容力と慈愛を必要とするのではあるまいか、と。

学校でのいじめにも「シカト」という陰湿なやり方があるそうだが、そこには相手への惻隠《そくいん》の情などない。ただいじめているだけだ。

父のは違う。俺を根底から鍛えようとしているのだ。俺の最も弱い部分、最も悪い部分、今後の俺を曲げていくであろう要因を叩き出そうとしているのだ。

俺は、ふとそこに気づいた。そうでなければ、かくも長く無視という叱責をつづけられるわけがない。

俺はその日から、父を「父ちゃん」ではなく「先生」と呼ぶことにした。たとえ実の父でも、「まきの」の中華そばの作り方を教えてくれる唯一の人だ。だから、先生と呼ぶべきなのだ。

これだけは最初からの約束だからと、一日も欠かさなかった厨房掃除も、さらに丁寧に心を込めてやるようにした。

すると十日ほどたったころ、乾燥させてあるメンマを戻している俺に、

「康平、あしたから麺茹でと湯切りはお前の仕事だぞ」

と父は言ったのだ。そして、こうつけ加えた。

「これまで、すまなかったなぁ」

康平はそのときの父の目の光を思い浮かべながら、茹でているワンタンの羽衣を箸で挟んで弾力を確かめ、スープの入っている鉢に入れた。

振り返ると、みんな中華そばを食べてしまったのに、なにも言わず康平を見ていた。

「なんだよ。どうしたんだよ」

と康平は訊き、出来あがったワンタンスープを新之助の前に運んだ。

「いや、お父さんが泣いてるから」

と朱美は言った。

「俺が？　泣いてないよ」

「じゃあ、泣いてるように見えただけなんだな」

とトシオは言って、康平の中華そばを褒めた。

「やっと古里に帰って来た、って感じだよ。これが中華そばだ。この『まきの』の中華そばの、なにがどううまいのか説明しろなんて言われても説明できないよ。だから、うまいとしか言いようがないんだ。康平、二年前よりもうまいよ。理由はわからないけど、うまくなってるんだ。これが俺の感想だな」

「名人て、ほんとにいるんだね。康平おじさんは、中華そばの国宝級の名人だよ。俺はお世辞は言わないよ」

と新之助も言って、ワンタンスープを食べ始めた。

「私はこれまで牧野康平の作る中華そばを褒めつづけてきたから、もう褒めない。シンプルなのに深いから、褒めようがないのよ。評論家泣かせ、ってやつね」

と朱美は言って、先に家へと帰って行った。

「帰りの飛行機も予約しといたほうがいいよ。何時のに乗る？　最終のを予約しとこうか？」

新之助に訊かれて、康平は、せっかく出雲まで行くのだから、小坂真砂雄と別れたら松江に足を延ばそうかと考えた。

朝早いのだから、小坂真砂雄と話をしたあとは、きっと疲れが出て、ぐったりしてしまうだろう。二十六日の夜は松江に泊まって、ゆっくりしたい。

しかし、二十七日からは早めの正月休みに入る人たちも多いだろうから、ホテルも旅館もすでに満室かもしれない。

そんな思いを言うと、新之助は、ホテルがいいか旅館がいいかと訊いた。

「旅館には大きな露天風呂があるけど、俺にはコース料理は多すぎるんだ。松江の古い居酒屋でひとりで飲みたいから、やっぱりホテルがいいな」

新之助はまず二十七日の出雲発羽田行きの飛行機を予約して、それから松江市内の何軒かのホテルの写真を康平に見せた。

「ここも宍道湖《しんじこ》の畔で、景色がいいよ。そんなに高くないし、二十六日はツインベッドの部屋がふたつあいてるよ。松江の中心部までタクシーで十分」

「ああ、そこでいいよ」

そう言って、康平は、俺はなにも小坂真砂雄と決闘をしに行くのではないのだと思った。それなのになにを緊張しているのか。住田さんの一万円を盗んだのは、蘭子ではないのかと突然不安になってきたからだ。

だが、トシオの言うとおりだ。無駄な邪推や余計な心配が、俺の人生を小さくさせている。思い起こせば、俺にはそんなことが多かった。

蘭子は人の金を盗むような人間ではない。もし一抹の不安が消えないなら、出雲には行くな。小坂真砂雄と再会しなければ、それで済むことなのだ。

康平はそう考えて、中華そばのスープを一滴残らず飲んだ。

「全部予約したよ。俺、あさっての朝の五時に会社の車で迎えにきてあげるよ。羽田空港まで送るよ。ちゃんと搭乗手続きができるか見届けないと心配だからね」

そう言って、新之助はカウンター席から立ち上がり、康平にスマホを返した。

「あっ、また俺のスマホを使ったのか？　パスワードを変えないとなぁ」

康平はあきれて新之助に言った。

「パスワードを変えたら、いろいろと面倒だよ。指紋認証にしなよ。俺がやってやるよ」

新之助は慣れた手順で設定を変え、指紋認証にしてくれてから帰って行きかけた。

康平は新之助を呼び止め、余ったワンタンとチャーシュウを密閉容器に入れ、中華スープもペットボトルに詰めて、家に帰ったら必ず冷凍庫で保存するようにと言って渡した。

「由衣ちゃんと翔馬へのお土産だよ。アカリちゃんにはまだ早いからね」

新之助が出て行くと、

「あいつ、またいつのまに俺のパスワードを覚えやがったんだ？　油断も隙もないやつだよ」

とトシオに言った。

「ハッカーの才能もあるんじゃないか？」

そう言ってトシオは笑い、カンちゃんといい親子になれただろうにとつづけた。

「カンちゃんは、どうしてあるときから世を捨てたような生き方をするようになったんだろうな。多岐川志穂が自分に内緒で新之助っていう子供を産んでたのを知ったことで、カンちゃんの心がなにかの化学変化を起こしたって気がするよ」

その康平の言葉に、

「大きな罪悪感が、カンちゃんにのしかかってきたのかもしれないな。あいつはなにかにつけてビジネスライクに物事に対処するようなところがあったけど、じつはものすごく情にもろいやつだったんだ」

とトシオは言って、コップに残っている日本酒を飲み干すと帰って行った。

康平は寸胴鍋にまだたくさん残っている中華スープを幾本かのペットボトルに入れたあとゴム長を脱ぎ、靴下を外して裸足になると厨房の掃除を始めた。

食器や調理器具を洗い、ステンレス製の棚や抽斗を専用の洗剤で磨き、コンセントを抜いて換気扇の羽根を外すと、それも丁寧に洗った。二年前まで、こうやって毎日年越しの大掃除と同じ手間をかけて厨房を洗いつづけてきたのだ。

コンロの周りの白いタイルを洗剤で洗い、コンクリートの床を長い柄のブラシで磨き終えると、一時半になっていた。

十二月二十六日の早朝、新之助の運転する車で羽田空港に着くと、まだ充分時間があったので、康平は助手席に坐ったまま、

「ほんとに四時半に起きて迎えに来てくれるとは思わなかったよ」

と言った。

「康平おじさんにとっては最後の灯台への旅だからね。日御碕灯台までついていってあげたいんだけど、俺もきょうはうちの常務が冷凍会社とどんなケンカをやるのか、その現場に立ち合いたいから」

「俺ひとりで大丈夫だよ。子供じゃないんだぜ。六十二年も生きてきたおっさんだ」

「でも、なんか頼りないんだよな。ひとりで小坂真砂雄と会わせるのが心配で」

その言い方がおかしくて、康平は笑いながら車から降りて、新之助に軽く手を左右に振ると空港ビルのなかに入った。

早めに手荷物検査場を通り、出雲縁結び空港行きの搭乗口に行くと、まだ誰もいない待合所に腰かけた。

小坂真砂雄は、きのうの夜の八時くらいに電話をかけてきて、康平に、何時の飛行機に乗るかと訊いた。そして、自分はこれから松江に行き、知人の車を借りて、それで出

雲空港まで迎えに行くと伝えてきた。

きのうまでの緊張感はいったいなんだったのかと思うほどに、康平の心は静かだった。行きたかったが行けなかった出雲日御碕灯台を存分に見られるということが嬉しかった。小坂真砂雄と会うことなど、もはやどうでもよかったのだ。四十数年前、出雲大社に近い住田さんの家のなかで、蘭子と小坂真砂雄がどんな会話を交わしたのかも、どうでもよくなっていた。

そんなことにこだわったのは、蘭子への思慕によるものだ。自分のなかの蘭子を、もっと近くに引き寄せたかったのだ。

康平は、たったの一晩でそう思うようになっていた。

「康平おじさんにとっては最後の灯台への旅だからね」

その新之助の別れ際の言葉が妙に哀惜の感情を伴って甦った。

「最後かな。春になったら、またどこかの灯台目指してレンタカーを走らせてるかもしれないな」

と康平は胸のなかで言った。

羽田空港から出雲縁結び空港までは静か過ぎるほどに滑らかな飛行がつづいた。

康平が空港の到着口から出ると、おとといと同じ背広を着た小坂真砂雄が待っていた。ネクタイは外し、黒っぽい無地のポロシャツを着て、ベージュのロングコートを手に持っていた。

「ほんとに来て下さるだろうかって半信半疑でした」

と小坂真砂雄は言った。

表情のどこにも笑みはなく、取りようによっては人を小馬鹿にしているかにも思える剽軽さも消えていた。

「ここで待ってて下さい」

空港の建物から出ると、小坂真砂雄はそう言って駐車場へと小走りで向かった。雪は降っていなかった。

「株式会社タカラナビソフト」とドアのところに書かれたライトバンを運転して、小坂真砂雄は戻って来ると、康平のバックパックとダウンジャケットを後部の席に積んでくれて、

「やっぱり先に住田さんの家に行きましょう。わたしは三十六年ぶりです。中学校を卒業すると同時に、わたしは伯父さんの養子になって武蔵野市吉祥寺に引っ越したんです。伯父さんは母の兄です」

と言い、車を発進させた。

「お母さんのお兄さん？　でも、姓は小坂のままですか？」

と康平は訊いた。

「いえ、わたしの姓は中学卒業後に鶴木《つるき》に変わりました。戸籍上はね」

「でも、ぼくの家内が出した小坂真砂雄さん宛ての手紙は戻ってきませんでしたよ」

「伯父が、鶴木という表札の横に小坂って表札も掛けてくれたんです。わたしが鶴木家の養子になるのをいやがったからです。でも、高校を卒業するころに、自分から進んで鶴木姓を名乗るようになりました」

なにやら入り組んだ事情がありそうだなと思い、康平は苗字のことには触れないことにした。

「なにもかも冬枯れの風景ですね」

と畑や田圃《たんぼ》や遠くの山並みを見ながら康平は言った。

小坂真砂雄はJR出雲市駅を通らない道を走ってきたらしく、線路を渡ると右側に旧大社駅があった。

小坂真砂雄は旧大社駅のほうには行かず、そのまま民家の並ぶ狭い道をまっすぐ進んで、次の四つ辻《つじ》を左折した。

「やっぱりここに出たんだな。昔のままですよ。植込みがブロック塀に替わったくらいですね。壁を塗り替えた家もありますけどね。ここが、わたしと母とばあちゃんが住んでた家で、隣りが住田さんの家です」

小坂真砂雄が指差したのは、どちらも「古田」という表札の掛かっている家だった。

「二軒とも住田さんの持ち物だったんです。隣りの二階建てもね。あの二階建てに蘭子さん一家が住んでました」

教えられなくても、康平は石川杏子から聞いて覚えていた。

康平は、小坂真砂雄を「小坂さん」と呼ぶことにして、

「この住田さんが暮らしてた家で、蘭子と小坂さんとのあいだにどんな会話があったんですか？　石川杏子さんの記憶では、ほんの一、二分のあいだだったそうですが」

と訊いた。

前置きなく核心に入るほうが小坂真砂雄は喋りやすいだろうと咄嗟に考えたのだ。

「わたしが言ったひとことと、蘭子さんのひとことくらいしか覚えてないんです。牧野さんからのお手紙を読んで、蘭子さんと他になにを話したのかと記憶の底をひっくり返すようにして思い出そうと頭を絞ったんですが、全部は思い出せなかったんです。わたしは『大学に行けんようになるから、警察にはつれていかんとって』と言いました。蘭子さんはじっとわたしを見つめて、『だれにも言わないで内緒にしとくから、そのお金を返しなさい』と言って、畳の上に落ちてた封筒を拾って、わたしに渡しました。わたしは手が震えて、一万円札を封筒に戻せませんでした。それを見て、蘭子さんは、わたしの手から一万円札を取って封筒に入れようとしました。わたしは靴も履かないで住田さんの家から走り出たので、慌てて靴を取りに戻って自分の家に逃げ帰りました。そし

たら、住田さんの声が聞こえました。あっ、住田さんが帰って来て、蘭子さんがお金を盗もうとしたと思ってるんだってことはわかりました。奥の部屋で横になってたばあちゃんが、どうしたんやと訊きました。わたしは気もそぞろで、なんの返事もしなかったと思います。わたしは表に出て、住田さんの家とを仕切ってるブロック塀の奥に行きました。住田さんは蘭子さんに『あんた、泥棒やったんやな』って言いました。わたしは家からできるだけ遠いところへ逃げようとして、さっきの踏切を走り渡って……。そこから先のことは記憶が消えてるんです。わたしが住田さんのお金を盗もうとしたときのことは、これがすべてです。わたしは当時同級生のあいだで人気のあったプラモデルのキットが欲しかったんです。わたしは住田さんがいつもお金の入ってる封筒を仏壇のなかに置いてることを知ってました。つまり、わたしはお金を盗むために、住田さんの留守を狙って家に入ったんです。住田さんが近くに出かけるときは入口の引き戸に鍵をかけないことを知ってましたから。まったく正真正銘の空き巣狙いですね」

そう言うと、小坂真砂雄はライトバンを動かしてバス通りへと出て右折し、一畑《いちばた》バスと書かれたバス停の手前に停めた。

「牧野さんがお知りになりたいのは、この十日ほどあとのことじゃないかと思うんです」

と小坂真砂雄は言った。空港で会ったときよりも表情は明るくなっていた。お金を盗むために住田さんの家に入り、封筒から一万円札を抜きだしたと正直に告白したからであろうと康平は思った。

「このあとのこと?」

「ええ、あの一日はバス停から始まりました。ここです。このバス停です。バスは出雲大社の前から海沿いの道へと迂回《うかい》して出雲日御碕灯台へ行くんです」

そう言うと、小坂真砂雄は車を幅の広い通りへと入れた。道はまっすぐ出雲大社へと延びて、両側には銀行や喫茶店や土産物屋や雑貨屋などが並んでいて、正面に大鳥居と大社の森も見えていた。

出雲大社への参詣客は少なくて、広い道は閑散としていたが、十二月二十六日というのは、年末年始を目前に控えて、最も暇な時期なのかもしれないと康平は思った。

坂道をのぼると、土産物屋や喫茶店や蕎麦屋が群れるように出雲大社の正面を取り囲んでいた。

風もないのに、大社の森はゆったりと大きく揺れていた。

小坂真砂雄は、出雲大社の右側にある蕎麦屋を指差し、

「母は、あそこで働いてたんです」

と言って、そのまま車を大社の左側に沿った道へと走らせた。

「懐かしいですよ。大学生活最後の夏に、日御碕灯台に行った日、わたしは灯台から海

沿いの道をここまで歩いたんです。それから、蘭子さんが卒業した中学校まで行って、卒業生名簿を見せてもらいました。あのころは個人情報なんていまほど神経質じゃなかったですし、わたしも卒業生だったから、すぐに見せてくれました。だから、蘭子さんが牧野っていう姓になってることも、板橋区の住所もわかったんです」

畑と民家が交じり合うような場所を通り、うねった道を進むうちに日本海が見えてきた。バス通りと合流したようだった。

「断崖絶壁だらけの海岸線ですね」

康平は勾配のきつくなった道路から海を眺めながら言った。

「ええ、急に嵐がやって来ても、昔は船が避難するところがなかったんです。岩礁にたたきつけられて船はばらばらに壊れてしまうから、江戸時代の北前船《きたまえぶね》は近くの岸辺よりも遠くの隠岐《おき》の島に避難したんだそうですよ。ちょっと靄がかかってるから、きょうは隠岐の島は見えないかな」

なんだかずいぶん高い場所へと向かっているという感覚があった。こんなに高いところに地上から頂部まで四十四メートルもの、日本一高い石造りの灯台があるのか。なかには百六十三段もの螺旋階段があって、灯火の真下の回廊式の見晴台に一般客ものぼれるという。

康平は、昨夜、ネットで検索して、出雲日御碕灯台の案内動画を観たのだ。

「百六十三段の階段、のぼってみようかな」

と康平は言った。

「わたしはのぼりたいけど、やめときます」

と小坂真砂雄は笑みを浮かべて言った。

「一度目は、四十数年前に蘭子さんに命じられて、ひとりでのぼりました。二度目は大学四年生のときです。一生の思い出を二度味わったんです。どちらも忘れられないですよ。とくに一度目がね」

断崖はさらに急峻《きゆうしゆん》になり、消えてはあらわれる雲が日本海の上で西から東へと動いていたが、太陽の光も強くなっていった。

「宇竜分れ《うりゆうわか》」と書かれたバスの停留所あたりで道が交差していた。

直進方面は日御碕灯台だと示された表示板があるところで車の速度を落とし、

「あっちは日御碕や宇竜へ行くんですよ」

と小坂真砂雄は言った。

地図を拡大すると、このあたりはもう日御碕の半島に入っているが、縮小すると半島には見えない。日本海にわずかに膨れるように突き出た海岸にしか見えないのだと小坂真砂雄は説明した。

「バスはここから日御碕まで行って、また戻って来て、宇竜というところまで行ってから灯台へ行くんです。無駄なことをするようですが、灯台と日御碕や宇竜とは、かなり離れてますからね」

そう言って、小坂真砂雄は灯台への道をまっすぐに進んだ。ときおり西のほうから黒い雲がやってくると、小さな霰が舞ったが、長くはつづかなかった。

康平は、さっきの小坂真砂雄の話のなかで気にかかっていることがあったので、それについて質問した。

「小坂さんは、大学に行けなくなるから、警察にはつれて行かないでくれと蘭子に頼んだっておっしゃいましたが、小学二年生の子が、そんなに大学進学にこだわるもんでしょうか」

「ああ、それは母がわたしの手癖の悪さを心配して、たとえガム一枚でも盗んだら警察につれて行かれるって脅したからです。警察につれて行かれたら小学校をやめさせられる。そしたら中学に行けない。高校にも行けない。そうなると大学の入学試験も受けさせてもらえない、ってね。なにかにつけてそう脅されてるうちに、わたしにとっては大学に行くことが人生で最も大事なことになっていったんだと思います。大学に行けなかったら、わたしの人生はそこで終わる、みたいに考えるようになってたんです」

「小坂さんは子供のころ手癖が悪かったんですか？」

「わたしには人のものを盗んでいるっていう自覚はないんです。一緒に遊んでる友達のガムを無断で一枚抜いて口に放り込むとか、蹴り合って遊んでたサッカーボールを、あした返すからって持って帰るとか、借りた鉛筆を返さないとか……」

小坂真砂雄は、坂が急になっている松林の近くに車を停めた。

「盗もうとか、そのまま分捕ってしまおうなんて考えてないんです。どう言ったらいいのか……。癖のようなものですね。ちょっと借りるだけだから、いいだろうと思って、許可を得ずに持って帰るってことがよくありました。自分のものを勝手に使われたり、持って帰られたりしたほうにしてみれば、盗まれたって考えて当然ですよね。いまならそれくらいはわかりますが、あのころのわたしはそんなふうには考えてなかったんです。でもそれが積み重なって、陰で手癖の悪い子というレッテルが貼られてました。母はそれをひどく心配したんです。わたしの家で大学を卒業したのは母の兄だけです。父の家にも母の家にも、大卒者は他にはいません。母は、兄が自慢でした。母の兄は鶴木徹郎《てつろう》といいます。わたしを養子にして、大学を卒業させてくれた人です。大手の商社に勤めていて、取締役まで出世しましたが、六十二歳のとき、ガンで亡くなりました。伯母もそれから三年後に亡くなって、いま東京の吉祥寺の家には、わたしの妻と娘と息子と、わたしの母が暮らしてます。母は九十歳になりましたが、自分のことは自分でできます。物忘れは多くなりましたし、耳もほとんど聞こえませんが元気です」

小坂真砂雄は海沿いの坂道の前後を確認してから、車を発進させた。

灯台がすぐ近くにあることを示す看板があり、そこには駐車場への矢印も書かれていたが、灯台はまだ見えなかった。

駐車場に車を停めると、周りには食堂や土産物屋が軒を並べていて、それぞれの店の男たちが客たちに声をかけていた。

「のどぐろ定食、おいしいですよ」

「海鮮丼はいかがですか」

康平と小坂真砂雄は車から降りて、食堂に挟まれた階段を降りた。それは灯台へとつながる道であるはずなのに、まるで地方都市の町中のようだったが、次の道を左に曲がると、ふいに日御碕灯台があらわれた。

「うわぁ、きれいな灯台ですねぇ。優美ですよ。あんまり高いのと、灯台の色と雲の色が同じなので、そこにあるのに見えなかったんですね」

と康平は言い、ゆっくりと歩を進めた。

「車のなかでもずっと右手のリハビリをつづけてましたね」

と小坂は微笑みながら言った。

「えっ、そうでしたか？」

「右手を開いたり閉じたり。手首を内側に曲げたり外側に曲げたり」

「ああ、気がつきませんでしたよ。無意識にやってたんですね。再開店まであと十日ほどですから、ちょっと気が焦ってるんです」

松林を過ぎると、寄り道せずに灯台へと行く道と、断崖絶壁のほうから灯台を眺められる遊歩道の二手に分かれていた。

断崖のほうへの道を行き、康平は右手に日御碕灯台を、前方に日本海を眺められるベンチに腰掛けた。周りは松の木に囲まれていた。

「もう一時前です。お腹は減ってませんか？　さっきの食堂で昼飯を食べたほうがよかったかな」

康平の隣りに坐りながら、小坂は言った。

「朝は出がけにコロッケパン一個食べただけなのに、お腹はぜんぜん減ってません。きのうは眠れなかったですし」

と言い、小坂に職業を訊いた。

「お店を訪ねたとき、わたしはひどく緊張してて、名刺をお渡しするのを忘れたんです。出雲の日御碕灯台へ行こうなんて、よくも言えたもんだなぁ、って帰りの地下鉄の中であきれました」

そう言って小坂は名刺入れから名刺を出した。

「株式会社ツルキナビゲーションテック　取締役社長　鶴木真砂雄」

その文字に見入り、どういう仕事をする会社なのかと訊いた。

「自動車に取り付けるナビゲーションのソフトを制作する会社です。もとは地図の制作販売会社に勤めてたんですが、十二年前に会社を立ち上げました。テックは、テクノロジーの略です。要するにカーナビのソフトを作成する会社です」

「カーナビのソフトって？」

「道はつねに変化してるんですよ。去年までなかった橋が架かって、これまで行き止まりだった道がつながるとか、対面通行の高速道路が四車線になるとか。そうするとカーナビのソフトを新しく作り直さなきゃいけません。日本中で日々地図が変わりつづけてるんです」

いや、日本だけではないと小坂は笑みを浮かべたままつづけた。

「わたしの会社のいまの最大のクライアントはベトナムやカンボジアやタイです。フィリピン群島なんかは島が数千もあるんです。そしてどんどん車社会になってます。半島と半島を橋で結んだら、古いソフトでは車が海の上を走ってるなんて画像が映ってしまいますからね」

そう説明して、小坂は自分のこれまでの経歴をかいつまんで話した。

――大学では工学部だったが、そのなかに新設された情報工学科でコンピューターについて学んだ。プログラマーがこれからのコンピューター業界における主役になると目されていた時代だった。

しかし、そのころにはコンピューターの世界を目指す青年で溢れていて、すでに過当競争が始まっていた。

学生時代にアルバイトをした地図の制作販売会社が誘ってくれて、卒業後はその会社に就職した。地図制作では日本で三本の指に入る会社で、一般の人にはあまり知られていないが、社員はアルバイトも含めると千人近い規模だったし、安定した経営をつづけていた。

阪神大震災が起こったころから、一般の人々も携帯電話を持つ時代がやってきて、パソコンも一般家庭に普及していった。

それと同時に、カーナビの時代がやってきた。――

そこまで話して、

「こんなことを喋ってたら、なんのために牧野さんを出雲日御碕灯台へお誘いしたのかわからなくなりますね」

と言い、灯台から四、五十メートルほど西側の奇妙な模様の岩が並ぶところを指差した。

「あそこに、うねうねに捻《ねじ》れた松の木があるでしょう？　その横にあるベンチで、わたしと蘭子さんは長いこと灯台を見あげてたんです。あそこで、あの日のことをお話しします」

そう言って、小坂は奇妙な模様の岩のほうへと移動した。模様は、岩全体に自然に亀の甲羅状の亀裂が出来たものらしく、それが滑り止めの役目も果たしていた。

「わたしはこのベンチのこっち。そっちが蘭子さん」

と言って、小坂は康平に、蘭子が坐った場所を勧めた。

「あの日、八月の何日だったか思い出せませんが、朝の八時くらいに蘭子さんが家に来て、母やばあちゃんに気づかれないように近くのバス停までわたしを誘ったんです。蘭子さんは昼過ぎのバスに『正門前』から乗るようにって百円玉を五つくれました。『正門前』から乗るのよ。もし、私がそのバスに乗ってなくっても、そのままバスに乗って、ひとりで日御碕灯台へ行くのよ。私はあとから必ず行くからね。蘭子さんは、そう言ったんです。『正門前』というのは、さっき通って来た出雲大社の入口のことです。蕎麦屋や土産物屋が並んでるところです」

「あの日は八月五日ですよ」

と康平は言った。

小坂は怪訝な表情で見つめ返したが、康平はなぜ日付を正確に知っているのかは語らなかった。

風の向きが変わると同時に急に気温が下がったようで、康平は痛いくらいに冷たくなっている両耳を掌で包み、ダウンジャケットの襟を立てた。

——夏休み中だったが、蘭子ちゃんは卓球部の練習に行くらしく、ラケットや靴なんかを入れた白いボストンバッグを持っていた。

「バスの運転手さんに、灯台へ行きます、って言うのよ。そしたら寝てても運転手さんが灯台に着いたら教えてくれるからね」

蘭子ちゃんはそう言って、学校へと歩きだした。

ぼくは怖かった。蘭子ちゃんに追い詰められていくような気がしたのだ。ぼくが泥棒をしようとした瞬間を見ていた蘭子ちゃんが、ぼくを脅すのかもしれない。言葉にすれば、そんな恐怖を感じたのだと思う。

ぼくは、あのあと住田さんが蘭子ちゃんになにをしたのか知らなかった。もし警察につれて行かれたりしていたら、それはぼくの耳にも入ったはずだ。ぼくの母は、蘭子ちゃんのお母さんがたったひとりの相談相手で、なにかにつけて蘭子ちゃんの家に行き、世間話の合間に、別れた夫とのあいだのまだ解決していない問題について意見を求めたりしていたようだ。まだ正式に離婚したわけではなかったからだ。

母には、愚痴を言える相手がひとりもいなかったので、いつも聞き役に徹してくれる蘭子ちゃんのお母さんを頼りにしていた。

夫が正式に離婚してくれないことや、長男だけは手放そうとしないこと、いつのまにか自分が保証人にされてしまっていたことで生じた借金のことなどを、蘭子ちゃんのお母さんに話すことで、なんとか精神の均衡を保っていたのだと思う。

いま思えば、あのころの母の精神状態は危うかった。それを見抜いたのか、蘭子ちゃんのお母さんは、

「真砂雄ちゃん、お母さんから目を離しちゃ駄目よ」

と言ったことがある。

ぼくにはその意味がよくわからなかったが、ある夜、仕事から帰って来ると、母は、晩ご飯に少し箸をつけただけで家からそっと出て行った。

蘭子ちゃんのお母さんの言葉を思い出し、ぼくは母のあとをつけて行った。一畑電車の踏切の近くに母は立っていた。

ぼくは走って行って、母を呼んだ。母は振り返って、奇妙な笑みを浮かべ、

「真砂雄、絶対に大学を卒業するんだよ。そのために中学校へ行って、そこでもいい成績をとっていい高校へ進むんだよ。そうでないと大学に行けないよ」

と言った。

ぼくはあのときの母の歪んだ笑みをよく思い出す。

なぜ母が、あんなに大学にこだわったのか、いまもぼくにはわからない。たぶん不安定な母の心が、大学さえ卒業すれば、人間はまっとうに生きていけるという幻想を生んでいたのではないかと思う。そして、ぼくだけが当時の母の生きるよるべだったのだと

思う。

とにかく、父の母への暴力は目をそむけるほどだった。その暴力は五年近くつづいたのだ。

母が、遮断機の降りていない踏切の近くに立ちつづけたことは、ぼくが覚えているだけで三回ある。

蘭子ちゃんのお母さんは、それを知っていた。そのつど、ぼくが報告したからだ。

お互いの財布のなかまで知っているという、古き良き時代が地方の町でも終わろうとしていたが、ぼくの一家と蘭子ちゃん一家は、味噌や醤油を貸し借りする関係だった。

住田さんは気丈な性格で、短気な人だったが、底意地の悪さというものは持ち合わせていなかった。女性ながら親分肌で、代々土地持ちのお嬢さんとして育ったから根は善人だった。蘭子ちゃんのことを警察に届けもしなかったし、周りに口外もしなかった。

ぼくは、ひとりでバスに乗って日御碕灯台に行きたくなかった。ぼくにとって、灯台はひどく遠くて寂しいところにいる、一体の背の高い幽霊のようなものだった。

だが、一度もぼくのほうを振り向かないで、すでに強い日差しが照りつける高校への道を歩いて行くセーラー服の蘭子ちゃんのうしろ姿には、有無を言わせない気迫のようなものがあった。

行かないほうが怖い。そんな気がして、ぼくはテレビの昼のニュースが終わると家か

ぼくは天ざる蕎麦を食べ終わると、

それだけ言って、あとは黙っていた。

そう言って食堂に入り、註文したあと、自分たちは東京へ帰るのだと言った。お父さんだけは出雲での仕事が終わるまで残る。しかし、あの家からは出る。ひとりでは、あの家は広すぎるから。お父さんは出雲市駅の近くのアパートに引っ越す。

「杏子さんに五百円貰っちゃった。天ざる蕎麦を奢るわ」

と訊いた。ぼくは、ばあちゃんとパンを食べただけだった。

「私、お昼はまだなの。お腹が減ったわ。真砂雄ちゃんは？」

それから、階段のところに並んでいる食堂を一軒一軒覗き、

出し、帰りのバスの出る時間を控えた。

バス停で降りると、蘭子ちゃんは時刻表を見て、ボストンバッグのなかからノートを

に着くまで、蘭子ちゃんはぼくを見ようとはしなかった。

「宇竜分れ」を過ぎ、「日御碕」からまた「宇竜分れ」に戻り、「日御碕灯台」のバス停

ぼくは少し離れた席に坐った。

ぼくはどこに坐ろうかと蘭子ちゃんを見た。蘭子ちゃんは知らんふりをしていたので、

やって来たバスには蘭子ちゃんが乗っていた。乗客は五、六人だったと思う。

ら歩いて「正門前」へ行った。

「ぼくのせい？」

と訊いた。

「そうよ」

と蘭子ちゃんは答えて、あとはまた黙り込んでしまった。取り付く島もない、といった沈黙が、食堂からいま腰掛けているこのベンチまでつづいた。

その日は観光バスで灯台見物に来た人たちで混んでいた。若いカップルも多かった。そのなかには、もうそれ以上断崖に近づいたら落ちてしまいかねないところまで歩を進める者もいた。落下防止用の柵を取り付けていない崖も多かったのだ。

「日本一の日御碕灯台を見られて、よかった。もう二度と見られないだろうから、私、ここでずっと見てるわ。最終のバスは六時十七分よ」

そう言って、人のものと自分のものとを区別しなければいけないと、蘭子ちゃんはぼくの目を見ながらつづけた。

「人のものには無断で触っちゃいけないのよ。真砂雄ちゃんは、人のものを断りもなくポケットに入れるでしょう？　ものすごく悪い癖よ。いつそんな癖が身についたのか知らないけど、その癖を治さないと本当の泥棒になるよ。自分のものでないものは、自分のものよりも何千倍も多いのよ。そのうち、スーパーで万引きをするようになるわ。おとなになって万引きで逮捕されたら、大学を卒業してたってなんにもならないわ。人のものに無断で手を出す癖を、いまここで治してしまいなさい」

「いま？　どうやって？」

「右手を切り落として、あそこから海に捨てたらいいわ」

蘭子ちゃんは、ふざけて断崖すれすれまで近づいて真下の海を見ている若いカップルのほうを指差した。

ぼくは、うなだれて足元に敷き詰められた松の葉ばかり見つめていた。

「切らないの？」

「だって、切るものがないもん」

「あったら切る？　ナイフ？　包丁？　のこぎり？」

蘭子ちゃんの目は、ぼくが包丁と言えば、本当にどこかから包丁を持って来るかもしれないという鋭い光を帯びていた。

ぼくはなにも答えられず、足元に目を落としているしかなかった。

蘭子ちゃんはぼくの手をつかみ、ベンチから立ち上がると、灯台へと歩きだした。ぼくは怖くてあとずさりしたが、蘭子ちゃんは力を緩めなかった。

あの石積みの分厚い塀の横を通り、灯台のなかに入る門の前まで行くと、ぼくに中に入るように促した。

「大学に行くこと。人のものを盗まないこと。この二つを誓って来なさい。日御碕灯台のてっぺんまでのぼって、海と灯台に誓って来なさい。海も灯台も神様とおんなじよ」

そう小声で言って、ぼくの尻を叩いた。

ぼくは灯台のなかに入ろうとした。すると、蘭子ちゃんは、ぼくを呼び止め、近づいて来て、

「誓い終えたら、あの見晴台から私に敬礼するのよ。私が見えなくなるまで、ずっと敬礼をつづけるのよ。真砂雄ちゃんは、そのくらいのことを私にしなきゃいけないはずよ」

とささやいた。ぼくは蘭子ちゃんの赤味を帯びたこめかみを伝っていた汗を、いまでも鮮明に思い出せる。ぼくは灯台のてっぺんに近い巨大なライトのすぐ下の見晴台までのぼって、海と灯台にふたつのことを誓わなければ、置いてけぼりにされる。ぼくはそう思い、懸命に螺旋階段をのぼった。

ときどき立ち止まって休憩する人、途中であきらめて降りて来る人……。そんな人々で狭い螺旋階段は身動きがとれないほどだった。

ぼくは灯台のちょうど真ん中あたりで目が眩《くら》んできて、のぼる速度も急激に落ちたが、いちども休まないまま見晴台に着いた。四、五人の観光客が海のほうにカメラを向けたり、並んで記念写真を撮ったりしていた。

あまりの高さに、足がすくんだ。

見晴台の柵から下を見ると、蘭子ちゃんの白いセーラー服が見えた。豆粒のようで顔は見えなかった。

どんな誓いの言葉を口にしたのか忘れた。しかし、ぼくは海に誓い、灯台に誓いながら、蘭子ちゃんに誓っているような思いがした。

誓ったよ、とぼくは眼下の蘭子ちゃんに向かって敬礼した。横にいた中年の女の人が笑いながら、誰に敬礼しているのかと訊いた。

「神様」

とぼくは怒鳴るように答えた。蘭子ちゃんに聞こえるように大声を出したのだが、たぶん聞こえなかったはずだ。灯台の下からは想像もつかないほどの風が吹いていたのだ。

ぼくは、これで蘭子ちゃんに命じられたことはやったのだからと思い、急いで階段を降りようとした。

すると、蘭子ちゃんは、ぼくに手を振って、石積みの塀のほうへと歩きだした。蘭子ちゃんが笑っているのか、相変わらず無表情のままなのか、見晴台からはわからなかった。

ぼくは、ああ、蘭子ちゃんはひとりで帰りたいのだと思った。

それに、この観光客でごった返す螺旋階段を百六十三段も降りていたら、どんなに急いでも蘭子ちゃんはバスに乗ってしまう。

そう思って、ぼくは見晴台の鉄柵に凭れるようにして、敬礼をつづけた。

蘭子ちゃんは、石積みの塀のほうから松の木に囲まれた道へと消え、食堂や土産物屋へとつづく道に再び姿をあらわし、道を曲がって、それきり見えなくなった。それでも、ぼくは敬礼をつづけた。

そうしているうちに、なぜか涙が出てきた。悲しいのでもない。嬉しいのでもない。悔しいのでもない。蘭子ちゃんに、ぽーんと冷たく突き放されたような気がしたのだ。ぼくはひとりぼっちになってしまったと思った。寂しい、寂しいと感じれば感じるほど涙は溢れつづけた。

それなのに、ぼくは蘭子ちゃんを追いかける気にはなれなかった。敬礼をつづけなければならないと思ったのだ。

さっきのおばさんが、見晴台をこわごわ一周して戻って来て、ぼくが泣いているのを見ると気味悪そうに螺旋階段を降りていった。

ぼくは、ゆっくりと急な螺旋階段を降りて、亀の甲羅に似た岩のところへ行った。そこから見る日御碕灯台が最も美しかった。

ぼくは長いこと灯台の全体を見つめた。そのときにはなにも聞こえなかったが、高校生になり吉祥寺の伯父さんの家で暮らすようになると、日に照らされた灯台から蘭子ちゃんの声が聞こえるようになった。

「私に敬礼をつづけるのよ」

出雲日御碕灯台は、ぼくの空想のなかで、いつのまにか蘭子ちゃんになっていったのだ。

ぼくが高校三年生になったころ、父が肝硬変で死んだ。最後まで離婚届にハンコを捺してくれなかった。父はぼくの兄をとても可愛がっていた。息子たちと縁が切れるのがつらくて、母親の旧姓を名乗られたくなかったのだ。父が死んでから、兄は出雲で母と暮らした。

ぼくの父は、酒を飲んでいないときは、人の顔をちゃんと見て話せない気弱な人だった。

ばあちゃんが死んだのは、ぼくが大学四年生になったばかりのときだ。

お葬式のために、ぼくは六年ぶりに出雲のあの家に帰った。そのとき、また日御碕灯台へ行きたくなったが、いやいっそ大学生活最後の夏休みに日本の主要な灯台巡りをして、日御碕灯台はその真打として最終地点にしようという考えが生まれた。

だが、蘭子ちゃんにそれを伝える手紙なり葉書なりを送ろうとまでは考えが及ばなかった。

ときおり日御碕灯台の化身としてぼくの幻想のなかにあらわれることはあっても、蘭子ちゃんはすでに遠い人になっていた。

大学に戻ると力仕事のアルバイトでお金を貯め、ぼくは夏の灯台巡りの計画を練った。就職は地図制作会社に決まっていたので気楽だった。

学生の貧乏旅行に利用される安い宿泊施設に泊まり、高速バスや地元の交通機関を使った灯台巡りは房総半島から始まった。

茨城、福島、宮城、岩手、青森、北海道、東北の日本海沿い、北陸。

そのまま日本海沿いを行けば美保関《みほのせき》灯台から日御碕灯台へと行ってしまうので、丹後半島から太平洋側へと横切り、伊豆半島、中部の渥美半島、伊勢志摩へと迂回して四国、九州を廻って、下関へと向かった。

愛媛県の佐田岬《さだみさき》灯台は、陸地から見るよりも、大分から四国へ渡るフェリーから眺めるのがベストビューだと、ぼくと同じように灯台巡りをしている大学生に教えられて、ぼくは彼と同じフェリーに乗った。

船室で地図を見ながら、彼が行った灯台周辺にある安くてうまい食堂の情報を聞いたあと、ぼくはトイレに行った。

そして何気なくポロシャツの胸ポケットに手をやると、シャープペンシルが入っていた。

その瞬間、ぼくは全身が総毛立ち、シャープペンシルを胸ポケットから取り出す手が震えた。

「これだ。蘭子ちゃんが言っていたとおりになった。これは俺のものではない。九州の臼杵《うすき》で知り合った彼のものだ。それを俺は無断で胸ポケットに入れたのだ。早く返さなきゃあ」

ぼくは慌てて船室に戻って謝った。

謝られている彼は、ぽかんとしていた。使っていた他人の筆記具をうっかり胸ポケットに入れてトイレに行くことなんか、よくあることなのに、そんなに謝らなくてもいいよと笑って言った。

だが、ぼくは冷や汗が背中に噴き出しているのを感じた。宿痾《しゆくあ》という言葉が浮かんでいた。

「これが俺の宿痾だ。俺という人間に巣くっている、ちょっとやそっとでは治らない病気だ。蘭子ちゃんが言いたかったのは、このことだったんだ」

とぼくは思い知ったのだ。

他人には失笑する程度のうっかりミスだったろうが、ぼくにとっては自分のはらわたを晒すほどの恥ずかしい失敗と思えて、うろたえつづけた。自分の癖に初めて恐怖を感じて震えた。

「神様への敬礼をつづけなかったからだ」

と本気で思い、ぼくはフェリーの甲板へ出ると、前方に見えている佐田岬灯台にではなく、その左側のずっと向こう、日本海に面して建っているであろう日御碕灯台に向かって敬礼をつづけた。ぼくにとって日御碕灯台は蘭子ちゃんだったという記憶が甦ったのだ。

愛媛の八幡浜《やわたはま》港で彼と別れ、ぼくは予定していた灯台をパスして日御碕灯台を目指した。

当時は母も兄もあの住田さんの借家に住んでいたが、表札は「鶴木」に変わっていた。住田さんもまだ元気だったが、ほとんど家から出なくなっていた。

ぼくは母の住まいに泊まり、あくる日、早朝の日御碕灯台へ行った。そして百六十三段の螺旋階段をのぼった。

あのとき、蘭子ちゃんが罪をかぶってくれなかったら、ぼくはどうなっていたろうと考えた。

そうしているうちに、ぼくは蘭子ちゃんに大学を卒業することだけは伝えようと思った。だが、それ以外にも、感謝を伝える内容でなければならない。

大学卒業のことは短い文章で書ける。しかし、自分のものと他人のものとを区別していることを、どう伝えたらいいのか。

ぼくは、日御碕灯台を示すことで、それが可能になりはしまいかと思った。それだけで、蘭子ちゃんはわかってくれるのではないか、と。

ぼくが鶴木姓を名乗るようになっても、伯父さんは「小坂」の表札を門柱から外さなかった。

ぼくの兄が専門学校を卒業後、就職のために上京することを決めたからだ。兄が、父の気持ちを汲《く》んで小坂姓を名乗りつづけていることを、伯父は知っていた。ぼくの兄と父親との特別な感情を伯父はよく理解していたのだ。

だから、「小坂真砂雄様」と書かれた郵便物が届いても、宛先不明で送り主に返されることもない。

ぼくは灯台巡りの旅から帰ると、あの葉書を一週間かけて書いた。精魂を傾けて書くというと大袈裟だが、ぼくはあの地図のような絵に自分の心のすべてをあらわしたかった。

昔は微細な設計図などを描くとき、烏口《からすぐち》という筆記具を使ったものだが、その烏口の最も細い線で日御碕全体を描き、日御碕灯台に小さな点を打った。

牧野蘭子さんからの返書を受け取ったとき、ぼくはその封筒に長く敬礼して封を切った。

「私はあなたをまったく知らない」

なんだか頬を張られたような失望感で胸が詰まったが、やがて、蘭子ちゃんの真意がわかってきた。

住田さんの家でのことは、真砂雄ちゃんも忘れなさい。もう遠い過去のことなのだから。

ぼくは蘭子ちゃんがそう語りかけてくれたような気がしてきた。

さらには、私は今後もあのときのことは誰にも言わないから安心していてくれ、と蘭子ちゃんは短い文章の行間に忍ばせてくれたのだと感じた。――

小坂真砂雄が話し終えると、康平はひとりで灯台の入口へ行き、なかを覗き込んだ。

「百六十三段、挑戦してみませんか？」

係の中年女性が笑顔で言った。

「いやぁ、やめときます。ぼくには無理ですよ」

と言い、康平は小坂真砂雄が立っているところに戻り、

「四十数年前、蘭子の姿が消えてしまってから、小坂さんはどうしたんですか？　ひとりにされて心細かったでしょう」

と訊いた。

「食堂が並んでいるところまで戻って、蘭子さんに貰ったお金でソフトクリームを買いました。それを舐めながらバス停で次のバスを待ったんです。家に帰ったのは六時前だ

ったと思います。ばあちゃんに叱られましたよ。昼過ぎに出たまま帰ってこないので、心配してたんでしょうね」

小坂真砂雄は微笑を浮かべて言い、断崖に近いさっきのベンチのほうへとゆっくり歩を運び、康平にこれからの予定を訊いた。

「松江の宍道湖の畔のホテルを予約してるんです」

「じゃあ、わたしの車で松江へ行きましょう。ホテルまでお送りします。わたしも知人に車を返さなきゃいけないんです」

小坂真砂雄は言った。小坂の鼻も寒さで赤くなっていた。

「わたしはもう少しここで灯台を見ています」

その康平の言葉に頷き返し、小坂は、正月明けからベトナムに出張だと言い、さらになにか言おうとして考え込んでいるかのようだったが、一礼すると、なにも言わずに駐車場への道へと歩いて行った。

駐車場へはいろんな道があるんだなと思いながら、康平はぼんやりと小坂のうしろ姿を見ていた。すると松林を出たところで小坂真砂雄は立ち止まり、振り返って直立不動の姿勢になると、日御碕灯台に敬礼をした。

近くを歩いていた三、四人が怪訝な顔で見ていた。

長い敬礼が終わると、小坂真砂雄は康平を見ることなく背を向けて、早足で去って行った。

「体中が芯から冷えてるけど、寒くないんだ」

と康平は灯台に語りかけた。

茜色《あかね》を帯び始めた太陽が松林に差し込んで、松の形の影を鮮明にした。

「真砂雄ちゃんのお母さんは九十歳で、とても元気で、いま吉祥寺で暮らしてる、って。何度も死のうと考えた人が、いまはしあわせな晩年をおくってる」

康平は、こんどは口に出さず、胸のなかで言った。

三十分ほど日を浴びて輝いている日御碕灯台を眺め、次のバスに乗るために康平はベンチから立ち上がると、夏物のセーラー服姿の蘭子に敬礼した。

主な参考資料

『ニッポン灯台紀行』岡克己、世界文化社
『渋江抽斎』森鷗外、岩波文庫
『神の歴史　ユダヤ・キリスト・イスラーム教全史』カレン・アームストロング著、高尾利数訳、柏書房
『夜明け前』島崎藤村、岩波文庫

解説

藤岡陽子

子供たちが無事に巣立ち、僕が六十五歳で会社を定年退職したら、その時は二人でゆっくり旅行をしよう。できれば豪華な船旅がいいな――。

今年で五十五歳になる私の夫は、最近よくこんなことを口にする。うん、うんと相づちを打ちながら、私もまた十年後の新しい夫婦の時間を楽しみにしている。

だが本書『灯台からの響き』の主人公である牧野康平は六十歳の時に妻、蘭子をくも膜下出血で失ってしまった。二歳年下の蘭子は、当時まだ五十八歳という若さだった。

物語は蘭子を失って二年が経《た》った、現在の康平から始まっている。

「蘭子の急死が、俺という人間の大事な核を消してしまって、大袈裟に言えば、魂の抜けた腑抜け男にした」

と自らを語るように、妻を亡くした後の康平は、夫婦で営んでいた中華そば屋「まきの」を閉め、ほぼひきこもりのような生活を送っている。慰めといえば読書と酒を飲むことくらいで、「俺はもう働くのがいやになった。生活費がなくなりそうになったら

『まきの』を再開してもいい」と生きる目標を失っていたのだ。

ところがある日、康平は自分の本に挟んであった一枚の葉書を見つける。

その葉書は牧野蘭子宛てに、しかも蘭子自身は「まったく覚えがない」という「小坂真砂雄」なる人物から三十年も前に届いたもので、それがなぜか康平の書架に並ぶ『神の歴史』に挟まれていたところから物語が大きく動き始める。

偶然見つけた一枚の葉書の謎がさらなる謎を呼び、康平はついに謎を解くための旅に出るのだが——。

康平と同じ世代の男性は、私の周りにもたくさんいる。家族を養うために三十年以上も働き続け、息抜きは晩酌やたまのゴルフ、温泉旅行などささやかな娯楽。弱音はできるだけ口にせず、甘い声を出すのはペットの猫か犬に対してだけ。幼かった子供たちも年頃になると親と距離を置いたり、あるいは一人暮らしを始めたりして、たまに電話をかけてきても、帰省しても「お母さんは?」と妻の姿を求める。

本書の魅力の一つは、そんな「男は黙って——」が称賛された最後の世代でもある康平が、葉書の謎を解くために自ら外の世界と繋《つな》がっていくところにあるのでは、と私は思っている。

灯台を巡る旅の最中に、康平はいくつもの「生まれて初めて」を経験する。

一人旅をすること。見知らぬ人に自分から声をかけること。スマホでの自撮《じど》り。三十年同じだったヘアスタイルを変えたこと。飛行機に乗ること。そんな、誰もがやっている普通のことを、康平という男は還暦を過ぎてから初めて経験するのだ。

また、彼には朱美（二十八歳）、雄太（二十四歳）、賢策（二十歳）という一女二男がいるのだが、旅に出たことをきっかけに彼らとの対話を取り戻し、いままで聞けなかった子供たちの本心を知ることにもなる。一つ屋根の下で暮らしてきた家族とは不思議なもので、康平が大人になった子供たちと再び絆《きずな》を深めようとすればするほどに、しだいに蘭子の輪郭が濃くはっきりと浮かび上がってくる。子供たちそれぞれが語る母親の中に、康平は自分には見えていなかった妻の姿を見つけ、驚くのである。

朱美と蘭子、雄太と蘭子、賢策と蘭子――。

子供たちが幼い頃に母親と交わした内緒話を康平が一つ、また一つと知っていくにつれて、夜がうっすらと明けていくように葉書の謎も解き明かされていく。妻を知り尽くしていると思っていた自分がいかに自惚《うぬぼ》れていたかを、彼は気づかされるのだ。

そして本書のもう一つの魅力は、これは宮本作品すべてに通じるのだけれど、気概があり、ユーモアと慈愛に満ちた魅力的な登場人物が出てくることだろう。長年の友人であるトシオこと山下登志夫と康平の関係には遠慮がなく、痛いところを互いに突き合いながらも還暦を過ぎた男同士の思いやりにあふれている。またカンちゃんという心筋梗塞で亡くなってしまう同級生が愛人との間に作った息子――多岐川新之助は、謎に迫る康平の助けになってくれる。新之助は母子家庭で育ち、父親であるカンちゃんが亡くなって初めて康平の前に現れたのだが、「知りたいんだろう？　（中略）俺なら、まず小坂真砂雄に会って訊くよ」と時に康平の背中を押してくれるのだ。

葉書の謎を知りたい。妻が葉書を本に挟んだ真意を知りたい。妻の過去を知りたい。その一途《いちず》な思いで康平はとにかく行動する。行動をするといまの自分に必要な誰かにたどり着き、その誰かがまた、彼を別の誰かに会わせてくれる。じりじりと真実に迫っていく康平を見ていると、自らの意志で動く大切さをひしひしと感じさせられ、行動することで未来が拓《ひら》けるのだと教えられる。

物語が謎の解明に向かっていくうちに、やがて康平は「小坂真砂雄」を知る石川杏子という女性にたどり着く。そしてこの女性によって康平は、妻の知られざる過去を知ることになるのだが――。

ところで、物語をラストまで読めばもちろん葉書の謎は明らかになるのだけれど、ただ一つだけ最後までわからないことがある。

それは、蘭子がなぜ葉書を康平の本に挟んでおいたのか、ということだ。

真実を伝えたいなら生きている間に話せばよかっただろうし、遺言のような意味合いがあるのだとしたら、本に挟んだりはしないだろう。夫が今後ずっとその本を読まない可能性もあるし、捨てたり、人に譲ったりすることだってある。そんなタイムカプセルよりも不確かな、ふんわりとしたメッセージの残し方をした蘭子の気持ちを、作者は明確にはしていない。でもだからこそ読者は康平の心情に自分を重ね、蘭子はなぜ本に葉書を挟んだりしたのかと思いを巡らせるのだ。

ちなみに私の解釈では蘭子はおそらく、もう一度この葉書について夫に問われたら、今度は正直に話そうと決めていたのだと思う。その時は夫に、自分が隠していた過去のすべてを打ち明けよう。このまま黙っているのも後ろめたいから。

そんな小さな賭けをして、成りゆきを運命にゆだねるような思いで、蘭子はいつ読まれるかわからない夫の本の間に葉書を挟んでおいたのではと想像している。『神の歴史』というタイトルを選んだのだから、康平が葉書に気づくか気づかないかも神の思《おぼ》し召《め》しだいだ、と。

思えば私が宮本作品に初めて出合ったのは、家を出て一人暮らしをしていた十七歳の時だった。

高校生だったあの頃は家族のことで深く悩んでいた時期で、そんな私に気づいていたのかはわからないが、友人のお母さんが「この本を読んでみて」と宮本さんの『青が散る』を貸してくれたのだ。

初めて読んだ宮本作品にも本書と同じように気概があり、ユーモアと慈愛に満ちた大人が何人も登場した。物語を読み終えると心が明るいほうへと向かい、それからは一冊、また一冊と、次々と読破していった。そしてすっかりテルニスト（宮本輝ファンは、自身をそう呼んでいます）になった私は、「こんな大人がいる世の中なら、悪くないかもしれない。自力で生きていけるようになるまであと数年間、頑張ってみよう」と十七歳の鬱屈を乗り越えたことを憶《おぼ》えている。

それから三十五年――。

気がつけば歳月は瞬く間に流れていたけれど、大人になったいまも変わることなく、宮本作品に描かれる世界を信じて生きている。

「青春と読書」二〇二三年二月号に掲載されたインタビューの中で宮本さんが、

――「よき時」というと、あの頃はよかった、あの時代はよかったと、過去のことを言うことが多いですね。でも過去というのはどんなに栄光に満ちた過去でも、もう終わったものは終わったんです。僕が思う「よき時」は過去ではなく未来のこと。（中略）そのよき時を目指していこうという意志力みたいなものがあれば、それって実現するんと違うかな。

と語っておられた。このインタビューは『よき時を思う』（集英社刊）についての話ではあったけれど、本書を読み終えた時も、中華そば屋「まきの」を再開した康平に訪れる「よき時」を思い描くことができた。

「威風堂々と生きたいな。焦ったって、逃げたって、悩みが解決するわけじゃないんだからな。こつこつと、ひとつひとつ、焦らず怯えず、難問を解決していく。俺はそういう人間になるために、いまから努力するよ」

物語の終盤で書かれたこの台詞《せりふ》は、石川杏子に会う前日に康平が口にした言葉である。この台詞を読んだ読者は、旅を続けてきた康平が、葉書の謎を知る前に、すでに新しい人生を生き始めていることに気づくだろう。旅は康平に幾多の出会いと気づきを与え、灯台の光は、いつしか彼の未来を照らしていた。そして物語が放つその豊かな光量は、読者である私たちに「港はこっちだ」と航路を示してくれるのだ。

十年後、私と夫は仲良く船旅に出ているだろうか。

もし万が一、私が先に逝くようなことがあったなら、蘭子のように明るく優しい、彼の人生の光になるような謎を残しておきたいと思う。

（ふじおか・ようこ　作家）

本書は、二〇二〇年九月、集英社より刊行されました。

本作品は北日本新聞社の配信により、
北日本新聞、岩手日報、山陰中央新報、愛媛新聞、新潟日報の各紙に、
二〇一九年二月〜二〇二〇年一月の期間、順次掲載したものです。

集英社文庫

灯台《とうだい》からの響《ひび》き

2023年 6 月25日　第 1 刷
2023年 7 月31日　第 2 刷

定価はカバーに表示してあります。

著　者　宮本《みやもと》　輝《てる》

発行者　樋口尚也

発行所　株式会社　集英社
東京都千代田区一ツ橋2-5-10　〒101-8050
電話　【編集部】03-3230-6095
【読者係】03-3230-6080
【販売部】03-3230-6393（書店専用）

印　刷　大日本印刷株式会社

製　本　大日本印刷株式会社

フォーマットデザイン　アリヤマデザインストア　　マークデザイン　居山浩二

ISBN978-4-08-744533-6 C0193